단독자

고독하고 불안한　영혼의 지팡이

# 단독자

*Der Einzelne*

별 볼 일 없이 태어났어도 별을 보며 가는 거다

● 원재훈 지음 ●

이어령

김주영

한대수

황금찬

유홍준

방배추

강시주

최경한

신달자

이윤택

올림

# 영혼의 지팡이

우리는 사람들과 더불어 살아간다. 일상적으로는 거미줄처럼 복잡한 관계를 이루고 있는 것처럼 보이지만, 정작 중요한 순간에는 홀로 있는 자신과 마주하게 된다.

비가 내리고 꽃이 진 자리에 머물러 있는 듯 조용한 시간이 찾아온다. 백화점에서, 광화문 사거리에서, 심지어 가정에서도 이러한 시간을 간헐적으로 만나게 된다. 나를 지탱해주는 연결고리였다고 믿었던 사람이나 대상이 상품이나 디지털 신호였다는 사실을….

내가 절박하게 보낸 구조 신호에 아무런 응답을 보내오지 않는 사람들을 확인할 때 정신은 깊은 나락으로 떨어진다. 구명정을 타고 검은 밤바다에서 누군가를 찾아 애타게 소리를 지르지만, 내가 있는 곳이 깜깜한 고통의 바다라는 사실을 알게 되는 순간, 공포감이 엄습한다. 주위를 둘러보면 결국 아무도 없다.

아아…, 이제 어떻게 하지? 저것이 나를 지탱해온 관계의 실체란 말인가! 결국 나와 관계된 것은 무엇인가? 그것은 내가 아니던가? 그런데 왜 나는 '나'를 보지 않았을까?

이 책에 등장하는 인물들은 다양한 방식으로 사람들과 연결되어 있다. 시인, 소설가, 연극연출가, 화가, 가수 등등 우리 사회에서 가장 많은 연결 망을 가지고 있는 사람들이다. 이들은 사회적인 명성과는 별개로 우리 속에 갇힌 호랑이처럼 외롭고 고독하다. 더럽고 치사한 꼴을 보지 않는 '단독자'이기 때문이다.

이들의 이야기를 통하여 정신적인 무당파無黨派인 사람들에게 자기 자신을 바로 보는 법을 말하고 싶었다. 어느 날 문득 찾아오는 정신적인 공허함과 극도의 빈부 격차에서 오는 증오심, 여객선 세월호와 같은 사회구조 속에서 버티고 견디고 소리치면서 살아가는 사람들에게 친구와 같은 존재로 이 책에 나오는 분들을 만났다.

사랑이나 우정을 믿지 못하는 세상이다. 아니, 나 자신도 믿지 못하는 무섭고 고독한 세상이다. 독을 치료하기 위해 독을 처방하는 의사처럼, 이들은 더 외롭고 더 괴로운 공간으로 들어가기를 권한다. 결국 이 세상을 버티는 방법은 내 '주먹'을 믿는 것이다.

지금 내 손에 쥐어진 것이 펜이면 작가가 되라. 붓이면 화가가 되고, 기타라면 가수가 되라. 힘이라면 깡패가 되라. 진리라면 성직자가 되라. 그것이 당신을 조롱하고 무시하고 버리고 짓밟는 이 세상을 통쾌하게 때려부수는 당신의 일이 되기를 바란다. 티끌 같은 부와 명예에 취해서 거들먹거리는 인간들에게 복수하라. 단독자가 되면 가능하다. 그리고 어느 날 그런 목적마저 사라진 자리에서 당신은 행복이라는 야단법석에 앉아 있게될 것이다.

내가 생각하는 A급 단독자는 부처와 예수다. 부처가 보리수나무 아래에서 보았던 천상, 예수가 십자가에 매달려 보았던 지상은 이제 변해도 너무 변했다. 더 이상 부처나 예수가 만들어질 수 없는 세상에서 이 책에 나오는 사람들이 몸소 전하는 뜨겁고 단단한 메시지를 두 손에 꼭 쥐기를 바라는 마음이다. 그것이 이 책의 제목을 단독자로 정한 이유이기도 하다.
단독자는 원래 철학 용어로 실존주의가 공통적으로 그 입장을 취하고 있는 개념이라고 철학사전에 설명되어 있다. 이 개념을 처음으로 쓴 덴마크의 철학자 키에르케고르는 그의 저서 《죽음에 이르는 병》에서 신(타자)과 인간(자기)의 관계를 설명하기 위해 이렇게 적었다.
"인간은 정신이다. 정신이란 무엇인가. 정신이란 자기다. 자기란 무엇인가. 자기란 자기에 관계되는 하나의 관계다."
이와 같이 인간을 하나의 특정한 주관적 존재로 받아들이고 이것을 출발점으로 삼는 경우에 단독자라는 개념을 쓴다.

철학 문장은 마치 수학 공식과 같아서 설명이 명징하긴 하지만, 철학 용어에 익숙하지 않은 사람들에게는 그 명징함이 모호하게 보인다. 그 모호함이 어렵다고 느끼게 한다. 하지만 단독자라는 개념은 의외로 단순하다. 나 자신을 바로 보고 타인과의 관계를 맺는 사람, 이 눈치 저 눈치 보지 않고 묵묵히 무소의 뿔처럼 홀로 가는 사람이다.

세상을 살다 보면 참 더럽고 치사한 사람들이 앞뒤로 포진하고 있음을 발견하게 된다. 우울하다. 나 역시 그렇다. 그럴 때 필요한 것이 바로 나 자신이다. 내가 우뚝하면 그들은 이성복 시인의 시처럼 내가 떨어뜨린 나뭇잎 한 장이 되어버리기 때문이다.

요즘에는 높은 산을 올라가기 위해 나무 지팡이를 만드는 수도승의 마음으로 살고 있다. 상처받아 절뚝거리는 당신의 영혼에 나의 나무 지팡이를 빌려드리고 싶다. 외롭고 고독한 세상에서 착하고 정직하게 사는 분들이 이 책을 보고 여기에 나오는 인물들과 잠시 대화를 나눈 기분이 든다면 정말 좋겠다.

원재훈

 차 례

# 이어령

## 시대의 화두를 제시해온 세상의 이정표

지금 우리에게 필요한 것은 ?

현대인들의 비극은
혼자 앉아서 견디는 시간을 잃어버렸다는 겁니다.
내면에 홀로 존재하는 방이 없는 거지요.
나는 그 시절을 거치면서 내면의 방을 만들었고,
그 방에서 혼자 견디는 훈련을 하고 살아낸 거지요.

1

선배 시인과 점심을 먹는 자리에서 이어령 선생에 대한 이야기가 나왔다.
그녀는 이어령 선생은 200년에 한 명 나올까 말까 한 사람이라고 운을 뗀
뒤 이런 이야기를 해주었다.

　"이어령 선생이 그러는데, 이 세상에는 손으로 만지고 다루기 힘든 것
이 셋 있는데, 바다에는 해삼, 산속에는 산삼, 땅 위에는 고삼이 있다는 거
야."

　우리는 한바탕 웃었다. 이어령 선생의 촌철살인은 오늘날의 교육 현실
이 안고 있는 비애와 고통, 절망과 희망을 동시에 품고 있었다. 해삼과 산
삼 고삼이라, 지금 생각해도 피식피식 웃음이 나면서도 입시를 앞둔 아이
들을 생각하면 비감해진다. 이러한 페이소스가 우리 시대의 한 모습이기

도 하다. 오랜 장마 끝에 하늘이 쨍하다.

책상에 앉아 허리를 곧게 펴고 메모한 노트를 펼친다. 노트에 듬성듬성 적어놓은 글씨들을 보면서 잠시 눈을 감는다. 내 몸에 나이테가 하나 더 늘어간다. 그 나이테는 선명하고 명증하고 유연하다. 이어령의 말이 새겨 놓은 나이테다. 손가락으로 그 나이테를 더듬어 누에가 실을 뽑듯 선생의 이야기를 적는다.

"선생님 모습을 보면 참으로 처절하게 사는 분이라는 생각이 듭니다. 온몸의 진을 다 빼내시는 것 같아 안타깝기도 하지요. 지금도 저녁 약속 이 끝나면 선생의 서재에서 새벽 2시까지 독서와 인터넷 검색 등을 비롯 한 공부를 하시니까요. 멀티 모니터를 통해서 인터넷에서 자료 검색하시 는 모습을 보면 저건 검색이 아니라 사색을 하시는 것 같다는 생각이 드 는 거죠. 요즘은 생명자본주의에 몰두하고 계십니다."

오랫동안 선생과 함께 한 '한중일문화연구소' 사무국장 윤재환 씨가 한 말이다. 《우상의 파괴》 이후 50년, 이어령은 시대마다 그 시대의 화두를 던지며 살아왔다. 시대의 거친 파도를 넘으면서 나무나 물처럼 유연한 사 고로 세상의 이정표가 되어 우리 문화를 더 높이 올려놓았다.

우리에게 '이어령'은 각양각색의 모습으로 존재한다. 하늘에 걸쳐 있는 무지개 같다. 이어령의 사고는 단일하지 않고 다양하다. 이러한 저력이 나 오는 근본 에너지는 뭘까? 윤재환 씨가 말했다.

"선생님에게는 내일이 없는 없지요. 항상 오늘 죽는다는 마음으로 살고 계시는 것 같습니다."

이어령이라는 이름은 이제 고유명사가 되었다. 그 누구라도 '이어령,

이어령' 해도 된다. 선생은 우리 문화가 보여줄 수 있는 하나의 상징이 된 지 오래다. 마치 다산이나 매월당처럼 이 세기가 지나면 나오지 못할 그런 인간으로 우리에게 존재하지 않을까?

약속 시간이 되자 이어령 선생이 사무실에 들어온다. 가볍게 인사를 받고 왕의 명령을 받은 고독한 장군의 걸음걸이로 뚜벅뚜벅 당신의 방으로 들어간다. 사람의 걸음걸이를 살피는 버릇이 있는 나는 선생의 그 걸음걸이가 이제 내 가슴으로 걸어 들어오고 있음을 감지한다. 이것은 부처의 일곱 걸음이기도 하다. 선생만이 아니라 장삼이사의 동네 아저씨도 마찬가지다. 사람이 사람을 만난다는 건 그런 것이다. 그 인연이 고맙고, 내가 살아 있는 이유를 알게 한다. 그 각별한 인연을 생각하면 나에게 다가오는 '인간'은 누구나 깨달음의 일곱 걸음으로 걸어 들어온다. 오늘 만난 그가 '이어령'이어서 고맙다. 그와 동시대를 사는 나의 행운이기도 하다.

선생을 기다리고 있던 사진기자가 사진을 찍는 동안에 잠시 생각했다. 얼마 전 집필실에서 화분에 담아 키우는 오이와 가지에 부목을 대어주었다. 요놈들이 자라면서 자꾸 옆으로 눕길래 철물점에서 이천오백 원을 주고 부목용 막대기와 가지를 동여맬 끈을 사 왔다. 시간이 지나자 부목에 기대어 반듯하게 서고 굵은 가지 몇 개엔 고추가 주렁주렁하다. 고추의 가지와 인간의 부목이 만나 열매가 열린다. 이 부목이 바로 지성이고 감성이다. 열매는 문화이고 문명이다. 물질인 자연과 지성인 인간이 만나 문화라는 열매가 열린다. 아날로그와 디지털을 결합한 신개념인 이어령 선생의 '디지로그'를 보며 이런 생각이 떠올랐다.

조금 전, 오늘의 약속 장소인 한중일문화연구소로 들어오다가 주차장 입구를 지나치고 말았다. 일방통행이라서 후진할 기회를 노리고 있었다. 짧은 거리니까 하는 마음에 기회를 기다리는데, 차들이 계속 올라오는 바람에 겨우 후진을 해서 주차장에 차를 댔다. 길을 잘못 들면 항상 고생이다. 주차장으로 가는 길이 바로 문화다. 이 길의 좌표를 알려주는 사람이 바로 선생이고 스승이다.

나는 단순한 질문을 했다.

"선생님에게 '선생'은 어떤 분들입니까?"

1934년생이신 선생은 일제강점기에 요즘의 초등학교인 '소학교'에 들어간다. 학교에 들어가자마자 우리말을 쓰지 못하는 환경이었다. 우리말을 쓰는 순간 선생이 체벌을 한다. 우리 문화의 중심인 말과 글, 선생은 어린 시절에 이 중요한 교육을 받지 못한다. 우리 시대의 선생이라 할 수 있는 사람의 출발은 식민지 교육이다.

선생에게는 처음 질문이 어쩌면 마지막 질문이 될 수가 있다. 선생의 말씀은 막힘이 없기 때문이다. 선생의 말씀을 잘 들어두면 내가 생각한 질문 이상의 '응답'을 얻는다. 이어령을 인터뷰한 기자들이 대부분 그런 경험을 했다. 선생은 무언가를 잠시 생각하더니 말씀을 시작했다.

"내가 살았던 시대는 우리나라의 선생을 가질 수 없는 환경이었지요. 그것이 나를 만들었습니다. 겨우 대학에 가서야 '선생님'을 만날 수 있었지요. 식민지 시절의 선생은 내 꿈을 키우는 사람이 아니라 짓밟았지요.

식민지 시대를 살았던 나에게 선생이란 '아, 저런 사람은 되지 말아야겠다'는 반면교사였어요."

어린아이들은 꽃잎같이 여린 존재들이다. 식민지 시대에는 떨어진 꽃잎, 근대의 어린이아이들이 살았다. 소월의 시 '진달래꽃'에서 노래한 '살며시 즈려 밟고 가소서'는 이별의 정한을 이야기한 노래지만, 꽃은 밟는 순간 아무리 가볍게 밟아도 '즈려' 밟게 되어 있다. 아무리 조심스럽게 밟아도 꽃잎은 뭉그러진다. 소월은 우리 근대의 유아성을 이렇게 노래했다. 다른 맥락이긴 하지만, 이어령에게 그 시절의 선생은 무거운 발자국이었다. 마음에 떨어진 꽃잎은 '즈려' 밟혔다.

도산 안창호와 같은 위대한 스승을 만들었던 그 시대에 선생은 외로웠다. 이후 시대가 바뀌어도 상황은 바뀌지 않았다. 대학에 들어가고, 산업화와 민주화의 길을 걸으면서도 선생에 대한 갈증은 가시지 않았다.

어린 시절에 선생은 잡곡밥을 잘 못 먹었다고 한다. 그래서 도시락을 쌀 때 잡곡밥 검사를 피하기 위해 밑에 쌀밥을 두고 위에 보리밥을 얇게 덮었다. 보리를 걷어내고 쌀밥을 먹으려고 한 것인데, 이게 들통에 나서 두 손을 들고 서 있어야 하는 체벌을 받았다. 교실에서 다른 책을 읽었다고 또 체벌을 받았다. 어린아이에게 큰 상처가 되었다. 일본의 군국주의 때문에 동요 하나 부르지 못하고 군가만 불렀다.

중학교에 진학하자 좌우 이념의 대립으로 교실은 배움의 공간이 아닌 투쟁의 공간이 되었다. 좌익 성향의 선생이 수업을 하면 우익 아이들이 우우 야유를 보내고, 반대의 경우도 마찬가지였다. 심지어 어떤 날은 등교를 하는데 선배들이 교문을 가로막고 서서 너는 민청이냐, 학련이냐는 질문을 던졌다. 선배들이 인민군복을 입은 것도 아니고, 아무런 이념도 없는데 말 한마디 잘못했다가는 얻어맞기 일쑤였다. 그것이 결국 동맹 휴학과 같은 사회적 분란으로 이어졌다.

"이런 어린 시절의 트라우마가 나에게 저항의식을 가지게 했고, 그것이 《우상의 파괴》라는 책으로 이어진 거지요."

우상 파괴, 이것이 인문학자 이어령의 키워드이다. 인문학은 여러 가지로 설명될 수 있지만, 그 근본은 우상 파괴다. 진정한 인간을 발견하는 일이다.

어린 시절에 받은 트라우마에 대한 치유는 독서였다. 소년에게 외로운 공간이 생겼고, 그 공간에서 책을 읽었다. 책을 읽으면서 상상력과 창의력의 공간을 만들어나갔다. 가혹한 현실에 없는 스승이 책 안에 있었다. 병적일 정도로 독서를 했다. 선생의 독서는 호기심과 궁금한 마음을 자극했다.

어린 시절에 《천자문》을 배웠다. 다 배우고 나면 "책을 뗐다"고 해서 잔치를 열어주기도 했고, 며칠 만에 달달 외우는 아이가 있으면 동네에서 신동이 났다고 야단을 떨었다. 지난 한 시절을 풍미했던 양주동 박사가 자신의 그런 경험을 자랑하기도 했다. 암기력으로 사람을 판단하던 시절의 일이었다.

이어령의 독서는 그것이 아니었다. 그는 《천자문》의 첫줄에서 탁 걸려버린다. 천지현황(天地玄黃)이다. 하늘 천, 따 지, 검을 현, 누를 황. 하늘은 검고 땅은 누렇다. 그런데 공부하다가 바라본 하늘은 파란색이다. "선생님, 하늘은 파란데 왜 검다고 하나요?"라고 푸른 하늘 아래 서 있는 선생에게 물어보면 "말이 많다. 그냥 외워"라는 답이 돌아왔다. 더 튀면 튀어나온 못이 되어 망치를 맞았다.

동양철학의 검을 현을 이해하기 위해서는 노자를 비롯한 많은 지적 토대가 필요하다. 하지만 이 같은 천자문의 철학적 사상을 아이에게 설명해주는 훈장은 없었다. 그냥 하늘 천, 따 지, 검을현, 누를 황을 적고 외워야 했다. 눈을 가리고 길을 가라고 한 것이다. 가다가 넘어지면 니 팔자라는 것인가?

과학 교육도 사정은 마찬가지였다. 과학은 설명하고 분석한다. 이 세계가 이어령을 만족시켰을까? 아니었다. 이어령은 거기에서 또 다른 것을 보았다. 호기심에 한도 끝도 없었다.

뉴턴이 떨어지는 사과를 보고 놀라운 발견, 즉 '중력'의 존재를 밝혀냈다고들 하지만, 선생은 지구라는 별에 사과가 매달려 있다는 사실이 신기했다. 사과가 나무에 매달려 있다는 것이 얼마나 놀라운 일인가. 생명에 대한 경외감은 과학으로 설명할 수 없는 감성과 문화의 세계를 구축한다. 최근에 선생이 몰두하고 있는 '생명자본주의' 역시 문득 나온 것이 아니라, 이러한 사고 습관에 뿌리를 내리고 있다. 선생의 '선생'은 독서와 창조적인 사고방식이었다.

선생은 성장기의 상황에 대해 이렇게 말했다.

"태어나자마자 고아원에 들어간 기분이랄까, 맨몸으로 허허벌판에 던져진 그런 느낌이었지요. 배고픈 늑대가 어슬렁거리는 그런 황무지에 말입니다."

　그러나 이런 황무지에도 한 떨기 꽃과 같은 선생이 있었다. 일본인 여선생에게서 누님이나 엄마와 같은 품을 느꼈고, 그 감성의 둥지 속에서 날개를 펼 수가 있었다. 여 선생님은 학교로 부임하기 전에 선생의 댁 사랑채에 잠시 기거한 인연이 있었다.

　팔순을 바라보는 선생이 지금까지 꾸는 악몽이 있다. 신발을 잃어버리는 꿈과 인민군을 피해 다니는 꿈이다. 전쟁의 기억은 평생의 상처라 이해가 되지만 신발을 잃어버리는 꿈은 무엇인가? 궁금했다. 그때는 생필품이 부족하던 시절이라 신발을 도둑맞는 일이 많았다고 한다. 선생님의 심부름으로 아이들 채점을 하고 늦게 교실에서 나오면 신발이 없어져 맨발로 집으로 걸어온 적도 있었다. 간혹 신발 배급이 나오곤 하는데, 이날은 학교축제 같은 날이 된다. 뽑기를 통해서 아이들에게 나누어주었는데, 한 번도 신발을 받은 적이 없었다.

　"내 인생은 돌이켜보면 거슬러 올라가는 인생이었고, 재수가 없는 인생이었지요. 뭐 하나 운으로 된 게 없어요. 복권은 물론이고 '뽑기'도 한 번 된 적이 없어요. 그런데 그 신발 하나가 공짜로 나에게 온 줄 알았어요."

　교장 선생님이 조용히 불러서는 "우찌니 모떼이께"라고 한 것이다. '집에 가져가'라는 뜻인데, 이게 웬 횡재인가 싶어 집으로 가져갔다. 그런데 그 말은 교장 선생님 집에 가져다놓으라는 심부름이었다. 교장 선생님이

직권을 이용해 자식에게 신발 한 켤레를 주려고 한 것이다. 10점 만점에 항상 만점을 맞았던 이어령은 그해 7점을 맞았다면서 웃었다. 교장 체면에 아이가 가져간 신발을 다시 가져오라고 할 수도 없고, 성적으로 분한 마음을 삭힌 것이다. 초등학교 3학년 때 일이었다. 그 시절에 신발은 이런 기억을 안고 있었다.

선생은 신발을 이렇게 설명했다.

"신발은 인간과 자연을 분리시키는 신호입니다. 맨발의 상태는 인간의 자연이지요. 신발을 신는 순간 문화가 발생하지요. 미당 시에서도 신발을 노래한 것이 있지요. 이런 십니다.

'나보고 명절날 신으라고 아버지가 사다주신 내 신발을 먼 바다로 흘러내리는 개울물에서 장난하고 놀다가 그만 떠내려 보내버리고 말았습니다. 아마 내 이 신발은 벌써 변산 콧등 밑의 개 안을 벗어나서 이 세상의 온갖 바닷가를 내 대신 굽이치고 돌아다니고 있을 겁니다.'

신발은 우리 문화와 문학에 중요한 의미를 가지고 있고, 인간이 문명의 길을 걸어가는 중요한 수단인 겁니다."

 5

신발은 자연스럽게 길을 연상시킨다. 신발을 신고 방 안을 돌아다니는 사람은 없다. 신발에서 이어지는 이야기는 현대인들의 비극이라 할 수 있는 병적인 외로움 쪽으로 옮겨온다. 우리 사회의 큰 문제 중 하나가 우울증과 자살 현상이다. 마음에 병이 들었다는 이야기다. 우리는 왜 이렇게 고독하게 병들어가는가?

"현대인들의 비극은 혼자 앉아서 견디는 시간을 잃어버렸다는 겁니다. 내면에 홀로 존재하는 방이 없는 거지요. 나는 그 시절을 거치면서 내면의 방을 만들었고, 그 방에서 혼자 견디는 훈련을 하고 살아낸 거지요."

이어령 장관이 기획한 88서울올림픽에서 세계적인 화제가 되었던 퍼포먼스가 있다. 광활한 운동장에서 혼자 굴렁쇠를 굴리고 가는 아이가 세계인의 주목을 받았다. 이 소년이 어린 시절 이어령의 모습이기도 하다. 이 작품은 선생의 경험에서 연유한다.

여섯 살 이어령이 수수밭 사이를 굴렁쇠를 굴리며 가는데 눈물이 났다. 왜 울었는지는 모르지만 울었다. 눈물이 흘러나왔다. 그것은 '메멘토 모리의 눈물'이라고 선생은 말했다. 중세 수도사들이 항상 외웠다던 메멘토 모리, '죽음을 기억하라'는 굴렁쇠를 굴리면서 혼자 수수밭 사이를 뛰어가는 아이의 가슴에 방을 만들었다. 그곳에서 고독한 인간과 죽음을 보았다.

혼자 있는 것을 견디는 자, 혼자 있어도 병들지 않는 자가 무엇인가를 이룬다. 어린아이와 죽음의 이미지는 빨리 연결되지는 않는다. 문장과 문장 사이의 거리가 멀다. 이 거리를 좁혀주는 문장이 있다. 선생은 기저귀와 수의의 비유로 삶과 죽음, 그 고독한 공간을 보여준다.

"신생아의 기저귀는 마치 수의와 같은 거지요. 누군가의 큰 손이 입혀주는 겁니다. 신생아가 알몸으로 기저귀를 차듯 죽은 자는 수의를 입는 것이고, 이것이 바로 인생입니다. 생과 사는 이렇게 연결되어 있지요."

때로는 우리도 운동장에서 굴렁쇠를 굴리는 심경이 되기도 한다. 굴렁쇠라는 아날로그는 태양과 달을 상징한다. 우주는 운동장이다. 이러한 상상력이 골방에서 나오는 거다. 독서는 골방에서 우주로 뻗어나가는 '시간열차'다.

"통계 수치로 인간의 능력을 정하는 것은 문화적으로 살아 있는 자에게는 허망한 것입니다. 인간의 생명은 도식화될 수도 없고, GNP로 결정될 수도 없는 거지요. 호킹 박사가 우주 탄생의 원리는 연구하고 이해해도, 동네 처녀가 실연을 해서 세상이 무너지는 그 감정은 설명하지 못합니다. 동네 처녀의 아픔은 호킹 박사의 블랙홀 이론보다는 유행가 가사가 더 잘 설명할 수 있는 겁니다. 이 두 가지의 경우에 우열을 둘 수는 없는 일이지요. 문화적인 평등이란 존재하지 않습니다. 단, 정치·경제적으로 평등하다는 이론이 가능할 뿐입니다. 생명과 몸 자본은 우리에게 새로운 시각을 던져주고 있습니다."

우리는 서로 다른 얼굴을 가지고 태어난다. 서로 다른 생각을 가지고 태어난다. 뉴턴이 사과가 떨어지는 것을 보고 중력을 발견했다고 하지만, 동아시아의 한 식민지, 조선의 한 아이는 사과가 매달려 있는 것을 경이로운 눈동자로 바라보고 있다. 저 매달려 있는 사과는 생명의 경이로움이 아닌가. 이런 다른 생각이 사람들 사이에 유지될 때 관계가 형성된다. 인간 관계는 같은 사과를 놓고 중력의 과학을 생각하는 이와, 생명의 자연을 생각하는 이가 더불어 교감하는 것이다.

선생은 훗날 당신의 묘비명에 대해 이런 말씀을 하셨다.

'나는 한 우물을 파는 사람이 아니다. 평생 이 우물 저 우물, 무수히 많은 우물을 파다가 이제 더 이상 우물을 파지 못한 자리에 서서, 그 궁금증 때문에 누워 있는 사람, 여기에 있다.'

죽음이 궁금하여 그 영혼이 우물을 파고 있는 사람, 그에게 죽음은 또 다른 세상일 뿐이다. 미국의 사상가인 스콧 니어링이 죽었을 때 그의 반려자였던 헬렌 역시 그는 다른 세상으로 갔다는 말을 했다. 우리가 두려워하는 죽음마저도 그에게는 궁금한 한 세계일 뿐이다.

이어령 선생은 말했다.

"누구나 나처럼 될 수 있는데 말이지요…. 내가 대단하다는 말이 아니라, 누구나 독창적인 생각을 가질 수 있는데 어느 순간에 자신을 잃어버리고 만다는 거지요. 예를 들어 작문을 제일 잘하는 학생들은 초등학교 1학년들입니다. 학년이 올라갈수록 못 쓰는 거지요. 글 쓰는 법을 배우면서 글쓰기를 못하게 되는 아이러니입니다.

특히 입시 위주의 교육의 부작용은 심각하지요. 수능으로 생각을 망치는 거지요. 수능 안에 내 생각을 가두어버리기 때문에 그러합니다. 정상으로 태어나서 비정상이 되는 겁니다. 예를 들어 물고기를 그려보라고 하면 어른들은 99.9% 머리를 왼쪽에 놓고 그립니다. 하지만 유치원생에게 그려보라고 하면 50%만 왼쪽에 머리를 두고 나머지는 오른쪽에 머리를 둡니다. 잘못된 교육을 통해 자신의 생각을 교정하는 겁니다. 이건 무서운 일이고, 매달려 있는 사과의 경이로움을 보지 못하게 블라인드를 치는 겁니다."

'묵비사염墨悲絲染', 묵자는 실이 물드는 것을 보고 슬퍼했다는 말이다.

중국 고전 《묵자》에 나오는 말인데, 흰 실에 검은 물이 들면 다시 희어지지 않는 상태를 슬퍼하는 이어령의 마음이기도 하다. 선생이 유독 아이들의 창의 교육에 마음을 쏟는 것도 이러한 이유에서다. 선생의 저서 중에서 초등학생을 비롯한 학생들의 인성과 독창적인 생각을 위한 책들이 많다. 아이들은 그 책을 보면서 자신의 얼굴을 찾고, 창의적인 생각으로 자신만의 세상을 본다. 세상을 보는 눈을 독창적인 사고방식으로 갖추게 되면 아이가 잘 자라게 된다. 뭘 하든, 그런 눈을 가지고 있다면 자신의 분야에 자부심을 가지고 살 수 있다.

'이어령'이 우리 사회에 많을수록 우리나라는 풍요로워질 것이다. 선생은 '세 살 버릇 여든 간다'는 우리 속담에서 착안한 '세살마을'의 고문으로도 활동하고 있다. 이 땅에 태어난 아이들에게 희망을 주자는 마음 때문이다. 민족 공동체의 일원으로 내 자식들에게 무엇을 주고 싶은 마음 때문이다. 사람으로 태어났다면 적어도 세 살까지는 차별 없이 키워야 한다는 생각이다. 거기까지만 잘 가면 그런 대로 괜찮다. 세 살 이후의 삶은 아이의 환경과 교육 그리고 운명에 따라 달라진다. 하지만 유아기의 교육을 통하여 뿌리가 건강하다면, 그 아이의 삶이 행여 불운과 고난의 연속일지라도 그것을 견뎌내고 이루어낼 가능성이 매우 높다. 교육은 삶의 악성바이러스를 퇴치하기 위한 백신이기도 하다.

선생이 식민지 시절에 태어난 운명 때문에 나에겐 스승이 없다, 자연과 책이 스승이었다고 다소 거칠게 하신 말씀은 결국 스승에 대한 부정이 아니라, 그 시대와 주입식 교육에 대한 단호한 질책이다. 선생 역시 대학 시절을 포함, 학생으로서 많은 스승을 만났고, 그분들의 가르침으로 더 넓은

세상을 바라볼 수 있었다. 특히 지난 시절, 민주화와 산업화의 양극단에 서서 때론 거칠게, 때론 슬프게 피와 땀을 흘리신 분들을 스승으로 마음에 간직하고 있다.

한때 학생들은 '국민교육헌장'이라는 선언문을 외우고 다녀야 했다. '우리는 민족중흥의 역사적 사명을 타고 이 땅에 태어났다'는 문장이 있는데, 이것은 이미 우리가 어떤 운명으로 결정지어졌다는 '무서운 생각'을 내포한다. 당대의 고명한 철학자 박종홍 선생이 초안을 잡았는데, 그의 철학개론을 탐독한 나는 이 문장으로 우리의 위대한 선생에 대한 트라우마를 갖게 되었다. 인간은 태어나면서 저마다 자신의 목적을 품는다. 민족중흥의 역사적 사명을 타고 태어나는 이도 있겠지만, 술만 마시면서 그림을 그리는 장욱진 화백 같은 인물도 있고, 백남준처럼 엉뚱한 발상을 하는 세계적인 예술가도 있는 것이다. 그것이 위대한 인생이고, 아름다운 세상 아닌가.

우리 교육계를 뜨겁게 달구었던 무상급식 문제도 선생은 독특한 시각으로 바라본다. 이것은 나도 같은 생각이다. '도시락'을 생각하자. 무상급식이 옳고 그르고의 문제가 아니라, 급식을 필요로 하는 이는 하고, 엄마의 도시락이 필요한 이는 도시락을 먹는 것이 다양성을 추구하는 우리 사회가 갈 길이 아닌가. 도시락을 통해 엄마와 아이의 사랑이 존재하고, 아이는 자기가 좋아하는 음식을 먹는 것이다. 가난한 아이와 부자 아이를 완전히 평등하게 할 방법은 세계 어디에도 없다.

아이의 얼굴은 서로 다르고 집에 걸려 있는 그림도 서로 다르다. 이 집에는 장욱진의 진품이 걸려 있고, 저 집에는 농협에서 나온 달력이 걸려 있다. 여기에 차별을 둬서는 안 된다. 경제 문제를 비롯해서 집안의 전통이 제각각인 다양한 사람들이 그렇게 한 마을에서 어울려 사는 것이다. 이 복잡한 세상을 관통하는 하나의 법칙이 있으니, 그것은 '휴머니즘'이라고 선생은 말했다. 휴머니즘이 없다면 무상급식이나 도시락이나 유상급식이나 모두 공허한 외침에 지나지 않는다.

온 국민을 기쁘게 해준 '평창동계올림픽' 유치 소식을 접하면서 이어령 선생은 송강 정철의 '관동별곡'을 떠올렸다. 평창동계올림픽과 관동별곡은 어떤 관계가 있을까?

관동별곡은 정철이 강원도 관찰사로 부임하는 길에 지은 조선시대의 대표적인 가사다. 관동팔경의 절경을 노래하는 시인의 마음과 더불어 백성을 보살피는 관리로서의 마음을 동시에 품고 있다. 가사를 짓고 나서 정철은 임금에게 상소문을 보낸다. 관찰사로 근무하면서 백성들의 생활을 보니 낮이 짧고 밤이 길다, 여름이 짧고 겨울이 길다, 뭘 심어도 잘 자라지 않는 척박한 땅이다, 백성들이 배고프고 어렵게 사니 강원도 지역의 세금을 탕감해달라는 뜻을 임금에게 전한다.

"정철의 상소문을 보면 시절의 변화에 감회가 새롭지요. 강원도 지역은 식량 부족으로 감자와 옥수수 같은 작물로 백성들이 주린 배를 채운 곳입니다. 수백 년 동안 어려웠던 이 지역에, 오늘날 그 어려움을 역이용한 평창동계올림픽이 유치된 것이지요. 부족한 것이 채워진 것이 되었습니다. 이런 조건을 가진 땅에 대한 주민들의 사랑이 동계올림픽을 유치하게 됩니다. 우리나라는 이제 하계·동계 올림픽을 모두 유치하는 나라가 되었지요. 우리 땅에 대한 고마움입니다. 우리 땅은 남반구도 북반구도 아니기 때문에 가능한 거지요. 땅에 대한 사랑, 토포필리아입니다."

토포필리아 topophilia 는 그리스어로 장소를 뜻하는 토포topo와 사랑을 의미하는 필리아philia를 조합해서 만든 신조어다. 아무리 척박한 땅이라도 시대에 따라 패러다임이 바뀌고, 땅에 대한 사랑을 잃지 않으면 오지에서 세계적인 관광지로 변화하는 것이다. 토포필리아, 그리고 생명에 대한 사랑을 뜻하는 바이오필리아 biophilia와 더불어 이어령 선생은 새로운 것을 창조하는 네오필리아neophilia를 강조한다.

"동물을 봅시다. 사자와 호랑이는 가죽을 벗겨놓으면 구분이 안 됩니다. 호랑이는 호랑이 가죽이 있고, 사자는 사자 가죽이 있지요. 이것이 캐릭터입니다. 사자는 먹으면 그늘에서 잡니다. 호랑이는 포효하면서 달리지요. 울안에 가두어놓은 사자와 호랑이를 보면 사자는 늘어지게 쉬고 있고, 호랑이는 왔다 갔다 하기를 반복하지요.

인간의 위대한 점은 바로 네오필리아, 새로운 것을 창조하는 데 있습니다. 인간은 자연에서 배우고 창조하지요. 벌에서 꿀을 얻기도 하지만 육각형의 구조를 창조합니다. 바퀴벌레에게도 배우고, 잠자리에게서 헬리콥터를, 타조에게서 자동차를 배웁니다. 이것이 바로 위대한 점입니다. 평창동계올림픽은 이러한 점, 세 가지의 필리아를 최대한 창의적으로 발전시켜야 실패하지 않을 겁니다. 우리는 할 수 있을 겁니다."

온 국민이 환호하고 있었던 그 순간, 고독한 서재에서 평창동계올림픽을 바라보는 이어령의 시선은 송강 정철의 상소문에서부터 최근에 학자들이 만들어낸 토포·바이오·네오 필리아라는 신조어에까지 연결되어 있었다. 이어령의 거미줄이다. 단순한 지성에 머물지 않고 '검색과 사색'이라는 양날의 칼로 종횡무진한다. 일상에서는 검색하고 사색하라, 공부를 하면 비판하고 사랑하라, 종교적으로는 죽었다가 살아나라며 양극단의 면을 자유자재로 오간다. 한 번 날개를 펼치면 온 바다를 덮는다는 장자의 붕새처럼 그는 고도의 단련된 정신, 지성을 대변한다.

무소유, 비움의 철학에 대해 이런 말도 했다.

"스님과 차를 마시는데 차 잔이 넘치도록 차를 따라주는 겁니다. 차를 다 마시지도 않았는데 계속 흘러넘치게 부어요. 왜 그러시냐고 하니까, 안 비우니까 넘치게 한다는 겁니다. 버려야 채울 수 있는 거지요. 여기에 중요한 게 있지요. 바로 우주의 질서입니다. 우주의 질서라는 건, 초과하면 안 된다는 거지요. 부족하면 채워줍니다.

지구에서 인간만이 과식을 합니다. 여기에서 온갖 질병이 창궐하지요. 굶으면 살아나가는 방편이 생깁니다. 3억년 이상 지구에서 살아가는 바퀴벌레는 오줌을 싸지 않아요. 오줌을 에너지로 변화시키는 자연의 지혜를 가지고 있어요. 지금 우리가 살고 있는 이 시대에 가장 필요한 것이 바로 절약하는 거지요. 절약의 미덕이 필요한 시점 아닙니까. 지구의 환경 문제도 인간의 과식과 과소비, 과욕 등 욕망의 결과이지요. 이것은 인간이 감당할 수 없는 무서운 재앙을 불러옵니다. 자연이 메시지를 끝까지 보내오고 있어요. 차면 넘치듯이 자연의 인내심에도 한계가 있을 겁니다."

그러나 인간에게는 휴머니즘이 있다. 인간의 한계성을 넘는 위대한 어떤 것, 'something great 섬싱 그레이트'가 있다. 이것은 자연스럽게 신에게 연결된다. 이어령 선생의 신앙 고백은 지성과 감성으로 단련된 이어령의 세계에 영성의 문을 열었다. 그 문을 열기까지 인간으로서는 넘어서기 힘든 고통의 시간이 있었다. 이 이야기를 들으면서 나는《단테 신곡 강의》이마미치 도모노부 지음 / 이영미 옮김 지옥편 3곡에 등장한 '위대한 9행'을 떠올린다. 지옥문을 바라보는 단테의 노래이다. 여기서 나는 지옥문이다. 메모해 두고 가끔 보는 구절이다.


나를 지나 사람은 슬픔의 도시로
나를 지나 사람은 영원한 비탄으로
나를 지나 사람은 망자에 다다른다
정의는 지고의 주를 움직여
신의 권능과 최고의 지와
최초의 사랑이 나를 만들었다.
나에게 앞서는 피조물이란
영원한 것뿐이니, 나 영원히 서 있으리

여기에 들어오는 자 희망을 버려라

희망을 잃어버린 자, 지옥문으로 들어선 것이다. 선생의 종교 체험은 매우 놀라운 일이었다. 당대 지성인의 내면고백은 많은 사람들의 마음을 움직였다. 선생은 말했다.

"실명 위기의 딸 앞에서 그 아이가 믿는 신에게 딸을 낫게 해주면 믿겠다는 맹세를 했어요. 이것은 궁지에 몰린 사람이 던진 탄식소리와 같은 거지요. 일종의 거짓맹세였습니다. 그런 절박한 심경으로 신과 마주하니 '생명'이라는 화두가 내 앞에서 나를 보고 있어요. 나는 지금까지 그 누구도 사랑해본 적이 없는 것이 아닌가. 어머니를 일찍 여의고 잃어버린 그 사랑의 실체를 보여준 것이 바로 딸이었지요. 그 딸이 실명을 할 위기에 처했다는 건, 그 영리하고 나보다 더 좋은 존재였던 그 딸의 고통 앞에서 사랑을 모르고 글 쓰면서 가장으로 살았던 내 마음에 균열이 온 것이고 그 틈으로 스며든 것이 신이라는 존재였지요. 돈이나 지성, 감성이 해결하지 못하는 기적이 있더군요. 그러한 경험을 통해서 내 안에 있는 사랑을 발견합니다.

사랑이라는 위대한 신을 말이지요. 사랑은 기적입니다. 사랑이 있어 새를 보고, 바람을 느끼고, 숲을 보는 기적이 일어납니다. 이것은 시각장애인이 눈을 뜨는 것과도 같지요. 매일 볼 수 있는 이 기적을 내 딸과 나에게서 뺏어가지 말아주소서. 생명의 눈을 뜨고 풍경을 보고 비가 오는 것을 만지고 느끼면서 어떤 존재와 하나가 되는 것, 그것이 기적이고 부활이지요."

과거 산업화와 민주화의 대립과 갈등은
아직까지 이어지고 있다.
산업화로 상징되는 '땀'과 민주화로 상징되는 '피'가 있다.
이제 우리에게 필요한 것은
땀과 피를 품어주는 한 방울의 눈물이다.

아직도 선생은 완전한 신자라고 말할 수 없다고 했다. 쉽게 신자라고 이야기하는 사람들을 보면 부럽다고 하셨다. 예수와 함께 길을 걸었던 제자들 중에도 유다가 있었고, 예수를 부인했던 베드로가 있었다. 도마는 예수의 손바닥에 난 못자국을 만지고서야 부활을 믿었다. 예수의 상처가 도마의 의심을 치유한다. 이후 도마는 예수의 제자 중에서 가장 잔혹한 고문을 받고 순교한다. 그가 그 고통을 견뎠던 것은 예수의 못자국, 상처였다. 신자가 된다는 것은 이렇게 어려운 일이다. 21세기를 사는 보통 사람들이 쉽게 믿을 수는 없는 일이다.

처음엔 딸의 고통 앞에서 지푸라기라도 잡는 마음으로 했던 일종의 거짓맹세가 언론에 보도되고 그 여파로 신앙생활을 시작했지만 그 문을 열고 들어가서 성경을 읽고 생명과 사랑의 위대한 존재를 만나게 된다. 이어령의 마음에 신앙이라는 주머니가 생긴다. 이것이 희망이다.

선생은 거기에 신앙심을 조금씩 채워나가고 있다고 말했다. 이러한 선생에게 호기심처럼 지성인 이어령이 신앙인이 되었다는 관심은 별 의미가 없다. 지성과 신앙이 서로 마주하고 있고, 이 각별하게 각이 있는 생각들은 이어령이라는 주머니에 많은 것을 담고 우리는 그 주머니에게 뭔가를 얻게 된다. 선생은 그냥 내버려두면 된다는 이야기다. 내버려두면 김치가 묵은지가 되고, 밥이 누룽지가 된다. 배추가 시래기가 되고, 조각천이 조각보가 되는 것이다.

"우리나라 사람들은 내버려둔다는 말을 잘하지요. 버린다는 건 '포기'를 의미하는데 '내버려둔다'는 것은 서로 그냥 두는 것과 버리는 것이 만나 서로 모순이 되지만 창조하는 거지요. 이렇게 우리말 속에, 우리의 얼과 혼에 스며 있는 슬기를 문명론으로 가져가면 우리의 창조적인 문명이 꽃이나 나무처럼 자랄 겁니다."

이어령의 생명자본주의는 생명과 자본의 결합이라는 창의적 생각이다. 생명과 자본은 마치 불과 물처럼 서로 어울리지 못한다는 고정관념이 있지만, 알코올이나 휘발유처럼 타는 물이 있다. 생명과 자본 역시 휘발유처럼 활활 타오를 수 있다.

자본주의는 숫자와 통계로 세상을 재단하고 인간을 자본의 한 부속품으로 여긴다. 특히 금융자본주의는 가진 돈이 없으면 죽어야 하는 세상을 공고화하고 있다. 모든 것이 돈을 기준으로 이루어지고 있다. 이러한 시기에 생명자본주의는 매우 중요한 의미를 갖는다.

과거를 거슬러 생각하면 우리에게는 마을이라는 공동체가 있었다. 마을에는 서민들의 초가집과 사대부들의 기와집이 서로 어울려 있다. 담장은 낮거나 높지만 문은 모두 열려 있다. 노인과 젊은이, 어린아이가 살고 있다. 그 속에는 미친 여자도 있고, 문둥이도 있고, 선비도 있고, 수절하는 과부도 있다. 이들이 어우러져 힘들고 가난한 자를 보살피며 살아간다. 심봉사가 심청이를 젖동냥으로 키운 곳이 바로 마을이다. 이웃집 여인이 마을 아이를 위해 젖을 내주는 동정심이 바로 생명이다.

마을에서는 음지와 양지가 물과 불처럼 함께하며 어울린다. 하지만 도시로 상징되는 자본주의 사회에서는 이들이 격리된다. 온기가 없는 딱딱한 콘크리트 건물에서 비정함이 흐른다. 자본의 속성 때문이다. 하지만 정말로 중요한 것은 숫자나 통계로 대차대조표를 만들 수 없는 인간이고 생명이다.

"생일 케이크가 잘 팔리는 이유는 뭘까? 생일 케이크를 사용가치와 교환가치로 본다면 경제적으로 분석하면 밀가루와 설탕, 인건비들이 포함된다. 그러나 사람들이 생일 케이크에 초를 꼽는 순간 생명가치가 탄생한다. 그 사람의 나이는 그 사람의 전 생애이다. 초를 꼽고 박수를 치고 축하를 하면서 생일 케이크는 생명가치로 재탄생한다. 이것은 공감이다.

나는 식민지 시대에 태어나 어둠 속에서 자랐고, 이후 해방이 되자 민주주의와 공산주의라는 사상의 대립으로 몸살을 앓았다. 경제개발 시대에는 보수와 진보, 좌와 우의 대립으로 서로 충돌하고 밀어내는 어려운 시절을 견뎌냈다. 특히 과거 산업화와 민주화의 대립과 갈등은 아직까지 이어지고 있다. 산업화로 상징되는 '땀'과 민주화로 상징되는 '피'가 있다. 이제 우리에게 필요한 것은 땀과 피를 품어주는 한 방울의 눈물이다.

이제 우리에게 눈물이 필요하다. 공감하는 눈물, 사랑하는 눈물, 인간의 마지막 액체인 눈물이 생명화의 세계를 연다. 이 눈물이 있는 것이 바로 생명이다. 피는 죽은 이도 흘린다. 살아 있는 물고기처럼 거대한 강물을 역류해서 상류로 가자. 우리에게 지금 필요한 것은 이 역류의 파워이다. 살기 위해 헤엄쳐야 한다."

두 시간 정도 선생의 이야기를 묵묵히 적으면서 나는 비가 내리는 들판에 서 있는 감상에 사로잡혔다. 여름 숲 속에서 가열 찬 기세로 울어대는 매미 소리의 파도에 휩쓸려 내 영혼과 몸은 잠시 그 안에서 평안했다. 무엇인가를 받아 적는다는 것은 나의 오래된 버릇이다. 흰 종이에 검은 글씨가 새겨지면서 나도 조금 변했을 것이다. 선생과 같은 사람을 만날 수 있다는 것은 나에게 각별한 경험이다. 선생은 나에게 우상인가, 내가 파괴해야 될 어떤 대상인가. 아니다. 그것은 생명이다. 이 생명의 달빛 아래서 나는 어두운 밤의 촛불이 되어 있다.

이 글을 다 쓰고 잠시 책상에 앉아 얼마 전에 경험한 잠자리 생각을 했다. 잠자리 한 마리가 열려진 창문으로 날아 들어온다. 어떤 생각처럼 날아온 잠자리는 내 방에서 잠시 머물더니 다시 나가려고 했다. 그런데 이상한 일이 벌어진다. 창문이 열 개가 넘는 내 서재에 잠자리가 그 문을 찾지 못하고 툭툭 창문에 부딪치고 헤맨다. 아, 그렇구나. 만 개의 눈을 가진 잠자리가 나갈 문 하나를 찾지 못하는구나. 우리에게 만 개의 눈은 필요 없다. 나갈 문을 찾는 하나의 눈이 중요하다. 그것이 이제 생명자본주의라는 이어령의 문이라는 생각을 하면서 마침표를 찍었다.

# 김주영

'엄마'를 품고 '가난'을 노래한 문단의 거목

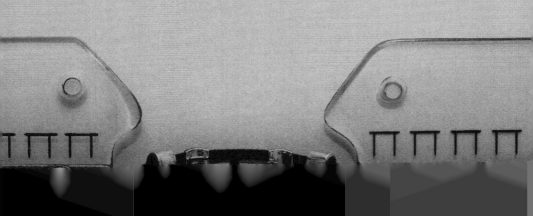

작가에게 돈이란 무엇인가

베스트셀러, 상에 대한 욕심을
완전히 버려야 해요.
오로지 작품에만 열중해야 합니다.

## 1

몇 달 전인가, 김주영 선생이 거나하게 취하여 한 이야기가 있다. 지인들과 함께 한 술자리였다. 장충동 족발집의 소맥부터 시작한 그 자리는 와인을 사발에 부어 마시는 지경에 이르렀다. 선생은 엄마처럼 우리를 거둬 먹였다. 더 먹어라, 더 마셔라. 재미난 이야기 해줄게. 여름밤이 깊어갈수록 선생의 걸쭉한 육담이 무르익어가던 시간, 문득 선생이 이런 말을 했다.

"내가 지금까지 쓴 수없이 많은 단어들 중에서 단 하나의 말을 고른다면, 그것은 '엄마'다. 세상에는 큰 말들이 있어요. 예를 들어 겸손, 배려, 사랑, 포옹 등등 사람들을 이끄는 말이 있지요. 하지만 나에게는 오직 엄마가 있을 뿐입니다."

눈물을 글썽이는 선생의 모습은 단순한 취기 때문이 아니었다. 이 말들은 망치가 못을 박듯 내 가슴에 와 박혔다. 가난과 엄마는 쌍두마차처럼 김주영의 작품 세계를 질주했다. 경북 청송의 가난한 소년 주영이에서 《객주》의 작가 김주영을 이끌어왔다. 그중에서도 '엄마'는 지금까지의 김주영 문학을 열 수 있는 키워드라는 이야기다. 작가를 이해하기 위해서는 그가 가장 사랑하는 단어를 물어보면 어느 정도 이해가 된다. 그 단어가 일상적이고 구체적일수록 좋다. 김주영의 엄마처럼 우리에게 가까이 있는 단어가 또 있을까.

김주영 문학의 특징을 '가난한 자들의 의기투합'이라고들 하지만, 선생은 엄마가 당신의 문학에 가장 중요한 단어임을 강조한다. 작가는 무엇을 쓰든 바로 자신의 이야기라는 말이 있다. 대하소설 《객주》를 제외한다면 선생의 대표작은 역시 《홍어》이겠지만 《겨울새》를 비롯한 선생의 작품들마다 엄마의 그림자는 깊고도 넓다. 선생을 만나자마자 이 이야기를 꺼냈다.

선생은 껄껄 웃으면서 술자리에서 이야기한 내용인데, 엄마에 대한 단상을 적은 글이 있다고 했다. 이제 그 엄마로부터 떠나고 싶다고 했다. 이제 작품을 통해서는 엄마에 대한 생각을 지우고 싶다. 2009년 모친상을 치르고 나서, 그제야 그는 아들로서의 자리매김을 하고 있는 중인가 싶었다.

"우리나라 작가 중에서 나처럼 엄마에 대한 집착이 강한 작가는 드물지요. 우리 고향에서는 어머니라고 하지 않고 그냥 엄마라고 해요. 아들이 칠순이 되든 팔순이 되든 말이지요. 우리들은 보통 엄마라고 부르다가 어머니로 보내드리잖아요. 엄마 엄마 하고 따르다가 어머니를 모시고 그런 어머니가 세상을 떠나는 거지요. 하지만 나는 엄마로 '엄마'를 보내드렸지요. 내 나이 칠순에 어머니가 작고하셨어요. 어머니의 장례는 고인의 유언대로 아무도 부르지 않고 아우와 의논하여 가족들끼리 치렀어요. 꽃이 진 것처럼 조용한 절차였어요. 어머니 육신을 화장해서 어린 시절 소풍가던 강가가 보이는 산위에서 '엄마 뼈'를 뿌려드렸어요. 바람이 지나가는 모습이 보입디다. 다 어머니의 뜻이었어요."

선생은 엄마의 뼈를 뿌리면서 바람이 하얗게 지나가는 모습을 보았다. 바람 속으로 흔적 없이 사라져 가던 세월이 어디로 가는지도 보았다. 그 공간에 가족만 함께 했다. 장례식장에 손님을 모시지 않아 주위의 지인들은 참으로 섭섭하지 않았을까 싶다. 김주영의 엄마는 친구들의 엄마이기도 하기 때문이다. 선생의 인간관계와 명사로서의 유명세를 생각한다면 섭섭한 일이다. 하지만 고독한 공간에 깃드는 마음이 있으리라 싶었다. 엄마를 보내드리는 선생의 깊은 마음이 보인다. 선생은 이어 말했다.

"아버지 없이 홀몸으로 날 길러서 엄마는 가난을 등에 업고 다니셨지. 그 고생은 여러 매체에서 이야기했듯, 지독했어요. 하지만 엄마는 바로 가족이라는 끈을 이어주는 유일한 존재였어요. 그런데…, 어머니가 재혼을 하면서부터 나는 방황과 방랑을 거듭합니다. 한때는 어머니를 미워했고 저주도 했지요. 마흔을 넘기고 나서야 나는 어머니에 대한 모진 감정들이 삶을 탄탄하게 살게 한 원인이라는 걸 알았지요. 그래서인지 더욱더 내 아픔에 대한 보상심리로 어머니에 대한 집착이 심했는지도 모르지요. 그런데…, 이젠 그 엄마로부터 떠나야 되겠어요."

무슨 말일까?, 여태 발표한 작품들은 어떤 작품이든 엄마를 염두에 두고 쓴 작품이라면, 이젠 엄마를 정면으로 응시하고 쓴 작품을 탈고 했다고 털어놓았다. 제목은《잘 가요, 엄마》다. 이 작품으로 서포 김만중 문학상을 수상한다.

작가 생활을 이렇게 끝내서는 안 되겠다는 마음으로 쓴 작품이다. 어머니, 이제 그 인연의 끈을 김주영은 작가로서 작품으로 맺고 풀어서, 엄마에 대한 마침표를 찍을 참이다. 어머니 장례를 치르고, 어머니의 삶을 되짚어 나가는 일종의 자전적 소설이다. 이제 이 책을 마지막으로 더 이상 엄마 생각은 안 한다고 하셨다. 강물이 보이는 산등성이에 뿌려드린 엄마의 영혼도 이제는 자유로울 것이다.

소설가 김주영은 어떻게 탄생되었을까? '엄마'에 대한 애증으로 연유한 선생의 불우한 유년 시절은 초등학교, 중학교, 고등학교를 거치면서 가출과 방황, 일탈적인 행동으로 점철된다. 이야기책을 좋아해서 만화방에서 굴러다니는 만화책을 훔쳐보기도 하고, 어른들이 담배를 말아 피우느라 군데군데 찢어진 소설책을 읽었을 뿐이다. 담배종이로 날아간 부분은 상상을 하면서, 책은 그렇게 남루하게 다가왔다. 가난하고 불우한 한 아이는 이야기가 좋았고, 어려운 자신의 처지에 위안이 되었기 때문이다. 서라벌 예술대학에 입학을 했지만, 10년 만에 졸업을 할 정도로 띄엄띄엄 학업은 이어진다. 문학 공부라 할 수 있는 과정은 생략되었다. 그렇다면 무엇이 우리 문단의 거목으로 자리 잡은 작가 김주영에게 소설을 쓰게 했을까? "응어리지요. 응어리진 마음을 압니까? 불우한 환경과 지독한 가난에 시달린 응어리, 삶에 대한 막연한 분노와 어머니에 대한 애증의 응어리, 그 응어리가 글을 쓰게 만들었다는 겁니다. 이문열, 이근배, 김원일 작가를 비롯한 모든 작가들에게 경우는 다르지만 응어리가 있을 겁니다. 작가에게 응어리는 작품의 구심점이 되기도 합니다."

응달진 마음, 누추한 기억, 분노와 한탄의 나날들, 그것이 밀가루 반죽처럼 치대고 주물러대면 '응어리'가 생긴다. 가장 고통스러운 순간에 영감이 떠오르는 예술가의 운명이 응어리이다. 엄마가 응달진 마음의 중심에 있다. 그렇다면 선생에게 아버지는 무엇인가. 선생은 아버지 이야기를 거의 하지 않았다. 선생에게 아버지에 대한 기억을 물었다. 선생은 약간 곤혹스러운 표정을 지었다. 아버지에 대한 추억은 말씀하시기 곤란한 것인가 싶었다.

"아버지는 나에게 '부재'인데, 그래도 기억을 떠올려보면…, 나를 두들겨 패고, 매정한 분으로 내 곁에 잠시 머물다가 일찍 돌아가셨지요. 아버지에게는 별 영향을 못 받았지요. 그래요. 그래요. 따뜻한 시선으로 나를 한 번도 바라본 적이 없는 어른, 어린아이의 작은 실수에도 '몽둥이찜질'로 나를 다스렸던 분이지요. 내 삶에 그런 영향을 미친 분인데, 그나마 일찍 가셨으니 나에게 아버지는 없다고 하는 편이 좋지요."

너무 무거운 기억을 꺼내시게 해서 죄송스러운 마음에, 모든 영웅들은 아버지의 부재라는 공통점이 있다는 객쩍은 소리를 했더니, 선생은 그런가 하시면서 허허 웃어버린다. 고대 그리스의 비극 오이디푸스 왕까지 끌어대진 않더라도, 아버지의 그늘 아래서 자란 자식보다는 아버지의 부재에서 자란 이들이 큰 인물이 되었다.

"어머니는 내 나이 일흔까지 곁에 있었지요. 내가 엄마에게 품었던 미움과 저주, 반항은 바로 나에게 자유를 주었어요. 바로 어머니의 선물이지요. 나를 소설가로 만든 겁니다. 물론 세상의 어머니는 여러 모습이에요. 유복한 집안에서 곱게 자라나 반가의 여인이 된 어머니가 있지요. 역경을 딛고 자식을 훌륭하게 키워낸 어머니도 있지요. 가난하게 살면서 된 고생을 한 어머니도 있지요. 사람마다 어머니의 모습은 다양합니다. 마치 서로 다른 모습을 한 우리의 고향의 모습처럼 말입니다. 어머니는 이제 고향이 돼버렸네요. 허허."

## 3

마침 추석을 이틀 앞 둔 날 선생을 만났다. 귀향길에 오른 사람들을 보면서 우린 고향이라는 말을 떠올린다. 언론에서는 민족의 대이동이라고 요란하게 차량의 행렬을 찍어 보도한다. 선물을 사고, 음식을 만들고, 밤하늘에는 보름달이 떠 있는 추석. 달은 밝아도 우리는 언제부터인가 달을 바라보는 시력을 잃어버렸다. 우리가 바라보는 것은 부와 명예, 물질이다. 사람들은 이제 더 이상 달을 바라보지 않는다. 달을 보고 기원하지 않는다. 더 이상 달빛 아래서 정인이 만나지 않는다.

이것이 21세기의 달의 의미이다. 달이 있던 자리에 질주하는 자동차 헤드라이트, 가로등, 술집과 노래방, 키스방의 네온사인이 수 만 개의 달로 떠오른 도시에서 살고 있다. 우리는 달을 잃어버리면서 많은 것을 잃어버렸다. 여기에 문학이 설 자리가 있는 것이 아닌가, 이런 생각을 하다가 선생에게서 고향은 엄마와 같은 말이 아닐까,라는 생각으로 이어진다. 고향에 대한 이야기를 들었다.

"예수가 이야기했지요. 고향에서 환영받는 선지자는 없다고. 그래요, 선지자까지는 몰라도 많은 사람들이 고향에서 환영받지 못합니다. 저 역시 고향에서 환영받지 못해요. 고향에서 주영이는 가난한 아이, 헐벗은 아이, 꼴찌, 월사금도 못내는 아이, 남의 밭에서 서리를 해 먹은 못된 아이인 거지요. 지금도 고향에 가면 '주영이 왔나' 정도예요. 이러한 것들이 나에게 에너지를 줍니다. 내가 뭔가 열심히 해야지, 하는 어떤 계기를 만들어주는 거지요. 그런 대접을 받는다고 고향 사람들을 미워할 수는 없는 일이지요."

오프라 윈프리는 미시시피강 하류 오지에서 태어나 어린 시절 성폭행과 낙태의 경험을 한 불우한 시절이 있었다. 어려움을 하소연해도 돌보아주는 사람이 없었던 흑인 여자아이, 남자친구가 곁을 떠날까봐 헤로인을 같이 했다는 절대 고독의 소녀, 망가질 대로 망가진 그녀가 드디어 자신을 낳아준 아버지를 찾아가기로 결심했다.

시골에 놀러 왔다가 자신의 생모를 만나 임신만 시키고 튀어버린 아버지는 다른 여자와 단란한 가정을 꾸리고 있었다. 거기에서 만난 아버지의 처가 선물처럼 준 한마디, '책을 읽어라'가 인생의 전환점이 되었다.

오프라는 주위 환경보다는 강인한 의지가 인격 변화 요인임을 강조했다. 선생은 오프라 윈프리에게서 결이 다르기는 하지만 자신의 모습을 보았다. 그것이 감동으로 다가왔다고 한다.

"작가로서 인생을 생각해보면, 최초의 동기 부여가 그래도 책 읽기라는 생각이 들어요. 그 어려운 어린 시절, 어머니의 손을 잡고 간 절간에 이무영 선생의 소설책이 있었는데, 누군가 담배를 말아 피웠는지 군데군데 파장이 되어 있었지요. 그 책을 훔치기도 하고, 주워 읽기도 했어요. 그래서 문학을 했고, 문학을 해서 살았어요. 문학은 너무나 고마운 겁니다. 문학을 해서 애를 기르고, 문학을 해서 후배들에게 소주 한잔 사줄 수 있는 일이에요.

어떤 유명한 대중 가수의 인터뷰 기사를 보니까, 그가 말하기를 자신은 음악이 소주 한잔 사주지 않았지만 음악이 좋아서 한다고 했는데, 나는 달라요. 나는 문학이 너무나 많은 것을 주었어요. 문학을 해서 여행도 다닐 수 있었어요. 남달리 운이 좋아서인지는 모르지만 말이지요. 나는 작가로 살면서 많은 것을 누렸어요, 너무나 고마운 존재지요. 그래요. 나는 다시 태어나도 문학을 할 겁니다. 만약에 다음 생에 신이 나에게 문학적인 재능을 주지 않는다면 원고지와 잉크, 펜을 파는 문구점이나 서점을 할 겁니다. 그렇게 문학 곁에서 서성거리면서 살 거예요.”

선생이 문학의 은혜에 대해서 고마운 마음을 강조했다. 정리하자면 이렇다. 우선 선생의 모든 지식은 문학을 통해서 왔다. 쓰기 위해서 독서를 했고, 독서를 해서 세상과 사람을 본다. 그것을 쓴다. 학창 시절에는 가난 때문에 분노 때문에 학교생활을 제대로 하지 않아서 공부에 대한 개념조차 없었다. 그런데 문학이 있어서 책도 논문도 읽게 되었다. 쓰고 싶은 소설의 자료조사를 위해서 시작된 독서는 선생의 손을 잡았다. 그래서 공부하는 버릇이 들었다. 선생은 말한다.

“문학은 나에게 술을 사주었고, 너무나 많은 것을 베풀었다.”

선생은 문학을 사랑하고 고마워한다. 때론 어떤 작가들은 문학을 통해 명성을 얻었으면서 그 문학을 폄하하는 발언을 하기도 한다. 하지만 선생에게는 그러한 오만함을 찾아볼 수 없다. 선생은 순수한 마음으로 문학을 사랑하는 것이다. 이러한 마음이 객주 10권을 집필하는 원동력이다. 9권에서 일단 마무리한 객주의 주인공은 아직 살아 있다. 그것은 이미 10권에 대한 예감인지도 모른다. 객주를 10권으로 마무리하고자 하는 의욕은 고마운 세월이 자신에게 주어진다면 좋은 소설을 서너 권은 더 남기도 싶다는 간절한 마음으로 이어진다.

"작년에 멕시코의 문학 심포지엄에 참가한 적이 있는데, 거기에서 남미의 유명한 문학상을 수상한 노 작가를 보았지요. 그 양반 85세였어요. 여든 살이 넘어서 쓴 소설이 3권이 넘어요. 그때 소설가 이승우가 같이 있었는데, 그 역시 깜짝 놀라더군요. 소설은 일종의 근력 싸움이기도 해요. 많은 작가들이 나이가 들어서 소설을 못 쓰는 이유도 근력이 떨어져서이지요. 근력과 열정이 소설을 쓰게 합니다. 그걸 우리가 본받아야 하겠다는 생각을 했어요. 나이가 들면요, 혈압과 혈당이 높아져서 몸이 시달립니다. 그래서 저는 운동을 열심히 하고 약도 먹고 하면서 근력을 유지하기 위해 노력하지요. 소설가는 노동자지요. 노동을 하기 위해서는 근력이 있어야 돼요. 글을 쓰기 위해 근력만 필요한 것은 아니지만, 육체의 힘이 있어야 되는 겁니다."

작가가 나이가 들면, 어떤 작품을 쓰겠다고 벼르기만 하고, 정작 작품은 나오지 않는 경우가 있다고 한다. 작가는 펜을 놓는 그 순간까지 글을 써야지 벼르기만 해서는 안 된다는 것이다. 우리 문단에 이병주 선생 같은 분은 돌아가실 때까지 글을 썼다. 요즘엔 그런 분들이 드문 것 같다고 아쉬워했다. 나이가 들수록 다양한 소재와 새로운 에너지원을 찾아야 한다고 강조했다.

"나의 이러한 열정이 혹여 타인의 눈에는 탐욕스럽게 비칠지도 모르겠어요. 너무 욕심이 지나치다고 핀잔을 들을 수도 있겠지요. 하지만 분명한 것은 작가는 숨을 거두는 순간까지 머릿속에서 뭔가 펑펑 돌아가고 근력과 손을 통해서 그것이 나와야 한다는 겁니다. 그게 작갑니다."

5

엄마에서 시작한 문학 이야기는 노 작가의 열정, 작품에 대한 자세에까지 이어졌다. 그의 삶의 중심에는 문학이 있었다. 오늘 날 문학의 위상에 대해서 질문했다. 21세기 물질의 풍요로움 속에서 다양한 콘텐츠의 개발로 문학의 자리가 위태로운 것은 아닌가, 독서인구가 줄어들고 있고 문학도 그 자리가 예전 같지는 않다는 이야기다. 이러한 나의 생각에 선생은 대답했다.

"그래요. 제 생각에는 모든 예술의 중심에는 문학이 있다고 생각했어요. 음악, 회화, 연극, 영화까지 말이지요. 이것들은 모두 문학의 자매 예술이라고 생각했지요. 문학이 예술의 근간이고 그것을 움직이는 축이라고 말이지요. 그런 시대가 있었지요. 하지만 이제 그 자리에서 위험한 지경에 이르렀어요. 이제 누군가 문학이 예술의 축이냐고 물으면 대답하기 힘들어요. 문학의 위치가 주변예술에 비해서 흔들리고 있는 거예요. 적절한 예가 될지는 모르겠지만 영화계에서 주목받는 이창동은 소설가이고 유하는 시인이었지요. 아주 좋은 작가들이었어요. 그들이 문학이 아닌 영화에서 자리를 잡는 모습은 우리 시대 문학의 한 위상을 보여주는 거지요. 그 이유 중의 하나가 바로 문학을 하는 이들의 경솔한 모습입니다. 결국 문학의 위기는 문학을 하는 이들 때문에 자초된 거예요. 정성이 들어가지 않은 설익은 음식을 내는 식당에 손님이 찾아가겠습니까."

문학을 설사하듯, 배설하듯 한다면 위험하다는 것이다. 거기에서 당신 역시 자유롭지 못하다고 말했다. 그런 설익은 작품들이 자꾸 나오면 독자들은 점점 문학과 멀어진다는 것이다. 한 작품을 오래 생각하고 오래 머릿속에서 굴리고 해야 된다.

"적절한 지적인지는 모르지만, 지금 문학상이 너무 많아요. 그것이 문학작품을 남발하는 한 원인이 되지 않나 하는 생각을 해요. 마치 대학이 우후죽순으로 생겨나자 정부에서 대학을 정비하겠다고 하듯이 말이지요. 매체도 너무 많아요. 인터넷을 비롯한 각종 매체에서 원고 청탁이 들어오고 작가는 서둘러 작품을 쓰고 조급하게 발표하지요. 그런 모든 것들이 문학의 자리를 흔들리게 하는 겁니다. 이제는 문학에 대한 진지한 반성과 새로운 인식이 필요한 시기입니다."

인터뷰를 하는 동안, 점심시간이 되었다. 선생은 근처의 냉면집으로 가자고 했다. 냉면집으로 걸어가면서 이런저런 이야기를 나누었다. 그중에서 선생이 담배를 끊은 이야기가 인상적이다. 군대에서 지급한 화랑담배에서부터 시작된 흡연의 역사는 하루 두 세 갑의 골초의 역사였다. 작품을 쓰면서, 술을 먹으면서, 심심하면 한 대 한 대 또 한 대, 그러다 보니 65세쯤 되자 기침이 자주 나서 잠을 청하기가 힘들 정도였다.

무슨 병에 걸렸나 싶어 병원에 가니 폐기종인데 암으로 발전할 가능성이 있다고 한다. 진료를 한 의사가 매우 걱정을 했다. 얼굴이 하얗게 질려서 말이다. 의사에게 금연을 해야 한다는 말을 들었지만, 그래야 산다는 말을 들었지만, 별로 금연 의지가 들지 않았다고 한다. 그렇게 6개월을 더 피웠다. 하루에 두 갑, 세 갑을 피운다는 말은 잠자고 밥 먹는 시간 이외에는 그냥 담배를 물고 산다는 이야기다. 몸에서 냄새가 나고, 기침이 나서 대화하기에도 불편했다. 그래도 피웠다.

"그런데 말이지요, 인도네시아로 여행을 갈 일이 있었는데요, 공항의 흡연실에서 두 대를 피우고 나서 이런 생각이 들었어요. 이제 그만 할까, 그런 생각이 드는 거예요. 정말 금연에 대한 생각은 별로 없었는데, 너무 몸이 아프니까 든 생각 같았어요. 그래서 공항의 재떨이에 담배와 라이터를 버리고 지금까지 한 대도 안 피웠습니다."

물론 부작용은 있었다. 3년 동안 원고를 못 쓴 것이다. 집중력이 현저하게 떨어져서 200자 원고지 두 장 이상을 쓸 수가 없었다. 꿈에서도 담배가 나타나 유혹했다. 그래도 견뎠다. 결국 담배와 이별했다.

"그런데 말이지요, 아이고 살찌고, 술을 더 많이 먹게 되더군요. 하하. 하지만 담배를 끊으니까 너무 컨디션이 좋아요. 아침에 일어날 때 상쾌하고."

냉면집에서 소주를 한 잔 마시고, 식사를 마치고 일어났다. 선생은 골목길로 가자면서 말했다.

"지금 내가 하루를 어떻게 보내는지 가르쳐주는 겁니다. 출근해서 집필실에 있다가 여기 냉면집이나 밥집에서 점심을 먹고 저기 커피 집에서 야외 테라스에 앉아 커피를 한 시간가량 마십니다. 그리고 사무실에 조금 앉아 있다가 청계천을 두 시간가량 산책하지요. 그리고 글 쓰고, 어떤 날은 밤늦게까지 술을 마십니다."

선생의 단골 커피집에 앉았다. 선생이 커피를 마시면서 말했다.

"여기에 앉아서 사람들을 보고 있으면 말이지요, 재미난 점을 발견할 수 있어요. 한 사람도 같은 옷이나, 비슷한 옷을 입은 사람이 없다는 거예요. 점심시간이 되면 이 골목에 식당이 많아서 굉장한 인파가 몰려드는데, 한 사람도 같은 옷을 입은 사람이 없다는 거지요. 우리 세상을 그대로 보여주는 겁니다. 그리고 비만인 사람이 많아요. 내가 북한에 한 보름 다녀온 적이 있는데 말이지요, 북한에는 뚱뚱한 사람이 딱 두 사람 있어요. 나머지도 복장도 비슷하고 모두 말랐어요. 두 사람은 김정일과 그 아들이지요. 마른 사람들은 기동성이 좋지요. 빨리 움직이고."

김주영 선생에게 전업 작가의 길에 대해서 물었다. 어려운 시절, 글만 써서 생활한 선배 전업 작가가 후배 전업 작가에게 혹은 문학을 지망하는 사람들에게 보내는 메시지인 셈이다. 선생은 우선 자신은 전업 작가로서 행운을 누린 경우라고 말했다. 많은 전업 작가들이 힘들게 살고 있음을 염두에 둔 말이다. 소설가는 작가이기 전에 생활인이다. 선생은 작가의 자세에 대해서 이렇게 말한다.

"우선 돈에 대해서 집착하면 안 돼요. 생활이 어려우니까 돈 생각나는 건 당연해요. 하지만 돈에 집착하면 안 돼요. 부작용이 생겨요. 사람 관계를 비롯한 여러 가지 계산을 하게 되고, 책이 안 나가면 불안하니까 또 자꾸 책을 내게 되는 악순환이 됩니다. 그보다는 느리게 찬찬히 가야 됩니다. 급할수록 돌아가라는 말이 있지요. 조금씩 내공을 쌓아가는 그런 인내심이 필요해요. 정말 돈을 만지고 싶다면 말입니다. 골프를 치는 사람은 멀리 공을 치기 위해 어깨에 힘을 빼라는 말이 있어요. 필드에 나가 어깨에 힘이 들어가면 공이 멀리 안 나가요. 같은 이야깁니다. 작품을 쓸 때 멀리 보고 가는 거지요. 느리게 천천히 한 작품의 완성도를 최대한 끌어올려 책을 냅니다. 그런 작품이 좋은 작품이 될 가능성이 많고, 좋은 작품을 독자는 알아보지요. 저의 경우에도 최근에 낸 《빈집》과 같은 소설은 좀 서둘렀어요. 반성하고 있습니다. 그래서 《잘 가요, 엄마》와 같은 경우에는 더 천천히 썼어요. 다 써놓고도 한참을 보고 또 보고 있어요. 베스트셀러, 상에 대한 욕심을 완전히 버려야 해요. 오로지 작품에만 열중해야 합니다."

선생은 더불어 많이 쓰기보다는 많이 읽으라고 권했다. 책을 읽고 세상을 읽고 사람을 읽어라, 그래야 좋은 작품이 나온다는 이야기다.

"문학뿐 아니라, 과학, 역사, 풍습에 관한 책을 많이 읽어서 지적인 토대를 튼튼히 해야 합니다. 작가로서 오래 가는 비법이지요. 다양한 소재에 관심을 가져야 하고, 그러한 경험이 자꾸 쌓이면 소설가로 견딜 수 있는 에너지가 생기는 법이지요."

그리고 여행을 통해서 다양한 경험을 할 것을 권했다. 세상을 읽어야 책도 읽히는 법이니까. 그런 말씀을 하다가 이런 못을 박았다.

"작가는 잘사는 사람보다 못사는 사람 편에 서 있어야 합니다. 그리고 특정한 이념에 빠지지 않도록 조심해야 해요. 여기에 빠지게 되면 헤어나기가 힘들어요. 보수냐 진보냐, 좌냐 우냐의 딜레마에 빠지지 말아야 합니다. 이념의 기준이 아니라, 한 사람의 작가로서 양심의 기준으로 판단해야 합니다. 이념에 빠지다 보면 작가의 마음은 어느새 황무지가 됩니다."

8

선생을 만나기 전에 인촌상을 받았다는 기사를 보았다. 객주 10권을 다시 집필하기 시작했다. 지역에서 제공해준 집필실에서 집필을 한다는 이야기도 읽었다. 떠돌이 혼을 가진 작가들에게 집필실은 어떤 의미일까?

"글 쓰는 일은 숨어서 하는 일이기도 해요. 많은 작가들이 작품을 쓰기 위해서 숨어버리지요. 전화, 티브이, 술자리가 방해 요인이 되기 때문이지요. 어떤 장소에서 완전히 세상과 멀어져서 작품에 몰두하는 그런 시간이 천천히 걸어라.
많이 생각하라,
적게 쓰고,
공명심과 사념을 버리고,
열정을 가지고 좋은 작품에 매진해라.
그리고 가난한 사람을 생각하라.

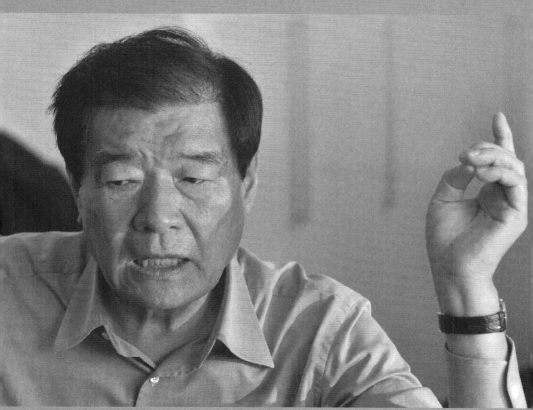

필요한 겁니다. 객주를 다시 쓴다고 하니까, 고맙게도 울진 엑스포공원 내에 있는 군수 관사를 정비해서 집필실을 만들어 줬지만, 그건 상주한다는 것이 아니고 자료 조사나 답사를 하면서 머무는 공간입니다. 물론 거기에서 몇 주 머물면서 글을 쓸 수도 있구요. 그런데 갑자기 이문구 선생이 생각나는군요. 이문구 선생은 한겨울에 난로도 없는 출판사 편집실에서 언 손을 호호 불면서 자신을 찾아온 여러 명의 친구와 서로 다른 이야기를 나누면서 철필에 잉크를 찍어서 원고를 썼지요. 완전히 오픈된 공간에서 여러 사람들과 잡담을 하면서 쓴 작품들이 우리 문학사에 길이 남을 걸작들 아닙니까. 나는 이문구 선생처럼 쓰지는 못하지만, 작가에게 공간은 숨어서 쓰는 공간일 필요가 있지요."

선생의 집필실에서 인터뷰를 마치고 골목길을 걸었다. 오래된 장충동의 식당들, 사람들이 분주했다. 아파트 5층 정도로 유독 키가 큰 나무 아래서 선생의 말을 떠올렸다.

"저 나무 말이지요. 내가 첨 봤을 때 내 키 정도였는데, 저렇게 커버렸어요."

나무를 바라보는데, 철필로 잉크를 찍어 쓰는 작가의 모습이 떠올랐다. 가난한 사람, 불우한 사람, 그들의 마음을 열고 들어가서 한 자 한 자 피를 찍어 쓰는 작가의 모습. 나무는 너무나 조용하게 자란다. 저렇게 한 자리에서 오래 있으면 꽃이 피는가 싶었다. 키 큰 선생의 모습을 닮았다.

우리는 너무 가벼운 세상에 사는 것이 아닌가, 하는 생각을 하면서 키 큰 나무의 무성한 잎사귀들을 바라본다. 소설가 김주영 선생의 모습은 저 키 큰 나무의 모습을 하고 있었다. 가난한 이에게 하나라도 더 거둬 먹이고 싶어 하는 엄마의 모습이 있었다. 그런 선생의 모습을 보고 나오는 길에 고속으로 질주하는 자동차의 경적소리가 들린다. 번쩍 정신이 든다. 오늘은 차를 버리고 천천히 걸었다. 선생의 한마디 한마디가 나에게 하는 말 같았다.

천천히 걸어라.

많이 생각하라,

적게 쓰고,

공명심과 사념을 버리고,

열정을 가지고

좋은 작품에 매진해라,

그리고

가난한 사람을 생각하라.

# 한대수

소외된 자유의 가객

고독을 이기는 힘은 어디에서 오는가

니체가 그랬지요.

양떼가 어울려 풀을 뜯으면 안전하다.

홀로 풀을 뜯으면 고독하다.

나는 고독하고 심각한 사람이에요.

1

신촌 뒷골목 모텔촌 사이로 난 계단으로 올라가는 한 사내가 보인다. 그는 가파른 언덕길을 겨우겨우 가고 있다. 계단 중간에 벽을 짚고 두어 번 어이구 소리를 내면서 쉬었다 간다. 그 모습을 물끄러미 보았다. 역광으로 어둡게 보이는 사내의 뒷모습이 좁은 골목길을 다른 세상으로 만들고 있다. 사람이 들지 않고 새만 날아오는 깊은 숲속에 아름답게 불타는 단풍의 절정, 기어이 한 번 터지고 마는 소리꾼의 절창. 이런 이미지들이 어우러진다. 누추한 신촌의 골목길을 팝아트로 만들어낸 사내의 이름은 한대수. 가수 한대수다.

그와 정해진 시간 이야기를 다 마치고 나서도 나는 자리를 뜨지 않았다. 그가 집으로 올라가는 뒷모습을 바라본다. 이윽고 계단을 다 올라간 그가 저녁놀 사이로 사라진다. 잠시 뒤, 나는 그가 걸어 올라간 계단을 한 걸음씩 올라가면서 세어보았다. 그가 방금 찍어놓은 발자국을 그대로 밟았다. 하나, 둘, 셋, 넷…, 모두 50계단이었다. 두 번 오르락내리락 하니 아직 젊은 내가 숨이 찬다. 힘겹다. 목마르다. 아아, 물 좀 주소. 저절로 터져 나오는 한탄의 소리다. 문득, 뜬끔없이 김종삼 시인의 시 '물통'을 떠올린다.

희미한
풍금 소리가
툭 툭 끊어지고
있었다.


그동안 무엇을 했느냐는 물음에 대해


다름 아닌 인간을 찾아다니며 물 몇 통 길어다 준 일밖에 없다고


머나먼 광야의 한 복판
얕은
하늘 밑으로
영롱한 날빛으로
하여금 따우에선

- 김종삼 '물통'

이 시를 선생의 올라가는 계단 길에 한마디, 한마디 곱게 뿌린다. 그 계단은 그의 인생의 행로인지도 모른다. 한대수 선생 연세가 이제 예순 여섯이다. 선생의 인생 오십 년간 하이웨이를 바람처럼 구름처럼 달리다가 오십에서 만난 가파른 인생의 계단, 이제 열네 계단 정도는 올라갔다. 그 길은 다른 길이다. 바람의 날개를 달았던 그의 어깨에는 '두 딸'이 있다. 환갑에 낳은 양호, 알코올중독자 아내 옥사나이다. 두 사람을 돌보는 일이 지금 한대수가 하는 가장 큰 일중에 하나다. 북청물장수가 양 어깨에 물동이를 매고 가듯, 그는 무거운 물동이를 매고 올라간다.

한대수는 말을 하기 시작했다.

"하늘은 참 공평해요. 난 태어나서 50년간 친구들이 부러워하는 그런 인생을 살았어. 여자도 많이 만났고, 어려운 시절에 내가 하고 싶은 음악도 하고, 사진도 찍으면서 바람처럼 구름처럼 살았지. 그런데 인생 100년이라면 나머지 오십 년은 하하하 이거 참 양호하지 못해. 하하하. 하지만 내 딸 양호는 끝까지 책임을 져야지. 지금부터는 구속당하는 거지. 족쇄야. 버릴 수 없는 십자가지. 아내는 알코올중독자인데, 아주 지독한 중독자야. 내가 책에도 썼지만 그녀 집안의 이력이기도 해. 중독은 치료가 안 되는 건데, 기적이 일어나서 옥사나가 정상이 된다면 좋은 거고, 안 되면 내가 평생 지고 가야 해. 중독은 암보다 무서워."

한대수는 언론에 많이 노출되었다. 그의 가계, 노래에 대해서 여러 매체를 통해 환히 드러난다. 과거의 전설이 신비감을 걷어낸다. 그게 좀 섭섭한 일이긴 한다.

우선 '물 좀 주소'는 어떻게 탄생되었는가?

"그 노래 말이야. 이런 사연이 있지요. 젊은 시절 내가 미국 뉴욕의 이스턴빌리지에서 거지처럼 살아가니까, 지금은 부촌이지만, 그때만 해도 빈민가였어. 한국에서 외삼촌이 와서 보시고는 너무 한심하니까 엄마에게 가라 해서 다시 한국으로 들어왔어. 엄마는 내가 어린 시절에 재가를 하셔서 서울 명륜동의 큰 저택에 살고 계셨는데, 그 집에 별채가 있었어. 난 거기에서 기타치고 작곡하면서 아주 잘 살았어. 용돈도 많이 받고, 그 시절 한국에 와서 음악을 한답시고 막 돌아다녔지. 그때 김민기 양희은 씨가 내 노래를 불렀지. '행복의 나라로' 같은 노래 말이야.

방송국에 왔다 갔다 하다가 양호한 여자를 만났지. 한참 젊은 날이니까, 양호한 여자를 만나는 거지. 그리고 여자들의 욕망을 만족시켜 줘야 그게 젠틀맨이란 말이야. 하하하. 그 별채에서 애인하고 연예를 하고 있는데, 하늘에서 별이 쏟아지려는 그 순간에, 흑, 엄마가 문을 벌컥 열더라구. 우하하하, 하늘에서 별이 쏟아지려는 그 순간이 뭔 말인지 알지? 야, 미치겠더라구. 당대 선비 집안의 따님이신 엄마는 '당장 나가'라고 소리 지르고 말이야. 아이고 말두 마. 하여간 그 길로 집에서 쫓겨났어. 그래서 어떡해, 성균관 대학 뒤쪽에 있는 판자촌으로 옮겼지. 주인방 옆에 있는 곁방에 쪼그리고 있는데, 내 신세가 참 한심하잖아. 화폐도 없고 말이야. 그래서 우울한 기분을 날려버리려고 '좋아. 좋아. 기분이 좋아. 바람아 불어라 불어. 불고 또 불어라.' 이렇게 시작하는 '고무신', 답답하니까 '물 좀 주소'를 거기에서 만들어 불렀어. 한두 시간 만에 작사 작곡을 했어. 그땐 집도 사회도 정말 목마르더라구. 그때 장발로 다니니까, 1970년대 군사정권, 경제개발의 시대에 화장실에서 소변을 보고 있으면 '어, 이 새끼 남자네'라고 놀려대던 시절이었어. 여러 가지로 사회가 답답했어. 하하하."

한대수는 이런 글을 적었다.

'내가 왜 음악을 하는지 나 자신도 모르겠다. 그냥 일상생활에서 어떤 자극이나 영감을 얻으면 나도 모르게 노래가 만들어진다. 수학공식처럼 정해진 형식도 없고 일정한 법칙도 없다.

(…)

나를 표현할 수 있는 가장 적절한 언어는 '소외'와 '고독'이었다. 그리고 그 결핍을 메우기 위해 음악을 한 것 같다. 작곡으로 내가 가진 고독과 분노와 갈망을 표현했고, 노래를 부르며 해소의 숨소리를 토해냈다. 창작활동은 내게 나만의 아이덴티티(정체성)를 찾으려는 출구이자 변명이었다. 그것은 지금도 마찬가지다. 청년이 되어 사랑과 절망, 결혼과 이혼을 경험하면서 음악은 나의 또 다른 탈출구가 되었으며 고독의 방패가 되었다.'

2

사람은 그가 사는 집을 보면 인생을 알 수 있다. 가난한 골방의 시인과 대저택의 재벌총수는 따로 설명을 하지 않아도, 그가 머무는 공간에 의해 생활을 알 수 있다. 같은 식으로 한대수를 볼 수도 있지 않을까? 한대수의 젊은 날은 미국의 다락방과 한국의 별채로 정리된다. 다락방은 아버지, 별채는 엄마를 상징한다. 소외와 고독의 공간이다.

미국의 다락방은 실종된 아버지 한창석 씨를 다시 만나 몇 년간 같이 지낸 공간인데, 아버지의 정을 느낄 수 없는 소외의 공간이었다. 재가하신 엄마 집의 별채에서 다시 머물기는 했지만 고독한 공간이었다. 부모와 한 공간에서 지낸 경험이 없는 그는 바람에게 위안을 얻는다.

공간이 인간을 규정한다는 명제 아래에서 그 누구도 자유로울 수 없다. 어린 시절, 조부모의 품에서 성장하고, 성장하여 부모를 만났지만 가족을 느낄 수는 없었다. 가족을 느낄 수 없었던 그 세월에 뿌리를 내린 것은 아버지에 대한 증오이다.

"내가 아버지, 엄마 이렇게 좀 불러보고 싶었어. 난 어려서 그 소리를 한 번도 못하고 자란거지. 그래서 할아버지에게 아버지라고 부르면 안 되냐고 물었어. 아주 어릴 때지. 할아버지가 허허 웃으시면서 그건 안 되지,라고 하시더군…. 그래 그건 안 되는 일이지. 할머니를 엄마라고도 할 수 없었어. 아버지는 그런 거지, 그 누구도 대신할 수 없어. 아버지가 되면 자식을 돌봐야 돼. 어떤 일이 있어도, 어떤 일이 있어도 자식을 버려서는 그래서는 안 돼. 그래서는 안 돼."

우리나라 최초의 싱어 송 라이터로 일세를 풍미한 한대수. 그는 이 풍진 세상을 살아온 가객이다. 그의 출생과 성장의 통로에는 우리나라의 지난한 현대사가 고스란히 묻어 있다. 언론에서 한대수의 부친인 한창석 씨는 비교적 자세하게 조명되었다. 그의 할아버지인 한영교 씨는 연세대학교 대학원장을 역임한 명사였다.

"할아버지는 클래식 음악을 전공하려고 하셨는데, 연대의 언더우드 박사는 신학을 권했지. 음악은 부전공으로 하라고 말이야. 당시 시대적인 요청이었어. 미국에서 신학학위를 받고 귀국해서 연세대학교, 당시는 연희전문이었지. 초대 신학대 학장과 대학원장을 겸임했는데, 이분이 음악과

한
대
수

사진을 좋아했어요. 할아버지처럼 나도 음악과 사진을 하잖아."

한대수는 할아버지의 영향을 많이 받았다. 할아버지의 보살핌이 없었다면 '한대수'는 없을 거라고 이야기했다. 친부모가 부재한 자리에 할아버지가 사랑으로 손자를 키웠다. 그럼, 어머니는 어떠한가?

"우리 엄마 18살, 우리 아버지 19살에 결혼해서 일 년 후에 날 낳았어. 백일잔치를 하고 아버지는 스무 살 청년으로 서울대 공대에서 미국의 양호한 대학인 코넬로 갔는데, 핵물리학을 전공했어. 미국의 양호한 물리학자 에드워드 델리의 양호한 제자였지. 집안과 나라의 자랑이란 말이야. 이렇게 당대 최고의 엘리트였던 아버지가 연구를 하다가 실종이 되어버린 거야. 엄마는 19살 나이로 혼자가 된 거야. 그렇게 7년을 계시다가 재가를 하셨어.

나는 할아버지 할머니 밑에서 살았는데, 어르신들이 대수가 청년이 될 때까지는 연락을 하지 않기로 암묵적인 약속을 했나 봐. 사춘기에 그런 일 있으면 아이에게 안 좋다고 생각하신 거겠지. 엄마가 재가하신 나이가 그래야 스물다섯 살이잖아. 요즘에 보면 아직 애들 같잖아. 하하하. 엄마하고는 지금도 자주 연락을 하고 살아. 우리 옥사나하고도 사이가 좋아요. 옥사나는 영어로 말하고 엄마는 한국말 하니까, 고부 갈등이 없어요. 서로 무슨 말 하는지 모르거든. 우하하하."

어머니 이야기를 하다가 자연스럽게 아버지의 실종 이야기가 나와버렸다. 부친의 실종 사건은 핵 문제가 걸려 있어서인지, 한미 양국 간에 극비사항이다. 당신께서도 돌아가실 때까지 거기에 대해서는 한마디도 하지 않았다고 한다. 그 무서운 세월이 지나갔지만, 비밀로 남아 있는 기억은 당사자에게는 얼마나 큰 고통이었을까 싶다. 이런저런 추측만 가능할 뿐이다. 돌아가시기 전에 그 비밀을 밝힐 수는 없는 것일까? 아니면, 어떤 세력에 의해 그 기억마저 제거된 것일까. 생의 마지막 순간까지 가지고 가야 할 짐이 그분에게는 있었다. 가시는 길이 얼마나 무거웠을까? 그런 생각으로 사진 한 장을 본다.

한대수 선생이 촬영한 사진 중에 손녀인 양호와 할아버지가 마주 보는 장면이 있다. 임종을 앞둔 한창석 씨의 표정을 양호가 보고 있다. 양호의 미소를 할아버지가 보고 있다. 그분은 어떤 생각을 했을까. 잠시 자신의 실종에 대한 생각을 했을까. 사진 한 장을 보면서 여러 가지 생각을 했다. 아버지의 실종에 대해서 한대수 선생은 이렇게 말했다.

"죽지 않은 게 다행이지 뭐. 지금도 핵 가지고 저 난리들을 치잖아. 그건 매우 불온한 국가 간의 일이고, 민감한 문제이기 때문에 아버지의 실종은 한국과 미국에서 아마 영원히 봉인되겠지. 그건 그렇고, 우리 아버지 엄마, 내가 딱 한 번 서울에서 모신 적이 있어. 헤어진 지 오십 년 만에 말이야."

역시 길게 이야기할 만한 일이 아니다. 조금 더 물어보고 싶은 마음이 있어 눈치를 보는데, 전화벨이 울렸다. 한대수는 번호를 보더니 급하게 받는다. 무슨 일인가 싶었다. 자리에서 일어난다. 나도 따라 일어난다. 엉겁결에 따라 일어난 것이다.

그는 내 젊은 시절의 우상이었다. 칠팔십 년대를 보낸 우리들의 전설이었다. 하지만 지금 한대수는 다른 모습이다. 부인 옥사나의 전화를 받고 눈빛이 흔들렸다. 직감적으로 알 수 있다. 한대수는 지금 불안하다.

"중독자여서, 잠시라도 곁에 없으면 안돼요."

조금 전 두 사람이 영어로 통화를 했다. 옥사나 지금 일어났나, 그래 나 지금 카페베네에서 잡지사에서 온 사람하고 인터뷰하고 있어, 다음 스케줄은 없어, 끝나는 대로 금방 갈게 이 정도였다. 그 통화를 듣고 마음이 무거웠다.

한대수가 아침마다 출근을 하고, 화폐를 벌고, 잠시도 눈을 뗄 수 없는 아내가 있는 가정이라는 짐을 지고 있다. 하긴…, 그건 이 시대를 살고 있는 모든 중년 가장들의 일이기도 하다. 한대수는 지금 어린 딸과 아픈 아내가 마음속에 자리 잡고 있다. 인터뷰를 계속할 수는 있는 건가 하는 불안한 마음이 들었다. 한대수는 전화기를 탁자에 내려놓고 잠시 고개를 갸웃하더니 다시 말을 이었다.

"그때가 말이야, 언제였더라… 그래, 1998년 올림픽 체조경기장에서 공연을 한 적이 있어요. 유니텔 락 콘서트 자리였는데, 미국에 있는 아버지에게 연락을 해서 모시고 싶었어. 당신도 한국에 한번 오셔야 할 거 아니야. 이팔청춘에 미국으로 건너가 50년 동안 한국에 못 오셨는데, 이번에 내가 한국에서 공연을 하는데 올 수 있냐고 했더니…, 오시겠다고 하시더군. 엄마에게도 내 공연을 보러 오라고 했지.

그때 아마도 아버지는 한국에 처음 들어온 거야. 엄마도 아버지가 온다는 사실을 모르고 오시고 말이야. 그렇게 무대 뒤의 대기실에 우리 가족이 모였어. 그런데 말이야. 허 참, 엄마 열아홉, 아버지 스물에 두 분이 헤어진 거란 말이야. …엄마가, 칠순이 넘으신 엄마가 아버지를 보더니 갑자기 열아홉 살의 모습으로 돌아가더라고… 살짝 고개를 돌리면서 수줍어하시더니 이런 말씀을 하시는 거야. 당신…, 옛 모습하고 똑같아요. 하나도…
안 변했네요."

아버지 역시 그런 말을 했다. 친부모 사이에서 아들이 통역을 했다. 아
버지는 한국말을 잘 못했다. 지난 50년간 무슨 일이 있었는지 아버지는
완벽한 미국인이 되었다. 할아버지가 미국에서 겨우 아버지를 찾았을 때
아버지는 인쇄업을 하는 성공한 사업가로 가족을 꾸리고 있었다. 한대수
가 처음 아버지를 만났을 때, 영어로 말하고 영어로 생각하는 거죽만 동양
인인 아버지였다. 그건 정말 신기한 일이라고 한대수는 말했다. 그런 아버
지가 엄마를 만나 오십 년의 세월을 잠시 지웠다. 그때 한대수는 옆에 있
는 친구에게 사진을 찍어 달라고 했다. 아, 그렇구나, 그럼 그 사진이 있겠
구나 싶었다. 가족사진이 있는 지 물었다. 한대수 선생은 크게 웃으면서
말했다.

"그런데 말이야. 거 참, 그 사진이 한 장도 찍히질 않았어. 중만이<sup>사진가</sup>
<sup>김중만</sup> 가 찍었으면 좋았을 텐데 말이야. 친구가 사진기 조작을 잘 못해서
인지 필름이 헛돌아가서 인화를 해보니까, 전부 깜깜밤중이야. 그래서 우
리 가족이 찍은 사진이 한 장도 없어. 명색이 내가 사진작가인데, 우리 가
족사진이 없단 말이야. 우하하하."

이것이 한대수 가족의 처음이자 마지막 만남이었다. 결국 가족사진 한
장 남지 않았다. 참으로 기구한 일이다. 내 일처럼 아쉬운 마음이 들었고,
마음 한구석이 애잔해진다.

그는 음악과의 만남에 대해 이렇게 적는다.

'어머니는 할아버지가 목회하시는 교회에서 피아노와 오르간을 연주했으며, 그 인연으로 할아버지의 며느리가 되었다. 즉 음악이 우리 가족을 모아준 시멘트 역할을 한 것이다. 이러한 분위기에서 나는 태어났고, 매일같이 우렁차게 울리는 음악을 들어가며 방바닥을 기어 다녔다. 음악은 피할 수 없는 집안의 공기였다.

내가 직접 음악을 하게 된 것은 고등학교 때이다. 기타를 잘 치는 친구에게 기타를 배우게 되면서, 당시 내 우상이었던 엘비스 프레슬리를 흉내내기 시작했다. 헤어스타일도 엘비스와 똑같이 포마드를 바르고 스타일링을 했다. 뒤이어 접한 비틀스는 내게 '너도 곡을 쓸 수 있어'라고 용기를 주었고, 밥 딜런이 등장해 '가사에도 너의 생각을 담을 수 있어'라고 가르쳐주었다.

내가 내 자신을 거울로 삼아 살아온 과정을 되비춰보면 참 희한하다. 왜 그렇게 굴곡이 심했고 변화가 많았는지, 그것도 동서양을 오가며 말이다. 나는 한 나라에서 학교의 입학과 졸업을 마친 적이 없다. 초등학교는 한국에서 입학하고 미국에서 졸업했다. 중학교는 미국에서 입학하고 졸업은 한국에서 했다. 고등학교 입학은 한국, 졸업은 미국이었다. 대학과 전문학교는 '칭총'중국인을 비하하는 말으로 불렸고, 한국에 오면 '양키'라고 놀림받았다. (중략)

왜 나는 음악을 하는가? 다시 본론으로 돌아가자. 내가 2주일 전에 작

74

곡한 'When I Was a Child'는 며칠 전 내 마누라 옥사나로부터 영감을 얻었다. 우리 마누라가 만취된 상태에서 자기 부모를 그리워하면서 동시에 원망하는 표정으로 울고 있었다. 옥사나의 부모는 옥사나가 아주 어릴 때 이혼을 했고, 어머니는 3년 전에 돌아가셨다. 옥사나의 모습을 통해 나도 부모 없이 자란 내 자신의 모습을 비추어볼 수 있었다.

(중략)

이 극복할 수 없는 상처가 없었다면 좋았겠지만, 또 그 상처가 없다면 내 음악도 없었을 것이다. 작곡은 내 마음의 상처의 치유다. 그리고 내 음악이 여러분들의 상처에 치유가 되면 더 이상 바랄 것이 없다. 그래서 나는 작곡을 한다.'

간혹 한대수 음악을 듣고 있으면 벽에다 대고 울부짖는 것 같은 느낌이 든다. 그가 살아온 시대의 상황이다. 한대수는 자신의 젊은 시절에 이 땅에서 추방당한 유배의 삶을 살았다. 그는 구름처럼 머무를 수가 없었다. 역시 너털웃음을 날리면서 말했다.

"그 당시 우리나라는 아프리카 수단보다 가난한 나라였어. 젊은이들이 쌀밥 먹는 게 소원이었어. 계란후라이하고 말이야. 지금은 그거 누가 거들떠나 보나. 모든 게 너무 풍요로워서 비만 환자들이 득실대잖아. 하지만 그땐 엄청 가난했어. 박정희 정권은 경제였지. 가난 극복이 최우선이었어. 그때 내가 머리를 기르고 청바지 입고 히피로 나타났단 말이야. 나라에서 보기에 이건 말이 안 되는 거지. 시대 상황과 말이야. 안 맞았어. 내가 가족과 어긋난 것처럼 난 시대와도 어긋났지. 그러나 땀과 피가 필요한 단백질 시대에 문화적인 비타민도 필요하단 말이야. 그런 시대에 난 더 튀어나가려고 했어. 너무 튕겨져 나가 결국 다시 미국으로 돌아가야 했어."

그의 노래는 당대에는 금지곡들이 많다. 하긴 이장희의 '그건 너' 라는 노래가 남 탓 한다고 금지곡으로 묶였던 시대였다. 한대수는 미국에서 아버지를 만나 도망치듯 돌아온 한국, 명륜동 엄마의 별채에서도 연애사건으로 쫓겨났고, 모국의 한 귀퉁이에서도 여전히 그는 정착하지 못했다. 예술가에게 고통은 필요불가결한 것일까? 그의 저항의식은 고통에서 연유하지만 대중은 그의 노래에서 위안을 받았다.

"하지만 이런 정신은 어느 나라에나 있단 말이야. 대영제국에서는 젊은이들이 여왕 물러가라고 절규를 했잖아. 사회에 대한 분노, 시대에 대한 절망에서 난 노래를 부른 거야. 그냥 터져나온 거지. 그런데 묘한 것이 지금의 젊은이들의 모습이 내 젊은 날의 모습과 많이 닮았다는 거지. 이렇게 풍요로운 시대에 말이야. 내가 미국과 한국 사이에서 방황하는 모습이 요즘 젊은이들이 유학이니 뭐니 해서 해외에 다녀오고 나서 우리 사회에 적응하지 못하는 것과 별반 다를 것이 있겠나. 그거 비슷한 거야."

탄생과 소멸, 만남과 결별, 사랑과 고통 이러한 연결고리는 무념, 무상, 무심한 세상으로 가고자 하는 한대수의 노래에 잘 나타나 있다. 나도 님과 같은 세상을 살고 싶네 하고 노래한다. 님이 부처든 예수든 관계없다. 별이 보이지 않았고, 신이 존재하지 않았던 세상에 그는 기도하는 마음으로 간절한 노래를 불렀다. 한대수의 노래는 겨울 공화국의 고드름이 되었다가, 그의 불같은 열정으로 녹아 뚝뚝 떨어져내렸다.

당대 목마른 젊은이들은 한대수의 생명수를 한 방울 먹으려고 싸구려 선술집이나, 어두운 골목길에서 소주를 마시면서 외치듯 그의 노래를 따라 불렀다. 정작 한국에서는 가수들이 번안가요를 부르던 시절, 정작 미국에서 돌아와 우리 정서를 노래한 창작곡들은 의미가 깊다.

그 중심에는 몽골의 초원에서 불어오는 바람이 분다. 그는 바지 입은 바람이다. 바람이 한대수의 사연을 만나 흔들리고 외치고 흐느끼는 것이다. 사연이 맺혀 있음으로 그의 노래는 비교적 빠른 시간에 탄생한다. 그의 노래는 시대의 체증이 풀리듯, 쑥 빠져나오는 것이다.

내가 만난 한대수. 한대수는 노새처럼 걸어가고 있었다. 편자가 박힌 발바닥으로 이 세상의 진창을 걸어가고 있다. 그의 표현대로 상당히 무거운 인생의 짐이다. 바람의 나라에서 살았던 지난 시절을 떠올리면서 한대수는 지금의 자신에 대해 말했다.

"우선 난 나이가 너무 들었어요. 육체적으로 심리적으로 힘들어. 그리고 이 나이에 화폐를 벌기 위해 아침에 방송국에 가서 일을 하잖아. 그럼 부인이 퇴근하는 남편을 위해 된장찌개 보글보글 끓여놓고 굴비 한 마리 구워놓고, 마누라와 딸이랑 저녁 먹어야 되잖아. 하하하 그게 안 돼. 난 저녁이 되면 아내와 딸을 돌봐야 된다고. 이제 우리 양호가 네 살이야. 환장하는 거지. 그래서 난 화폐를 벌어야 돼. 하하하"

신촌의 한 포장마차, 오뎅 하나를 간장에 발라 먹으면서 한대수는 말했다. 떡볶이와 튀김, 순대를 비롯한 분식 포장마차를 한대수는 고급 레스토랑이라고 소개했다. '레스토랑'의 주인 아줌마는 양호를 무척 예뻐한다고

했다. '너무 이쁜 아이'라고 주인이 말한다. 가끔 양호와 여기에서 분식을 먹는 것 같다.

"출출하면 여기서 오뎅 하나 먹고 화폐를 모으는 거야. 양호가 대학에는 가야 되니까 말이야. 숙녀가 될 때까지 내가 돌봐야 돼."

그는 환갑에 가까운 나이에 첫 아이를 얻었다. 그가 그토록 원하던 '아빠' 소리를 들었다. 양호의 영어 이름은 미쉘, 그리스어로는 하나님의 선물이라는 뜻이다. 그는 원한다. 딸이 양호하게 자라서 양호하게 살고, 양호한 사회를 형성해가는 양호한 일꾼이 되기를. 하지만 한대수의 눈에 비친 세상은 험하고 정의롭지 않다. 삶 자체를 고뇌로 본다. 이러한 인생에서 열심히 일해서 행복을 찾는다는 건 어려운 일이다. 그는 양호에게 고통을 피하지 말고 맞서서 이겨내고 행복의 나라로 가기를 원하고 있다. 그러기 위해서는 그가 옆에 있어야 한다. 한대수는 양호를 통해 이 세상을 다시 보았다. 바로 자본주의다.

"나이 육십에 자본주의를 알았어. 사실 노래 부르는 남자 혼자 살면 화폐가 뭐가 필요해. 그냥 사는 거지. 하지만 화폐가 말이야, 그게 없으면 양호가 거지가 돼. 처음으로 자본주의가 무서운 것을 알았지. 양호 전에는 자본주의가 뭔지 몰랐어. 요즘엔 항상 화폐를 준비하고 있어야 해. 갑자기 양호가 아프면 병원에 가야 되잖아. 화폐를 모으면서 오래 살아야 돼. 난 오래 살아야 되겠다는 생각을 해본 적 없어. 하지만 이젠 좀 살아야 해."

그는 양호에게 보내는 글에서 이렇게 적었다.

'자본주의사회에서 돈은 물이다. 돈 없으면 죽는다. 돈만 있으면 못하는 게 하나도 없다. 단, 인간의 마음만 빼고는.

일을 해야만 돈이 생긴다. 돈을 벌기 위해서는 일찍 일어나 샤워를 하고 몸을 움직이면 식욕도 생기고 많은 사람들과 교류를 하게 된다. 가장 돈을 많이 벌게 하는 것은 사람이다. 어떠한 사람과 거래를 하느냐에 따라 액수가 변한다. 그러니 항상 자기 분야에 프로페셔널하고 일을 하라. 아마추어는 절대 피하라. 피곤하기만 하고 돈도 안 된다.

돈은 제일 먼저 너와 너의 가족의 생계를 유지하는 데 써야 한다. 자기 가족도 돌보지 못하면서 기부하는 것은 어리석은 행동이다. 자기 가족의 생활이 풍요롭게 이루어진 후 돈에 여유가 있을 때 남을 도와라. 너보다 가난한 사람들을 돕는다는 것은 너의 돈의 가치가 제곱으로 올라가는 것이다. 너에게는 작은 돈이 다른 사람에겐 아기 병원비가 될 수도 있다. 그리고 모든 성서에는 기독교든 불교든 이슬람교든, 남을 금전적으로 돕는 것은 필수로 적혀 있다.

절대 도박은 하지 마라. 역사적으로 도박해서 돈을 번 사람은 없다. 벌었다고 하는 말은 다 거짓말이다. 도박은 간단히 말해 중독이다. 로또도 사지 말고 라스베이거스 슬롯머신도 당기지 마라. 계에도 들지 마라. 도박은 너의 집과 너를 망하게 하는 길이다.'

한대수는 양호 이전의 한대수와 양호 이후의 한대수가 있다. 이런 극명한 인생의 전환점은 바로 가족이었다. 한대수는 아버지 무덤에 안 갈 거라는 극단적인 가족 부정주의자다. 그런 한대수에게 아버지의 자리를 내준 것이 또한 가족이다. 이런 아이러니. 그래서 한대수는 유머와 풍자가 넘친다.

자신의 고통을 채찍질하면서 살기 위해서는 유머가 필요하다. 그나마 없으면 돌아버린다. 그의 유머는 타고난 천성이기도 하다. 어린 시절 할머니가 한대수에게 너는 너무 싱거워서 소금공장 딸과 결혼을 하라고 한 적이 있었다. 그때 한대수는 실제로 부산 소금공장 딸과 사귀고 있었다며 역시 웃었다. 소금은 빛과 더불어 생명의 상징이다. 그의 노래는 싱거운 시대에 소금이었다. 지금도 유효하고 절실하다.

궁금한 것이 있다. '양호하다'와 '화폐'라는 한대수표 '구라'는 어떻게 생겨난 것인가.

"아, 그거. 그래 내가 양호하다라는 말을 많이 하지. 예쁜 여자를 봐도 양호하다고 말해. 그건 내가 미국에서 다시 한국에 돌아온 지난 98년부터 쓰기 시작한 건데, 어쩌다가 좋은 일을 보고 '양호합니다'라고 했더니 사람들이 웃어요. 웃으면 좋잖아. 그래서 그때부터 양호하다는 말을 쓰기 시작했지. 뜻도 좋고 말이야. 그리고 화폐는 공연이나 출연을 하고 나면 돈을 받는데, 거, 돈이라는 말을 좀 하기가 그렇더라고. 돈을 얼마나 주나요, 출연료는 얼마입니까, 돈은 언제 줍니까, 이러기가 좀 그렇잖아. 예술가가 말이야. 그래서 화폐라고 했지. 그랬더니 사람들이 또 웃어요. 그래서 이거 써먹어야 되겠다고 생각했어요."

묘하게도 이 두 말은 지금 그의 인생의 말이 되었다. 딸 이름이 양호, 필요한 것이 화폐이다. 그가 가장 많이 쓰고 필요한 말을 그는 유머로 풀어낸다. 그는 항상 웃었다. 심각한 일이 있어도 사람들 앞에서 하하 하고 웃어버린다. 페이소스, 한대수의 페이소스.

"그래, 우리 사회는 굳은 얼굴을 하고 있어요. 유머 감각이 모자라. 가난한 시절에는 가난 때문에, 지금은 지금 나름의 이유가 있겠지. 그럴 때 유머가 필요하지. 역사적으로 우리나라는 일본, 러시아, 중국 뭐 이런 강대국 틈바구니에서 기적적으로 살아가고 있잖아. 외국에 나가면 한국이라는 나라의 위치를 보고 그 위상에 대해 정말 놀랍다고 하지. 더군다나 분단국가에 살고 있어요. 이중고지. 그래서인지 사람들이 심각해. 심각해. 모든 게 심각해. 그래서 문화 비타민이 필요한 거지. 유머로 푸는 거야. 내가 엄마에게 쫓겨나서 왜 고무신을 떠올리며 좋아 좋아 했겠어. 하하하."

한대수는 너털웃음을 자주 날린다. 암울한 세상에 푸른 신호처럼 보인다. 밝은 별처럼 보인다. 신촌 로타리의 횡단보도의 녹색 등처럼. 한마디 한마디가 그의 인생에서 고스란히 묻어나는 잠언들이다. 신촌의 많은 사람들 그 사이에서 이야기도 하고 오뎅도 먹고, 차도 마셨다. 한대수는 자신을 알아보는 사람들에게 손을 흔들어주면서 웃었다. 카페를 배경으로 사진을 찍으면서 그는 문득 말했다.

"아이 스탠드 온리 원. 니체가 그랬지요. 양떼가 어울려 풀을 뜯으면 안전하다. 홀로 풀을 뜯으면 고독하다고. 나는 고독하고 심각한 사람이에요."

홀로 풀을 뜯는 양은 늑대를 만나게 된다. 그래도 홀로 된 양들이 있다. 그게 인생이다. 홀로 된 양은 침묵하고 노래한다. 굶주린 늑대가 나타나면 살을 내주고 사라진다. 고독은 그런 거다. 한대수를 표현하는 여러 가지 말 중에 나는 '평화양호당 당수 한대수'를 적는다. 내가 만난 한대수는 평화를 위해 화폐를 부지런히 모으면서 사랑을 베풀고 있는 사람이었다. 음반에 있는 그의 음악이 경전이 되는 날이 올 것이다.

이 글의 서두에 나는 50계단 이야기를 적었다. 묘하게도 인터뷰를 마치고 며칠 뒤, 신촌에서 저녁 약속이 있었다. 밥을 먹고 나는 다시 그 계단을 찾았다. 어둠 속에서 모텔들의 네온사인이 요란하다. 수상한 사람들이 검은 색 승용차로 모텔을 찾아 물이 스미듯 사라진다. 난 우두커니 그 계단을 바라보았다. 한대수 선생에게 전화를 할까, 뭐 좀 더 물어볼까 하다가 계단을 다시 한 번 올라가고 내려왔다. 우하하하, 눈물이 난다. 마침표는 이걸로 찍자. 그날 밤, 나는 한대수의 노래를 들었다.

# 황금찬

/생명을 사랑한 눈물의 시인/

행복으로 가는 길은 어디인가

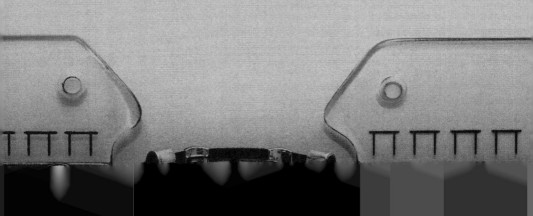

지금 그 길은

행복으로 가는

찬란한 길은

아닌 것 같다.

1

"요즘은 오라는 데는 많아도, 몸이 늙어 다 다닐 수는 없어요. 가끔 혜화동이나 동네 산책을 하면서 소일하지요. 집으로 후배 시인들이 책을 보내주는데, 그것도 다 읽지는 못해요. 고마운 사람들이라 전화해주고, 편지도 쓰지요…. 먼 데서 시집을 보내주는 사람들 정말 고마운 사람들이지요. 친구들은 이제 거의 다 세상을 떠났고, 처와 두 자식도 나보다 먼저… 글쎄요. 요즘 내가 어떻게 사냐구요? 엄밀히 보면 이건 사는 게 아니지요. 그냥 있는 거지요. 허허."

"산다는 것은 사람에 따라 다르겠지만요, 시인이 산다는 건 그건 시를 쓰는 일이지요. 시를 쓴다는 건, 가난한 마음으로 사는 겁니다. 그런데 요즘은 너무 욕심들이 많은 것 같아요. 오히려 가난했던 시절에는 욕심이 없었어요. 요즘은 부유해졌는데 더 욕심이 많아진 것 같아요. 저 중동의 독재자 카다피 일가의 몰락을 보면서 말이지요, 사람의 욕심이 정말 한도 없구나 하는 생각이 들어요. 황금을 좋아하던 그 사람, 황금권총으로 죽었다는 외신보도는 정말 눈물 나게 싫은 인간의 욕심의 모습을 보여줬어요."

시인 황금찬 선생에게 근황을 여쭙자 하신 말씀이다. 선생은 일제강점기 삼일운동 전 해인 1918년에 태어나셨다. 지나온 길이 가시밭과 높은 울타리가 많았다. 그런 20세기를 고스란히 살아내고, 초고속으로 질주하는 21세기를 산책하는 모습은 혜화동 가로수보다도 더 고풍스럽다. 만약에 나무가 걸어 다닐 수 있다면 저런 모습이 아닐까.

이제 선생은 그 자리에 가만히 있고, 시간이 당신 앞을 무심하게 지나간다고 하셨다. 선생은 항아리 같다. 오래된 조선 백자의 텅 빈 공간에 많은 이야기가 있을 것 같다. 선생의 이야기는 우리 근현대 문학의 백년사이기도 하다. 그 세월을 고스란히 온몸에 담고 있다. 몇 시간에 담을 수는 없는 일이다. 나는 그런 그릇도 못되고 능력도 없다. 뭘 적겠다는 욕심을 비우고 그냥, 선생에게서 울려나오는 마음의 결을 읽고 싶었다.

혜화동 카페 엘빈은 선생이 단골로 다니는 커피집이다. 카페 벽에 선생의 시가 한 편 걸려 있다. 시를 보고 선생에게 말을 건넨다. 선생은 청력이 약하기 때문에 크게 말을 해야 한다. 청력은 약하지만 음성은 건강하고 굵다. 시인의 목소리는 나이 들지 않았다. 시란 무엇인가, 선생에게 물었다.

"시는 신을 기억하는 작업입니다."

선생은 말했다. 시는 선하고 착하고 욕심 없는 것을 좋아한다. 착한 마음이란 무엇인가. 기독교의 절대 명제 '신은 선하다'는 선생의 시 마음이다. 독실한 신자로서, 동시에 시인으로 그렇다. 선생은 일본의 시를 인용하면서 시인의 마음이란 그래야 한다고 했다.

일본의 근대문학에 뛰어난 족적을 남긴 시인 기타하라 하쿠슈의 일화다. 어느 봄날, 기타하라는 자신의 제자들과 함께 산책을 하고 있었다. 마침 연못가로 새가 날아오는데 한 제자가 돌멩이를 새에게 던졌다. 기타하라는 제자에게 왜 새에게 돌을 던졌냐고 물었다. 제자가 말하기를 돌멩이와 새대가리가 부딪치면 새가 피를 흘리면서 떨어질 것이고, 그것이 얼마나 아름다운 모습이냐고 대답했다.

기타하라는 대노하여 그 자리에서 그 제자를 자신의 문하에서 쫓아낸다. 생명을 사랑하지 않는 자, 시인이 아니다. 선생의 이야기를 듣고 나는 그 제자가 미는 알아도 선은 모르는 사람이라는 생각이 들었다. 미는 극단을 추구하고 진보적이지만, 선은 모든 것을 품고 아우르면서 보수적이다. 선이란 그런 것이다. 그렇다고 미가 악이라는 이야기는 아니지만 말이다.

선생은 눈물의 시인이다. 선생의 마음은 물에 젖은 한지처럼 조금만 건드려도 찢어질 것 같다. 어떤 인연이 있어 선생을 한 시절 자주 뵈었던 나는 선생에게서 그런 눈물의 흔적을 많이 보았다. 선생은 어떤 말씀을 하시다가 툭, 눈물을 흘리신다. 그 마음을 짐작하기는 힘든 일이다. 하지만 나 역시 누군가 열심히 사는 모습을 보면 눈물이 주르륵 흐르곤 한다. 선생도 마찬가지다. 그 삶의 배경이 짐작되고 보이기 때문이다.

영화 〈패왕별희〉에 이런 장면이 나온다. 최고의 경극 연기자가 되기 위해 지독한 훈련을 견디기 힘든 소년들이 극단에서 탈출한다. 그 소년들이 북경의 한 공연장에서 경극 〈패왕별희〉를 관람한다. 열연하는 배우들의 모습이 감동적이다. 그들이 훈련해서 도달해야 할 배우로서의 모습을 거기에서 본다. 아름다운 공연이었다. 그 공연을 넋을 놓고 보던 한 소년이 그만 울어버리고 만다. 이렇게 아름다운 장면을 보고 왜 우느냐는 질문에 소년은 대답한다.

"저 배우가 저렇게 되기까지 얼마나 힘들었을까?"

이런 정서는 우리에게도 있다, 일제강점기와 전쟁, 분단과 이산가족 등등의 사연들은 사람들에게 눈물을 흘리게 한다. 우리가 여기까지 온 데는 피와 땀 그리고 눈물이 있었다. 어찌할 수 없는 고통과 가난을 통과한 사람들의 눈에는 눈물샘이 깊고 넓다. 공감하고 짐작할 수 있는 좋은 시는 간혹 눈물을 흘리게 한다.

선생과 대화를 나누면 가난에 대한 이야기를 자주 들을 수 있다. 우리 문단의 대가인 김구용 선생 이야기를 여쭈어보아도 "그 친구가 이런 말을 했어요. 우리 시인들은 언제 소주 한잔을 맘 편하게 먹을 수 있냐 말이야. 이런 거예요. 지난 날, 우린 정말 가난했지요. 소주 한 잔을 먹어도 누가 돈을 낼 수 있는지 몰랐어요. 우리 젊은 시절은 그랬어요. 우리 문단은 그렇게 문학을 하고 살았어요. 눈물겨운 이야깁니다"라고 말한다. 선생의 가난은 우리의 가난이기도 하다.

이 말씀의 뿌리는 당연히 유년 시절에 있다. 유년 시절에 관한 선생의 글을 읽으면 선생의 인생의 배경은 눈물과 가난, 이 두 단어로 정리될 수 있다. 선생의 자서전《나의 인생 나의 문학》을 인용한다.

어머님은 눈물을 흘리시며 기도를 드리셨다. 어머님의 소원을 올리는 기도소리는 가족들이 다 들을 수 있을 정도로 음성이 높았다.

"산신님! 저의 소원을 들어주십시오. 우리 아이들도 장차 커서 저 사람들처럼 자전거를 타고 다닐 수 있게 하여주십시오. 저 남루한 옷을 벗고 저 사람들처럼 저렇게 양복을 입고 살게 하여주십시오. 우리는 무슨 죄로 이렇게 가난합니까. 이 가난을 벗게 하여주십시오. 우리 아이들이 남의 눈에 꽃으로 잎으로 보이게 하여주십시오."

가난한 가정의 어머님은 그렇게 빌며 울고 있었다.

어머니의 가난은 훗날 자신의 아내에게 이어졌다. 시 '바느질하는 손'은 어떤 산문보다 시인의 자전적인 서사가 뚜렷하다.

자정이 넘은 시간에도 아내는
바느질을 하고 있다
장난과 트집으로 때 묻은 어린놈이
아내의 무릎에서 잠자고 있다.
손마디가 굵은 아내의 손은
얼음처럼 차다
한평생 살면서 위로를 모르는 내가
오늘따라 면경을 본다

겹실을 꿴 긴 바늘이 아내의 손끝에선
사랑이 되고
때꾸러기의 뚫어진 바지 구멍을
아내는 그 사랑으로 메우고 있다.
아내의 사랑으로 어린놈은 크고
어린놈이 자라면 아내는 늙는다
내일도 날인데 그만 자지
아내는 대답 대신
쓸쓸히 웃는다
밤이 깊어갈수록
촉광이 밝고
촉광이 밝을수록
아내의 눈가에 잔주름이 더 많아진다.


어머니와 아내의 모습이 시공간을 달리 할 뿐 다르지 않았다. 선생이 여덟 살 되던 해에 가족들은 북간도로 가야만 했다. 바늘 하나 꽂을 땅이 없었던 가난한 고향 마을을 벗어나 거기에 가면 땅도 밥도 있을 것이라는 희망이었다.

선생의 고향인 강원도 속초에는 기찻길이 아직 놓이기 전이어서, 걸어서 원산까지 갔다. 유민, 온 가족이 보따리를 이고 지고 속초에서 원산까지 걸어서 간다. 간다. 거기에서 소년 황금찬은 난생 처음 기차를 봤다. 그때까지 철길이라는 말을 들어 본적이 없어서, 철길이 철을 녹여서 만든 길인

줄 알았다고 한다. 그런 상태에서 눈앞에 나타난 기차는 충격적이었다. 자전거도 아니고, 자동차도 아니다. 기차가 달리고 있다. 이후로 선생은 눈을 감으면 기차를 타고, 꿈을 꾸면 기차를 타고 어디론가 달렸다고 했다.

북간도로 향하던 선생의 가족들은 그 중간 지점인 개마고원에서 짐을 풀었다. 1925년 풍수군 황수원에서 가난한 살림살이는 이어지지만, 그곳 사람들의 다감한 인정은 잊을 수 없는 것이었다. 보따리를 매고 지나가던 나그네도 주인집에서 며칠씩 머물고 가지만 돈을 주고받지 않는다. 주인은 나도 언젠가 당신에게 신세를 질 수 있다는 말로 나그네의 미안한 마음을 달래주는 그런 곳, 선생은 그런 곳에서 유년 시절을 보냈다. 추운 북쪽 지방이라 과일도 없고, 감자와 귀리 같은 곡식으로 연명한다.

이후 개마고원을 떠나서 성진으로, 성진을 떠나서 명천으로, 명천에서 다시 성진으로, 가난한 살림살이는 떠돌이의 삶이었고, 이 추억들은 모조리 시로 남았고, 그 시의 길을 아직도 선생은 걷고 있다. 이제 인생 백년을 앞두고 있는 선생. 내가 살아온 길은 '고생길'이었다고 단언한다.

"일제시대를 살아보지 않았으면 몰라요. 내 친구 고동재는 북간도 용정의 대성중학교에서 윤동주 시인과 함께 학교를 다닌 친구지요. 이 친구는 '내가 우리의 노래를 부를 수 있는 날, 다시 돌아오겠다.'라는 말을 남기고는 북간도로 떠나서 아직까지 연락이 없어요. 해방이 되고 나서 용정에 가서 그의 자취를 찾았지만 찾을 수가 없었지.

우리글도 쓰지 못하던 시절이었지요. 글뿐만이 아니라 정신마저도 통제했어요. 내가 정지용의 시 한편을 보고 있다고 고등계 형사가 끌고 가서 고문을 하던 시절이었어. 지용 선생의 '고향'이라는 시를 보고 조선인 고등계 형사가 일본말로 그러지. '고향이 뭐야, 이거 독립을 의미하는 거 아니냐.'고 말이야. 그리곤 소의 생식기로 때리는데, '쇠좆매'라고 하지요. 그걸로 맞으면 엄청 아파. 울다가 지쳐 거품이 날 때까지 맞았지. 그러다가 해방 한 달 전인가에 풀려났는데, 일본어로 취조를 하던 고등계 형사가 취조실을 나가는 내 등 뒤에다 대고 우리말로 이렇게 말하더군요. '야. 이 새끼야. 나가서 잘 살아라. 이 지독한 새끼야.' 그 사람 왜 그때 우리말로 욕설을 했을까 싶어요."

이런 시절을 살면서 선생을 견디게 한 것은 바로 시와 음악이었다. 선생은 클래식 음악 애호가이기도 하다. 한 시절을 풍미했던 성악가 마리아 칼라스를 사랑하신다. 그녀가 세상을 떠났다는 소식을 듣고 시를 남기기도 했다. 그 척박한 시대에 클래식 음악은 선생의 꿈과 희망이었다. 칼라스의 공연 이야기를 하시는 모습은 들뜬 청년의 모습이었다. 가난한 살림살이에 어떻게 클래식과 인연을 맺게 되었을까 궁금했다.

"해방 전이지요. 이북의 국경 근처에서 살 때인데, 그때 맹인 선생을 만나게 되었어요. 그분은 많은 클래식 음반과 좋은 유성기를 가지고 있었는데, 우리 집에서 한 이 킬로미터 정도 떨어진 곳에 살았어요. 겨울에 북쪽이라 눈이 엄청 내리는데, 한 밤중에 음악을 듣고 싶어 그분의 집을 찾았어요. 아마도 크리스마스 무렵인데, 눈을 맞으며 철길로 걸어가는데, 눈 내리는 소리에 기차 오는 소리를 못 듣고 가다가 죽을 뻔한 일도 있었지요. 그날 밤, 죽을 고비를 넘기고 선생의 집으로 가서 쇼팽의 피아노곡을 들었어요. 지금은 참 오래된 기억이지만 음악은 그 시절 나에게 꿈이랄까, 희망이랄까 이런 걸 줬던 거 같아요."

어둠 속에서 호롱불을 들고 사내는 음악을 들으러 간다. 그곳은 선생의 에덴동산이었다. 산을 올라가는 마음으로 음악을 듣는다. 이때 선생은 숭고한 마음을 품었던 것 같다.

숭고미는 지상에서 연결된 천상의 통로이다. 음악을 통해서 모진 시절에 위안을 받았다는 말씀을 받아 적으면서 오선지에 음표를 그리는 작곡가의 마음을 헤아린다. 그 오선들은 때론 현이 되고, 때론 건반이 된다. 올라가는 계단이고, 내려가는 절벽이다. 한반도 북쪽 국경에서 들려오는 쇼팽의 피아노는 선생의 귓전에 지금도 울리고 있다.

선생은 시인이면서 교사이다. 교사는 생업이다. 시와 가족을 지키게 해준 직업이다. 선생은 살면서 한 번도 이 자리에서 떠나지 않았다. 일제강점기에 선생은 교사가 되었다.

"내가 일본 동경에서 공부를 하고 청진으로 돌아오는데, 배 안에서부터 열다섯 번 이상 일경에게 조사를 받았어. 정말 무서웠어. 그런데 그것보다 더 무서운 것이 바로 공산주의자들이야.

동경에서 돌아온 나는 청진에 있는 마그네사이트 공장에서 인부로 일을 했어요. 주로 벽돌을 치는 일을 했는데, 무척 고단한 일이었어. 인부가 칠십여 명 있었는데, 쇳물에 녹지 않은 벽돌을 치는 일을 했지. 어느 날 인부 한 사람이 와서 '우린 막노동꾼이라 아무것도 모르는데 일이 끝나고 나면 우리들에게 이야기를 좀 해주세요.' 라고 부탁을 하는 거야. 한 시간 정도 뭘 가르쳐달라는데 나도 아는 게 없다고 거절을 하다가 여러 번 부탁을 해서 인부들을 모아 놓고 강의를 했어요.

그때 노산 이은상 선생의 책《삼국유사 이야기》를 교본으로 해서 우리 역사와 문화를 이야기 해줬어요. 강의를 하는 동안 사람들이 하나 둘 느는 거야. 사람들이 많이 모이니까 당연히 일제의 감시에 걸리게 되었어요. 어느 날, 일본인 공장장이 '빠가야로, 너 위장취업자지, 너 독립운동가지'라면서 겁을 주는 거야. 그러더니 봐줄 테니까, 공장에서 일하지 말고 정식 직원으로 일하라고 말을 하더군. 나는 겁이 나서 그 다음날 새벽에 성진에서 기차를 타고 양양으로 도망쳤어. 그리고 양양에서 해방을 맞았어요.

양양에서 일본 천황의 방송을 들었는데, 잡음이 워낙 심해서 그냥 우는 소리같이 들리더라고. 그게 바로 일본의 무조건 항복선언이었어요. 너무 기뻐서 그 자리에서 뛰쳐나왔지만, 일본군들이 총칼을 들고 있어서 그 자리에서 만세는 못 불렀어. 죽을까 봐 겁났지. 꿈같은 이야기지요. 잠시 서성거리다가 그 다음에 울면서 만세를 불렀어.

해방이 되고 나서 사람들에게 애국가를 가르쳤어요. 그런데 마을 주민 수십 명이 와서 어서 피하라는 거야. 일제가 물러가니 공산주의자들이 있었어요. 참 기구하기도 하지. 기독교 신자인 나를 그들이 곱게 보지 않았어요. 사람들이 공산주의자들이 널 잡으려고 한다고는 했지만 다행히 나를 잡으러 오지는 않았어요."

선생이 양양에서 강릉으로 삼팔선을 넘어오게 된 것도 공산주의자들의 횡포를 피한 일이었다고 한다.

"삼팔선만 없었어도 나는 양양에서 정착했을지도 몰라요. 일단 교장 선생님이 양양에 남아 있어달라고 했어요. 당시에는 우리말 교과서가 없었어요. 교과서도 없이 학생들을 가르칠 수는 없는 일이어서 내가 다섯 명의 선생들과 함께 교과서를 만들었어요. 엉성하지만, 옛날 복사기라고 할 수 있는 '가리방'으로 밀어서 각 군에 보냈어요. 그 허름한 교과서를 아이들에게 다 나누어줄 수가 없어요. 교과서는 선생만 있고, 아이들에게 칠판에 판서를 해서 가르쳤지요. 그래서 지금도 김소월을 비롯한 많은 시를 외워요.

그런데 1946년 3월 달에 공산당이 주축이 된 교육자대회가 열렸어. 내가 교재를 만들어서인지 교재연구부장으로 참가했는데, 노동복을 입은 사람이 일어나서 황금찬이가 누구냐고 하는 거야. 그래서 대답을 했더니 대뜸 당신은 어느 형무소에서 나왔냐고 하더군. 형무소는 안 갔다고 하니까 당장 욕을 하는 거야. '이 새끼야. 너는 무슨 자격으로 교재연구 부장이 됐냐.'고 말이야. 그러더니 나에게 모든 교재는 유물론에 입각해서 만들라고 했지. 나는 사람들은 유물론을 좋아하는 사람도 있고, 유심론을 좋아하는 사람도 있다, 나는 기독교 신자라고 했더니, '저 새낀 당장 쳐 죽여야 되지만 오늘 같은 날 그럴 수는 없고 당장 나가 이 새끼야'라고 욕을 해서 나왔어. 집에 왔는데 온몸에 힘이 빠지는 거야.

그때 밤 12시 반 경에 유재춘<sup>독립운동가 유관순의 친척</sup> 씨가 와서는 선생님 내일 아침에 저들이 당신을 죽인다고 하는데 여기 있으면 안 된다고 하는 거야. 공산주의자들이 내일 아침에 죽인다는데, 얼마나 무서워요. 그 길로 아내를 집에 두고 혼자 삼팔선을 넘어 왔어. 집에서 8킬로미터 정도를 뛰어 도망쳐 속초에서 배를 타고 강릉으로 피신을 한 거야. 겨우 살았지. 나중에 아내도 거기를 빠져 나왔어요."

강릉에서 선생은 강릉농고의 교사로 취직을 한다. 이후 한국전쟁이 터지고 몇 번의 죽을 고비를 넘기면서 대구에서 피난생활을 했다. 선생을 모시고 집으로 가는 길에 전쟁 때의 이야기를 들었는데, 내용이 너무나 눈물겨운 것이어서 운전에 집중이 안 될 정도였다. 죽창에 찔린 사체들이 즐비한 상황이었다. 아비규환이었다. 지옥도 그 자체였다. 피난민들이 기차를 타고 가다가 굴 안에서 집단학살이 벌어진 장면도 목격했다. 선생이 체험한 전쟁이야기를 들으면서 나는 '인명은 재천'이라는 말이 떠올랐다.

선생의 장수는 무난한 것이 아니었다. 굽이굽이 강원도 고갯길 같은 지난한 삶의 길이었다. 선생의 인생길에는 참 많은 사람들의 주검이 있었다. 선생의 공산주의에 대한 증오는 가난과 주검의 가시밭길을 걸어오면서 온몸에 새겨진 상처에 기인한다. 거기에는 피가 흐르고 있었다.

4

선생의 이력을 간단하게 정리한다. 선생은 강릉농고, 동성고등학교, 중앙신학대, 추계예술대에서 일을 하시고 정년을 맞았다. 시인으로서는 1947년부터 월간 〈새사람〉, 48년 〈기독교 가정〉에 시를 발표했고, 53년에 박목월 시인의 추천으로 〈문예〉에 시가 추천되었지만, 그 잡지가 폐간이 되어 박두진 선생의 추천으로 〈현대문학〉을 통해 시인이 된다. 이후 시집 40권, 수필집 24권의 저서를 내고 월탄문학상, 대한민국문학상 등 다수의 수상 경력이 있다.

이광수, 박목월, 조지훈, 서정주, 정지용 등등 우리 근현대 문학의 천재들과 한 시절 어울려 살았다. 일제와 공산주의자들에게 시달렸고, 또 노태우 대통령과 관련된 시를 한 편 썼다고 정체를 알 수 없는 사람들에게서 온 가족을 몰살시키겠다는 엄청난 협박도 받았다고 한다. 특히 친일문제의 중심에 있는 이광수 선생에 대해서는 그가 왜 그런 인생을 살았는지 알아야 된다고 했다. 하루의 일과를 시간과 분 단위로 적어서 매일 일제에게 보고해야 하는 그런 인생을 살았다는 것이다. 이광수에 대해서는 여러 칭찬의 말씀을 하셨지만, 글쎄 나는 잘 모르겠다. 시대를 잘못 타고난 천재의 비운이랄까. 선생의 이야기를 듣고 있으면 기존의 가치와 평가에 대해 많은 생각을 하게 한다.

선생의 일생은 러시아 소설《닥터 지바고》를 떠올리게 한다. 선생이 살아온 역사와 시, 그리고 현실이 영상처럼 펼쳐지기도 했다. 이렇게 선생은 우리나라 시단의 중앙부에 있으면서 변방의 고독함이 있다. 외롭고 고독한 노 시인의 모습이다. 독거 시인이다. 선생은 자신이 시인으로 살아온 길을 돌아보면서 이렇게 말했다.

"지금까지 문학을 버리지 않은 것이, 그것이 성공이라면 성공이지요."

선생은 슬하에 삼남이녀를 두셨다. 선생은 노년이지만 기골이 장대하다. 장수와 같은 풍모를 지니고 계신다. 선생의 자서전을 보니까 선생의 할아버지가 장사인데, 마을 원님이 끌로 할아버지의 어깨뼈를 끊어버렸다고 한다. 원님의 말이 이런 장사를 그냥 두면 역적이 될 가능성이 있기 때문에 힘을 못 쓰게 해야 한다고 했단다. 할아버지는 마을 장정들이 업고 왔는데, 몇 개월을 못 살고 시름시름 앓다가 세상을 떠났다.

그래서 선생의 부친은 유복자였다. 선생은 어머니 배속에서 가난과 고생의 전주곡을 들었다. 당신은 가난을 부리는 사람이 되고 싶다고 한다. 부자로 살 수 없을 바에야 가난을 종처럼 부리면서 사는 거다.

선생의 말대로 시대를 살아내기 위해 지독한 고생은 하셨지만 평생 교단에 몸담으시면서 가족을 건사하셨고, 노년은 아들 며느리와 함께 그리 쓸쓸하게 보내시지는 않는다. 선생은 이런 말을 했다.

"시인은 많은 경험을 해야 해요. 왕자에서부터 거지까지 다 만나야 하고, 전쟁과 분단과 같은 아픈 경험도 시인에게는 약이 돼요. 하지만 살면서 경험하지 말아야 할 일이 딱 하나 있어요. 그건 자식을 먼저 보내는 거예요. 그 경험은 정말 하지 말아야 해."

선생의 따님은 이화여자대학교 영문과 졸업을 24일 남겨놓고 병사했다. 참척지변이다. 부모가 자식을 먼저 보내는 참척의 경험으로 정지용은 아들을 잃고 〈유리창〉이라는 절창을 남겼다. 이 시를 볼 때 마다 가슴이 미어진다. 이 시의 문학적인 평가보다는 그 근본적인 슬픔에 뭔가 찢어지는 것이다.

역사적으로 충무공 이순신, 고산 윤선도, 허난설헌, 가까이에는 소설가 박완서 선생님, 소설가 정도상 선배가 참척의 변을 겪었다. 나는 아직도 정도상 선배가 자식을 보낸 그 장례식장의 겨울 풍경이 소름끼친다. 오랜 시간이 지났는데도 간혹 악몽처럼 떠오른다. 더 이상 검고 우울하고 처참한 풍경을 아직 본 적이 없다. 선생은 이 경험은 절대 하지 말라고 신신당부한다.

따님을 먼저 보내고 선생이 남긴 시 '너의 창에 불이 꺼지고'가 있다.

너의 창에 불이 꺼지고

밤하늘의 별빛만

네 눈빛처럼 박혀 있구나

새벽녘

너의 창 앞을 지날라치면

언제나 애처롭게 들리던

너의 앓음소리

그 소리도 이제는 들리지 않는다

그 어느 땐가

네가 건강한 날을

향유했을 때

그 창 앞에는

마리아 칼라스가 부르는

나비부인 중의 어떤 개인 날이

조용히 들리기도 했었다

네가 그 창 앞에서

마지막 숨을 걷어 갈 때

한 개의 유성이

긴 꼬리를 끌고

창 저쪽으로 흘러갔다.

다 잠든 밤

내 홀로 네 창 앞에 서서

네 이름을 불러 본다

애리야! 애리야! 애리야! 하고

부르는 소리만 들려올 뿐

대답이 없구나

네가 죽은 것이 아니다

진정 너의 창이 잠들었구나

네 창 앞에서

이런 생각을 해보나

모두 부질없구나


따님을 여읜 선생의 부인께서는 그렇게 몇 년을 시름시름 앓다가 세상의 인연을 놓아버렸다. 당신 나이 쉰일곱이었다. 이후로 선생은 사십 년 이상의 세월을 더 견디고 있다. 간혹 선생은 말씀 도중에 텅 빈 눈동자를 보여주기도 하신다. 특히 따님의 이야기를 할 때는 그렇다.

"이 시를 신봉승 씨가 각색을 해서 영화로 만들었는데, 눈물이 나서 볼 수가 없었어…."

고통이나 절망 혹은 한은 극복하는 것이 절대 아니다. 그것은 그대로 견디면서 관통하는 것이다. 무거운 바위를 밀어 올리면서 올라가는 그리스의 사내처럼, 삶을 밀어 올라가는 그 모양 그대로 걸어가는 것이다. 되돌아갈 수 없는 길이 있다.

카페 엘빈에서 나와 우리는 칼국수를 먹었다. 혜화동 로타리에 있는 혜화 칼국수 집으로 올라가는 길에 있는 서점자리를 가리키면서 여기가 조병화 시인이 살았던 집이라고 하셨다. 금방이라도 조병화 시인이 나올 것 같다고 하신다. 모두 이 세상에 흔적만 남겨두고 떠났다.

칼국수 한 그릇을 먹고 혜화동 길을 걸었다. 나는 선생에게 아주 오래 전에 들은 눈물의 시인 박용래 시인에 대한 이야기를 했다. 인사동 한식집에서 역시 문단의 어른에게 들은 이야기다. 박용래 시인이 중국집에서 짜장면을 드시면서 갑자기 눈물을 흘렸다. 친구가 왜 그러냐고 하자, 박용래 시인이 말하기를 단무지가 너무 맛있어서 우신다고 했다. 나는 이 말의 뜻을 잘 이해하지 못했다. 그냥 그 자리에서 모두 한바탕 웃고 말았다.

선생과 이야기를 나누고 칼국수를 먹고 가난과 눈물에 대한 이야기를 듣고 나니 박용래 시인의 단무지와 눈물을 이해할 수 있었다. 단무지는 가난한 음식이다. 가난한 음식을 먹고 눈물을 흘린 시대의 시인들이 우리 시단의 거인들이 되었다. 그리고 시인들이 이제 하나, 둘 우리들 곁을 떠나고 있다. 최근에 김규동 선생도 세상을 떠났다. 그 빈자리에 황금찬 시인이 외롭게 서 있다.

혜화초등학교를 지나가는데, 초등학교 벽에 시화가 붙어 있었다. 거리에 붙어 있는 시는 떨어진 낙엽처럼 퇴락해 있었다. 박목월, 조지훈, 이성부, 안도현의 이름이 희미하게 지워지고 있었다. 그 벽에 시와 그림이 지워지고 낡고 볼품없는 폐지처럼 벽에 붙어 있다. 겨울바람이 불어오고, 간혹 아직도 나무에 붙어 있던 가로수 잎에 떨어져 뒹군다. 횡단보도 앞에서 선생이 말했다.

"추운 겨울날이었지요, 버스를 타려고 나와, 여기 횡단보도에서 미끄러져 자빠진 적이 있어요. 그냥 일어나기 힘들어서 주저앉아 있는데, 아무도 노인을 부축하지 않더라고. 그냥 보고 지나가는 거야. 참 야속들 하지. 세상이 변한 거야. 그런 생각으로 우물거리고 있는데, 한 젊은이가 다가와서 부축해서 일으켜 세워주더군요. 참 고마웠지. 그래서 고맙다고 했더니. 아닙니다, 저도 늙을 텐데요, 라는 말을 했어. 정말 고마웠어요. 혜화동은 아직 따뜻한 동네구나 싶기도 하고. 허허."

선생의 몸은 세월이 지나간 통로이기도 하다. 오래된 악기처럼 선생의 몸에서 음악소리가 날 것 같다. 한평생을 같이한 혜화동에 선생의 말대로 '늙은' 시인이 서 있었다. 사람은 동네에서 살다 간다. 혜화동의 시인 황금찬. 세월이 지나도 선생은 플라타너스 나무처럼 우리 곁에 있을 것이다.

선생은 그날 플라타너스 나무처럼 보였다. 선생을 댁까지 차로 모셔다 드리고 집으로 돌아왔다.

나는 선생님에게서 백자를 선물받았다. 내 서재에 놓아두고 완상하는 시간이 즐겁다. 그 도자기에는 선생의 시 '길'이 있다. 선생의 길은 이런 길이었다.

> 지금 그 길은
> 행복으로 가는
> 찬란한 길은
> 아닌 것 같다.

이 시를 보면서 시인의 눈이 바라보는 길에 대한 생각을 한다. 간혹 교만한 마음이 들거나 허무한 생각이 들면 이 글을 본다. 이 시는 망치처럼 내 발등을 찍는다. 내가 주섬주섬 허겁지겁 가고 있는 길에 대한 생각을 하는 것이다. 나는 행복으로 가는 찬란한 길만을 원하는 것이 아니다. 내가 가고 있는 길을 다시 한 번 바라본다는 것, 그것이 얼마나 중요한가. 시를 읽는다는 것은, 특히 선생과 같은 원로 시인의 시를 읽는다는 것은, 내가 가고 있는 길에 대한, 인생에 대한 중간 점검이다.

많은 시인들이 시를 적을 때 문장이 끝나도 마침표를 찍지 않는다. 나

역시 시에 마침표를 찍지 않는다. 마침표는 그 시를 읽고 있는 독자의 마음이 찍는 것이다. 시는 여로이고, 시장통이고, 전쟁터이며, 창녀촌이자 사찰이고 성당이다. 거기를 걸어가는 자가 쉬고 싶을 때 쉼표를 찍고, 여기다 싶으면 마침표를 찍는 것이다. 철들기 전부터 시를 써 온 황금찬 시인은 아직도 시의 마침표를 찍지 않았다. 선생은 앞으로 시에 대한 이야기를 이렇게 말씀하신다. 이 글의 마침표다.

"21세기에 어떤 시를 써야 할까? 다들 뭐가 그리 바쁜지, 질문도 없고 응답도 없는 것 같아요. 이러한 시대에 시인들은 어떤 시가 필요한지 성찰할 필요가 있지요. 우리가 만들어낼 수 있는 그 무엇이 있지요. 우리 근대시사를 보면 우리나라의 근대화 과정과 아주 비슷하지요. 창조와 백조 등 많은 문예지들이 어떤 주의를 내세웠지요. 낭만주의, 상징주의, 초현실주의, 우리 문단을 휩쓸고 지나간 문예사조라는 것은 졸속으로 들어왔다 나갔어요. 내용이 없는 껍데기만 있는 거지요.

적어도 한 사조는 십 년 이상은 지속되면서 숙성되고 그 분야에 대가도 나와야 하는데…, 과거 우리 시단은 그런 역량이 없었지요. 그런 세월을 산 노인의 말이에요. 내가 하지 못했다는 부끄러움도 있지만요. 앞으로 21세기의 문예사조는 우리나라의 젊은 시인들에게서 나왔으면 좋겠어요. 그게 뭔지는 젊은 시인들의 몫이겠지요. 우리나라는 세계에서 가장 아름다운 한글이라는 문자를 가진 나라예요. 자긍심을 가지고 좋은 시…, 더 좋은 시를 써야 합니다. 시인은 시를 쓸 때 사는 겁니다. 아니면 그냥 사는 겁니다…."

# 유홍준

박제된 문화유산에 숨결을 불어넣는 이야기꾼

세상은 어떻게 조화를 이룰 수 있는가

우리가 세계인들을 설득할 저력과 논리가 있어야 합니다.

분노는 아무것도 해결할 수 없어요.

우리 아리랑에 대한 자부심과 더불어

세계화 시대에 그것을 우리의 것으로 지켜내기 위한

노력도 동시에 필요합니다.

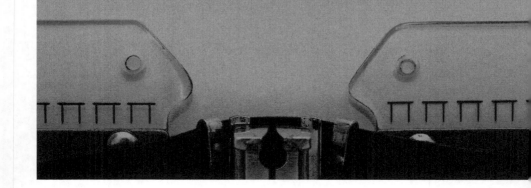

1

인디언 소년이 사냥을 하고 돌아온다. 아메리카 대륙의 지평선에 거대한 석양이 지고 있다. 소년은 마을 입구에 멈추어 서서 두리번거린다. 낯선 풍경이다. 폐허가 되어버린 마을에 군데군데 연기가 피어오르고, 마을 사람들의 사체가 널려 있다. 멀리 들리는 백인들의 말발굽 소리, 소년은 놀라 언덕으로 올라가 숨는다. 공포감이 스며들고 어둠이 난폭한 전사처럼 몰려온다. 잠시 후, 소년은 언덕에 올라 피리를 분다. 입술이 피리에게 마음을 전하자 피리가 떨리면서 소리가 난다. 두 뺨에는 초라하게 눈물이 떨어진다. 폐허에 울려 퍼지는 피리 소리. 소년의 피리 소리는 멀리멀리 울려 퍼져, 대한민국 서울에 위치한 명지대학교 행정관 4층 유홍준 교수의 연구실에도 울려 퍼진다.

음악을 비롯한 모든 예술 문화는 이렇게 시공간을 초월한다. 나는 '유구라'의 장황한 이야기를 듣고 행정관을 내려오면서 얼마 전에 만난 원조 구라 방배추 선생이 유홍준 교수에게 "이젠 나의 구라 시대는 가고 유홍준이가 그 자리를 올라가면 되겠어요. 잘하잖아요"라는 말을 떠올렸다.

첫 줄에 서술한 인디언 소년의 이야기와 음반은 유홍준 선생이 미국 인디애나 주를 여행할 때 샀다면서 들려준 음악 소리와 그 음반 이야기다.

'답사'는 두 발로 돌아다니는 일이다. 발은 길을 부르고, 길은 글을 부르고, 글은 밥을 부른다. 금강산도 식후경, '유홍준' 정도라면 우리 음식에 대해서 좀 각별한 생각을 가지고 있지 않을까? 새삼스럽게 그가 왜 미술사학자가 되었는지는 궁금하지 않았다. 인터넷으로 검색해보면 금방 나온다. 수도 없이 같은 말을 반복했을 것이다. 피곤한 일이다. 나는 그에게 다른 이야기를 듣고 싶었다.

유홍준 선생은 너무 밝아서 암울했던 경제 개발 시대에 깃발 하나 들고 온통 이 나라를 돌아다니며 우리 문화유산과 함께 했다. 인세와 고료도 없이 시작한 작은 출발이 이제는 세계적인 우리 문화의 존재를 우리 안방으로 부엌으로 끌어들였다. 대표적인 국보인 조선백자와 고려청자는 박물관으로 옮겨지는 순간 전시장의 유리 박스 안으로 들어가 사람들과 격리된다. 귀한 보물이니까 잘 다루어야 하는 작품이니까, 일정한 거리를 유지하게 만든다. 유홍준은 그렇게 거리를 두고 감상해야 했던 우리 문화재를 문화유산 답사를 통하여 전시장의 유리 안에서 꺼내 두 손에 쥐고 만지게 한다. 악수하게 하고 보듬게 한다. '아는 만큼 보인다'고 말하면서 전시와 관람을 넘어선 체험과 공감을 선사한다. 전시장의 보물들과 관람자의 거리가 매우 밀접해진다. 서먹서먹한 타인이 사랑하는 연인의 관계로 발전하고 서로 연결된다. 그 순간 아득했던 옛 기억은 만지고 느끼고 사랑하는 생명으로 재탄생한다. 여기에 '우리'가 있게 된다.

이제는 일본으로 그 영역을 넓힌다. 동아시아의 문화유산은 서로 연결되어 있다. 일본의 부처상과 우리의 부처상 그리고 중국의 것을 연구하면 뿌리와 줄기, 꽃과 열매를 알 수 있다. 이러한 왕성한 작업의 근본은 음식이다. 사람을 움직이게 하는 힘의 원천인 음식. 그는 어떤 음식을 먹었는지 궁금했다. 음식 이야기가 나오자 유 교수는 반색을 했다.

어떤 음식이 먼저 떠오르는지?

"그거 괜찮네, 음식 이야기. 정말 돌아다닌 만큼 먹기도 했네. 그래요. 나는 우리 밑반찬을 좋아해요. 그리고 역시 밥이 최고죠. 인사동에 부산식당이 있어요. 이 식당에서는 밥을 그 자리에서 지어줘요. 시간이 좀 걸리지만 막 지은 밥을 해준다는 거, 흔하지 않아요. 식당이 지저분하고 손님에게 불친절해서 그걸 감수해야지요. 그럼 가볼 만해요. 조선일보 방 사장님이 제가 부산식당에 대해서 쓴 글을 보고 연락이 왔는데 그 집에 가시지 말라고 했어요. 그 정도예요. 주인이 신문사 사주에게도 친절하지 않을 거라는 생각이었지만, 다녀오신 모양입디다. 괜찮았던 모양입니다."

'아는 만큼 먹는다.' 집을 떠나 먼 곳에 가서 어떻게 맛있는 집을 찾는지는 여행을 다니는 사람들의 공통 관심사이기도 하다. 여행가들은 나름대

로의 노하우가 있다. 어떤 사람은 식당 간판을 보고 맛있는 집의 여부를
판단하기도 한다.

어떻게 맛집을 찾아내는가?

"지방에서는요. 그 지역 면서기가 먹으러 가는 집이 제일 맛있는 집이
지요. 뭐…, 면서기를 다 만날 수는 없는 일이니까, 좀 더 쉬운 방법은 약국
에 가서 '바카스' 하나 사먹고 물어보면 맛있는 집 알려줍니다. 손님이 뜸
한 약국의 약사들은 보통 11시 경부터 점심을 뭘 먹을까 생각하기 때문이
지요. 하하. 직장인들도 뭐 비슷하지요. 사람들은 본능적으로 식욕을 타고
났어요. 그런데 음식은 말이지요. 우리나라 방방곡곡에 좋은 곳이 많아요.
그중에서 자기 음식에 대한 프라이드가 그 집을 기억나게 하더군요. 답사
팀을 이끌고 강진의 모 식당에 40인분의 음식을 주문했지요. 물론 한식이
구요. 한 시간 후에 오라고 해서 갔지요. 식당에 한 상에 4인분씩 10개의
상이 나란히 있는데, 모조지로 밥상을 덮어 놓고는 답사객들에게 절대 종
이를 들추지 말라고 합디다. 식당 주인의 엄명이지요. 보통 식당에 가면
반찬 집어 먹고 하면서 밥을 기다리기도 하는데 말이지요. 잠시 후에 찌개
를 밥상 가운데 놓고서야 식사를 할 수 있었어요. 그 밥상은 가운데 찌개
가 들어가야 완성되고, 거기서 맛이 나온다는 거예요. 작은 시골 식당 주
인의 자기 음식에 대한 프라이드는 강진에 기거했던 다산의 학문적인 자
존심과 다를 것이 없어요."

식당은 주인의 영역인데, 역시 사람 이야기다. 인상적인 분들이 한둘이
아닐 텐데?

"역시 강진에서 김밥을 파는 할머니에게 3,000원짜리 김밥을 단체로

주문했어요. 할머니는 고개를 갸우뚱하더니 우리 집 김밥 맛있게 먹으려
면 1,000원을 더 내라고 해요. 1000원을 더 드렸지요. 매우 훌륭한 김밥
이 나왔어요. 투자를 해야 좋은 음식이 나와요. 사실 답사 다니면서 밥 먹
은 이야기만 해도 책 한 권은 쓸 수 있어요. 이런 분들은 인간문화재로 지
정해야 해요. 우리나라에 이런 분들이 점점 사라지고 있지요."

가난한 밥상에 정이 있지만, 부유한 밥상에는 맛이 있다. 유 교수의 음
식 이야기를 들으면서 입에 침이 조금 고였다. 나 역시 음식에 대한 기억
이 있고, 공감대가 형성되었기 때문이다.

유 교수가 우리나라 곳곳에 숨어 있는 문화유산과 함께 한 세월은 지난
누천 년 동안 '거기에 있었던' 유형 문화유산을 재발견하는 기간이기도
했다. 지난 시절, 먹고 살기 힘들어 '완상'의 시간보다는 '건설'에 많은 시
간을 투자했다. 유 교수가 답사를 한 시간들은 배고픔을 해결하기 바빴던
우리들의 가난한 마음에 맛있는 밥상을 차려준 시간이기도 했다.

자, 여기 당신의 정서적인 갈증과 문화에 대한 배고픔을 해결해주는 우
리의 문화유산을 보라. 이것은 우리 음식에 대한 재발견의 시간이기도 했
다. 독자와 답사객들은 유 교수의 구라에 감탄하고 눈을 뜬다. 눈을 뜨고
읽고 본다. 한번 터진 우리 음식에 대한 구라는 강물처럼 흘렀다.

맛있는 음식을 먹는 방법은?

"조금 여유가 있다면 어디에 가서든 맛있는 음식을 먹는 방법 중에 하
나가 있지요. 김밥 할머니에게 힌트를 얻은 것이지만, 예를 들어 산채 비
빔밥이 6,000원이라고 정가가 매겨져 있으면 8,000원 드리고 뭘 넣든 간
에 더 넣어 달라고 하면 2,000원 이상의 맛있는 음식이 나오는 법이에요."

"내가 영남대 교수를 하던 시절에는 삼일은 서울에 삼일은 대구에서 살았어요. 그 시절에 경북대학교에서 강연을 하고 나오는데 배가 고파서, 동대구에서 경주로 가는 기차 노선에 반야월역이 있어요, 그 역 앞에 있는 식당에 갔는데, 이 식당이 좀 묘한 곳이에요. 냄비우동에서부터 회까지 파는 거죠. 냄비우동을 하나 시키고 벽에 있는 메뉴판을 보니까, 간단하게 만 원, 아무거나 이만 원, 알아서 삼만 원 이렇게 적혀 있어요. 일종의 경상 도 어법이지요. 왜 우리가 음식 주문할 때 그러기도 하잖아요. 아무거나 줘요, 간단하게 줘요, 알아서 줘요, 허허 뭐 이런 식으로 주문을 하기도 하 잖아요. 그 식당에서는 회 한 접시를 낼 때 그런 기준으로 음식을 준비하 는 겁니다. 가격이 내려갈수록 음식은 조금 허술해지겠지요. 매우 독특한 발상이지요. 그런데 궁금한 게 있더군요. 그래서 제가 물었어요. 아주머니 '제대로' 하고 오만 원 받으면 어때요? 그랬더니 아주머니가 하는 말, 제대 로 먹는 사람이 우리 집에 옵니까? 하하하. 경험을 이길 수 있는 구라는 없 어요."

방배추 선생이 구라는 삶에서 나온다는 말을 상기했다. 식당 주인의 입 담도 있겠지만 그가 경험한 일이 한방에 터질 때 사람들 역시 빵 터지는 법이다.

유홍준 교수는 밥의 중요성을 강조했다. 그의 음식 이야기는 밥과 반찬 의 관계에 있다. 인간은 밥상과 세상 사이에 있다. 인간의 마음이 담겨서 한 상의 밥상이 차려진다. 예를 들어 부산식당의 생태찌개가 맛이 있는 이 유는 주인이 수유리에 있는 자신의 집에서 방아라는 풀을 키워 찌개에 넣 는 정성이 있고, 가난한 예술가들이 와서 4인분을 시키면 1인분만 시키고 나머지는 밥을 시켜 먹어도 충분하다고 이야기해 준다고 한다. 이런 인간에 대한 정성이 그 음식을 기억하게 하고 결국 사람을 살게 한다.

음식은 사랑처럼 국경을 초월한다. 음식은 그 지역에서 깊은 뿌리를 내린 문화이기도 하다. 음식을 알면 그 지역의 속살이 보이는 법이다. 유 교수는 음식 문화를 한 폭의 다감한 그림처럼 이야기하고 있었다. 그가 이웃나라인 일본에 답사를 갔을 때도 그런 일이 있었다.

"나중에 알게 되었는데 그 할머니가 준 '다꽝' 한 조각은 아주 특별한 것이었어요."

일본의 아스카 지역을 답사하는 길에 일본 할머니가 운영하는 허름한 우동집에 들어갔다. 서울에서 공부하러 온 사람이라고 자신을 소개하고, 음식을 주문했다. 날은 덥고 입맛을 잃어 우동을 먹었는데 단무지가 조금밖에 나오질 않아, 조금 더 달라고 했다. 할머니가 잠시 망설이더니 당신의 집에서 먹는 것이 있는데 그것이라도 먹겠느냐고 해서 고맙다고 했다. 그 '다꽝'은 올리브 맛이 나는 단무지였다. 입맛이 심심하던 차에 맛있게 먹고 나왔는데, 나중에 지인이 하는 말이 일본의 식당에서 주인이 집에서 먹는 음식을 준다는 것은 상상을 불허한다는 것이었다. 우리 역시 식당에서 주인집의 음식을 먹기는 쉽지가 않다. 아무리 오래되고 견고한 풍습이라고 하더라도 사람의 진심이 통하면 문화는 조금 변할 수 있다.

"그런 경험이 있잖아요. 식당에서 한바탕 손님을 치르고 식당 사람들이 먹는 밥상을 보면 굉장히 먹음직스럽지요. 남태령고개 어디쯤에서 비빔밥을 먹는데 주인이 먹는 호박잎이 너무 맛있어 보여서 같이 좀 먹자고 너스레를 떨었지요. 음식은 그렇게 같이 나누어 먹으면 더 맛있지요."

작가의 서랍에도 보여주는 글과 숨겨놓은 글이 있다. 보통 숨겨놓은 글에서 보여주는 글이 나오는데, 식당 주인도 그런 것이 아닐까, 자신이 먹는 음식, 돈으로 계산하지 않는 음식은 숨겨놓은 음식이다. 돈을 받는 순간 경제적인 관계가 생기기 때문에 일정한 거리가 생긴다. 하지만 돈을 받지 않는 음식은 각별한 음식이다. 돈이라는 중간단계가 사라지면 밀접거리가 생긴다. 너와 나에서 우리가 되는 순간이다. 돈은 너무나 필요하지만, 그만큼 필요 없을 때도 있다. 우리 시대에 편한 시간은 돈이 필요 없는 시간이다. 참 아이러니하다.

나 역시 식당에서 종업원들과 주인이 먹는 밥상을 보고 군침을 삼킨 적이 있다. 중국집에서 짜장면을 먹고 있는데, 옆자리에서 종업원들이 김치찌개를 먹고 있으면 왠지 그걸 먹고 싶은 거다. 맛있는 음식은 결국 사람들의 거리를 좁혀주고 우리가 되게 한다. 밥을 같이 먹는 사이는 가까운 사이다. 작가들 가운데도 식사를 같이 한다는 것에 대해 의미를 두는 사람이 많다. 모 여성작가는 나와 식사를 하면서 자신은 식구가 아닌 사람들과 밥을 먹는다는 것이 참 불편하다고 하면서, 같이 밥을 먹는다는 건 그만큼 마음을 열고 있다는 것이라고 했다. 사정에 따라 다르겠지만 밥을 같이 먹는다는 의미는 서로의 정을 나눈다는 것이기도 하다. 그래서인지 연인이나 식구들은 항상 밥을 같이 먹으려고 한다. 식구도 밥을 같이 먹지 않으면 소원해지기 쉽다. 반대의 경우도 있다.

어떤 정치인은 같은 날 저녁 약속을 세 번 이상 하는 사람도 있다. 밥을 먹으면서 업무를 보는 것이다. 이렇게 비즈니스로 식사를 하면 소화가 잘될까 싶다. 나의 고교 동창생 중에 성공한 사업가가 있었는데, 수년 전에

암으로 죽었다. 그가 병상에서 나에게 해준 말이 기억난다. 그동안 난 참 배고프게 살았던 것 같다. 어머니가 해준 김치수제비하고 시래기국 먹고 싶다. 나는 친구가 회복을 해서 그걸 같이 먹고 싶었다. 하지만 친구는 위암으로 먼저 가고 말았다.

비즈니스를 식사로 하게 되면 거리감이 좁혀지고 대화가 편해진다. 밥상은 인간관계의 중심에 있다.

밥 한 그릇이 미륵반가사유상보다 더 거룩할 때가 있다. 밥 한 그릇이 어두운 밤바다에 빛나는 등대처럼 보일 때도 있다. 밥 한 그릇이 형장으로 걸어가는 사형수의 마지막 위안이 되기도 한다.

우리나라의 행정 조직은 촘촘하다. 날아가는 새도 관리하는 부서가 있는데 음식에 관한 부서는 없다고 유 교수는 지적했다. 문화재청장 시절에도 이런 음식에 관련된 부서가 왜 없는지 고민했다고 한다. 식약청은 국민의 건강을 위해 약을 관리하는 부서이다. 국민의 건강과 행복을 위해 음식 문화 전반에 걸쳐 행정적으로 도와주는 부서도 필요하다고 했다. 이러한 생각은 한식의 국제화 문제로도 이어지는데, 우리의 전통 음식인 한식은 음식물 쓰레기를 남기는 문제를 남긴다.

"순천의 대원식당에서 외국인과 식사를 하고 나니 남은 반찬에 대한 질문을 하더군요. 한 번 손을 댄 음식이니까 쓰레기로 간다는 생각을 하면서 한식에 대해 각성하게 된 겁니다. 외국인들이 우리 음식을 맛보기 위해 찾는 고급 한식집의 경우 보통 세트로 나오는데, 음식 쓰레기를 남기는 문제가 있다고 봐요.

한번은 여수 엑스포에서 심사위원들이 우리들이 권하는 대접을 안 받는다고 전화를 해왔어요. 역시 청장 시절이었는데, 나는 그분들을 모시고 대원식당에 가라고 했어요. 밥 한 끼 먹는 것으로 우리의 정서와 문화를 보여줄 수 있는 경우지요. 그러고 나서 그분들을 모시고 고궁 관람을 시킨 적이 있어요. 재동에 있는 식당에서 식사를 맛있게 하고 나서 심사위원장 이 역시 물어요. 한국음식에는 요리가 몇 가지 나오는가. 그들의 눈에 는 우리 음식이 좋기는 한데 너무 많은 음식 쓰레기를 남긴다는 아쉬움도 같이 보인 겁니다."

유 교수는 한국 음식은 요리가 아니라 밥과 함께하는 반찬이라고 강조 했다. 궁중음식을 비롯한 많은 요리가 있긴 하지만, 일반적으로는 우리네 밥상에 올라오는 김치찌개나 된장찌개, 고등어구이, 미나리, 콩나물무침 같은 반찬을 가리켜 요리라고 한다. 유 교수는 음식을 통해서 문화 이야기 로 물꼬를 텄다.

3

음식과 문화도 밀접한 관계가 있나?

"문화는 소비자가 결정하는 겁니다. 공급자가 만들어 결정하는 게 아니 에요. 음악이나 공연, 도자기 등등 우리의 문화는 모두가 그것을 사용하는 소비자가 결정합니다. 케이 팝이나 도자기 역시 외국인들의 소비 욕구를 자극해야 하지요. 음식도 마찬가지입니다. 음식을 먹는 소비자의 입장에 서 그들이 어떻게 행복하게 먹을 수 있는가, 주인과 주방장이 끊임없이 연 구하고 만들어내야 해요.

대한민국 특급호텔에는 한식당이 없어요. 일식·중식·이태리 식당은 있어도 한식당이 없어요. 있다가도 금방 문 닫아요. 외국인들은 특급 호텔에 와서 역시 외국 음식을 선택해야 합니다. 이건 우리나라의 자존심 문제이기도 해요. 우리 음식이 국제화에 실패했다는 반증이기도 하지요. 이건 누가 하더라도 해야 한다고 봅니다. 한식 세트메뉴에 대한 심포지엄을 열고 주방장을 비롯한 현장 사람들이 모여서 연구를 해야 합니다. 우리 한식 세트 메뉴에 대한 대대적인 콘테스트를 열어서 좋은 음식을 뽑아내야 하지요."

유 교수는 배우 이정섭 씨 같은 경우가 모범적이라고 했다. 서울 종갓집 음식의 프라이드를 지키면서도 대중화시키는 작업을 성공적으로 보여준 케이스라는 것이다. 그리고 이 문제는 문화부 문제라고 잘라 말했다.

"청와대에서 식사를 몇 번 했는데, 손님상은 백자반상기에 한식 완세트입디다. 우리나라에는 영빈관이 없어요. 궁중음식을 대중화하는 작업이 우리 음식 문화에 큰 일거리입니다. 그러기 위해서는 우리의 시각을 좀 더 넓고 깊게 할 필요가 있다는 겁니다. 우리의 전통만을 너무 고집하면 머물기만 할 뿐 나아갈 수가 없어요. 우리 문화재에 대한 시각도 좀 더 넓게 바라볼 필요가 있지요."

일본의 국보인 고류지의 미륵보살반가상을 신라의 소나무로 만들었다는 것은 일본의 한 대학생이 목조로 만든 이 불상에서 떨어져 나온 이쑤시개의 십분의 일 정도 되는 불상 조각을 현미경으로 관찰한 결과라고 한다.

당시 일본에서는 녹나무로 불상을 만들었기 때문에 '신라의 소나무'에 대해 이견은 없다. 백제와 신라가 불교문화를 일본에 전파했고, 일본인들은 이 문화를 독특하고 화려하게 만들어나가 일본문화라는 세계적인 문화를 만들어낸다. 우리는 간혹, 우리의 선조가 일본에 문화를 전파한 사실만으로 자부심을 가지곤 한다. 이것이 혹시 근대화 이후 우리가 일본에게 당한 기억에서 연유하는 열패감은 아닌지 모르겠다. 유 교수는 말한다.

"일본에 문화를 전파한 과거만 강조하고 일본인들이 이룬 문화에 대해서는 폄훼하는 경향이 있는데요. 생각해봐요. 우리 문화는 결국 중국에서 전수받은 것이 아닌가요? 우리가 일본에 대해서 가지는 미묘한 감정이 너무 앞서는 것 같은데, 이것을 좀 더 넓게 받아들여야 합니다. 문화는 강물과 같은 것이어서 그 시원이 어디냐보다는 어디를 향해 가느냐가 중요해요. 불상의 경우만 해도 372년 중국 전진의 순도라는 승려가 고구려에 불경과 불상을 들고 와서 우리나라에 전파된 것이죠. 더 거슬러 올라가면 부처의 사리를 스투파에 보관하던 시절, 불상을 만들지 않았던 인도에 알렉산더 원정 이후 간다라 지방에서 그리스인들이 인간의 모습을 빌려 신을 조각하는 모습을 보고 이 세상에는 수많은 부처가 존재한다는 인식이 생겨 불상은 탑과 함께 사찰의 상징이 된 겁니다."

우리나라에는 유독 원조라는 음식점이 많다. 찐빵, 갈비, 족발, 순대국 한 그릇도 내가 원조라고 내세운다. 먼저 한 것이 장땡은 아니다. 장충동에 가면 족발 원조집이라고 내건 간판이 하나둘이 아니다.

이런 의식에 대해 막연한 불만을 가지고 있던 나는 유 교수의 말을 듣고 고개를 끄덕였다. 문화는 시원이 아니라 강물이다. 태백산 검룡소에서 퐁퐁 튀어나오는 물방울들이 신비하기는 하지만, 거기에서 흘러나와 한강이 된다. 한강이 문화고, 한강 옆에서 사는 사람들이 문화를 만들어낸다. 국제적인 문화 교류 역시 마찬가지이다. 하지만 이 문제는 아주 미묘하다. 우리의 정서와 정치적으로도 연결되기 때문에 조심스럽게 만져야 한다. 2005년 11월 25일 유네스코 인류 구전 및 무형유산 걸작으로 등재된 '강릉단오제'를 예로 들어 유 교수는 말했다.

"우리의 강릉단오제를 세계문화유산으로 등재하고자 할 때 중국이 반대를 했어요. 이유는 자신들이 원조라는 거지요. 유네스코 위원회에서 맞짱 토론을 했어요. 난 이렇게 말했지요. '단오가 농경사회를 먼저 시작한 중국에서 한 거 맞다. 단오제는 동아시아 농경사회에서 살아가는 사람들의 축제이다. 우리나라에는 두레공동체 의식이 있다. 강릉단오제는 보리 농사 추수하기 직전인 5월에 일주일 정도 쉬면서 마을의 평안과 농사의 번영, 집안의 태평을 기원하는, 우리나라에서 가장 역사가 깊은 축제이다. 8월 보름 한가위에도 농부들이 놀면서 쉰다. 이것 역시 농사를 먼저 시작한 중국에서 시작한 것이 맞다. 하지만 우리나라에 와서 1,000년 이상 지속된 문화이다. 이것이 우리의 문화유산, 세계의 문화유산이 될 수 없다면 유럽의 기독교 문화는 그 원류인 이스라엘의 것만을 문화유산으로 등재해야 한다.' 그래서 우리가 이긴 거예요. 같은 문화를 놓고 자국의 문화유산으로 지정하는 국제적인 설득력은 우리가 먼저라고 주장한다고만 되는 것이 아니지요."

유 교수는 우리의 것을 지키기에 머물지 말아야 한다고 했다. 우리가 먼저 했다고 해서 일본의 불상을 우리의 것이라고 주장해서는 안 된다. 이러한 관점은 자연스럽게 중국의 아리랑 문화유산 등재 시도와도 연결된다. 아리랑은 우리에게 문화유산 이상의 의미가 있다.

아리랑에 대한 유 교수의 입장을 듣는다.

"맹목적인 애국주의 때문에 바른 이야기를 하면 매국노가 되어버리기도 하지요. 아리랑은 우리 음악의 가장 보편적이고도 정서적으로 깊은 것이어서 중국인들의 저런 주장에 대해 반감을 가지고 있지요. 하지만 조금 통 크게 보면 이건 중국인들이 자국에 있는 소수 민족들의 음악을 보존하고자 하는 조치지요. 이해는 할 수 있지만 받아들이긴 쉽지 않지요. 우리가 세계인들을 설득할 저력과 논리가 있어야 합니다. 분노는 아무것도 해결할 수 없어요. 우리 아리랑에 대한 자부심과 더불어 세계화 시대에 그것을 우리의 것으로 지켜내기 위한 노력도 동시에 필요합니다."

결국 우리의 지속적인 노력으로 아리랑은 유네스코 무형유산위원회에서 인류의 문화유산으로 최종 확정되었다. 중국이 한 발 걸치려고 했지만, 아리랑이 한민족의 대표적인 민요로서 공동체의 정체성을 높이고 있다는 사실이 무형유산 선정의 배경이 되었다.

4

유 교수는 우리나라의 문화유산을 누구보다도 사랑하는 사람이다. 이 점에서는 반론의 여지가 없다. 우리의 것을 사랑한다는 것은 우리의 것에만 머무는 것과는 다르다. 유 교수는 세상을 바라본다. 더 넓게 우리의 문화재를 바라본다.

예를 들어 가야 토기가 대영박물관(유 교수는 영국박물관으로 불러야 한다고 했다)에 있다고 해서 그것이 영국의 문화재는 아니다. 가야토기의 역사적 문화적 의의가 사라지지 않는다. 오히려 한국의 문화재가 세계적인 박물관에서 세계인들을 만난다면 우리에게는 이로운 일이라고 유 교수는 말했다.

"대영박물관에 한국관이 생긴 건 얼마 되지 않았어요. 그전에는 복도의 한 구석에 초라하게 있었어요. 관람객 중에 누가 거기에 주목하겠어요. 관람객들은 더 화려한 전시관으로 가기 위해 우리 문화재는 그냥 지나갑니다. 우리의 전용관이 생기고 좋은 문화재가 거기에 전시되어 있을 때 세계인들은 한국의 문화에 감동을 받는 겁니다.

이 일은 우리나라의 한 기업인이 초석을 놓았어요. 한광호 회장이 1997년에 100만 파운드를 기부해서 만들어지게 된 거예요. 그런데 말이죠. 내가 조선일보에 칼럼도 썼는데…, 결과가 비참해요. 국세청에서 한 회장에게 세금을 5억 때리고, 우리나라에서 산 문화재는 반출 금지이니까 일본, 미국, 소더비나 크리스티에서 경매로 산 문화재를 전시하게 된 겁니다. 이 관행을 내가 청장 시절에 바꾸었어요.

품안에 자식도 때가 되면 나가잖아요. 우리의 작품도 나갈 만하면 나가야 돼요. 영화 007에 나오는 마담 주리 아시죠. 그 사람이 참으로 대단한 말을 했어요. 이 배우가 영국 런던의 빅토리아&알버트 뮤지엄을 관람하고 나서 한국관인 삼성 한국 전시실에 있는 박영숙 씨의 달항아리를 보고 한 말이 있어요. '이 박물관에서 가장 인상적인 작품이 바로 달항아리이다. 이 작품은 하루 종일 보고 있어도 진력이 나지 않는다. 세상의 모든 근심이 사라진다 이 박물관에서 하나만 가져가라면, 나는 이 달 항아리를 가져가겠다'고 했는데, 참으로 인상적인 발언이었어요. 우리 문화에 대한 외국인들의 감동을 잘 전해준 경우지요."

런던의 빅토리아&알버트 뮤지엄은 1857년에 건립된 세계적인 장식
예술 박물관이다. 빅토리아 여왕과 부군인 알버트 공의 이름을 따왔다. 세
계 전 지역의 장신구, 도자기, 가구, 보석, 그림, 사진, 조각 등 450만 점의
장식예술 관련 예술품을 소장하고 있고, 그중 일부를 145개의 갤러리에
나누어 전시하고 있는 대규모 박물관이다. 유 교수는 청장 시절에 우리 달
항아리 5점을 보물로 지정했다.

인터뷰를 하고 있는 탁자 위에도 달항아리가 있었다. 좋아하는 물건이
뭐냐는 질문에 힐긋 달항아리를 본다. 사실 유 교수에게 제일 좋아하는 물
건이 무엇이냐, 어떤 특별한 사연이 있느냐고 물어보는 건 그리 좋은 질문
은 아니다. 문화예술 전문가가 아니어도 저마다 소중히 간직하고 있는 물
건이 있다. 나에게는 달항아리가 없지만 선배 시인이 만들어준 백자가 있
다. 고가의 귀중품은 아니지만 그 물건을 볼 때마다 달항아리와 같은 존재
감을 느낀다. 유홍준 교수에게는 어머니의 반지라든지, 아버지의 담배 파
이프 같은 그런 사사로운 질문이 끼어들 틈새가 없다. 그에게는 우리의 모
든 문화재가 소중하고 사랑스러운 물건이다.

그는 우리의 대중문화에 대해서도 한마디 했다.

"세계 경제가 개판입니다. 왜 그런가, 그 분야 전문가에게 물어봐도 앞
으로 어떤 대안이나 답이 없어요. 미래가 불투명하다는 거지요. 이런 상황
에서 우리의 대중문화가 세계인들을 감동시키고 있어요. 문화는 이렇게
흘러들어가는 겁니다. 우리의 저력이 뭔가 생각들을 하지요. 과거 문화 수
입국에서 이제 공급국으로 변신하고 있는데, 이러한 현상을 속 시원하게

분석해주는 사람이 없지요."

'그건 유 교수가 해야지요'라고 반문하려다 참았다. 바로 이야기가 이어질 것이라고 믿었기 때문이다.

"외래문화를 받아들여 어떻게 우리의 것으로 세련화하는가가 중요합니다. 우리 들녘에 피어 있는 아름다운 코스모스처럼 말입니다. 코스모스가 외래종이라고 해서 우리의 것이 아닙니까? 이번 책에도 그런 이야기를 적었어요. 해외 문화에 대한 입장 정리를 확실히 해야 한다는 거죠. 미국, 프랑스, 일본, 중국이 문화에 대해 어떤 정책을 펴고 있는가를 살펴봐야 합니다. 이 문제를 해결하는 것이 결국은 정치죠. 북한 정권은 쌀밥에 고깃국을 인민에게 먹이는 것이 정치라면, 우리는 우리 밥상에 올라온 외국 문화를 어떻게 우리 국민에게 대접하는가, 이것이 정치입니다.

국가를 운영하는 동력이 거기에서 나오는 거죠. 각계의 의견을 수렴하고 법 제정하고 말이지요. 1년에 300조가 넘는 예산을 어떻게 운영하는가. 그 에너지가 문화입니다. 정치가 이런 일을 해야 한다면 우리가 바뀌어야 합니다. 경제적으로 G12의 위상에 올랐다면 국민들의 의식도 이제는 변화해야 합니다.

사실 우리도 국제화하려고 무척 노력하고 있고, 그 결과가 조금씩 나타나고 있어요. 우리나라도 한 시절 미제라면 똥도 좋아하던 시절이 있었어요. 세계는 이제 글로벌 문화로 나아가고 있는데, 유럽의 젊은이들이 K-POP을 듣기 위해 밤새워 줄을 서고 있어요. 팝이라면 자기들 것인데 왜 우리 젊은이들의 춤과 노래를 좋아하는가. 일등은 일등의 약점도 가지고 있는 법이지요. 우리들이 알고 있는 것이 전부라는 생각이 바로 약점입니다. 그런데 우리의 젊은이가 대중문화를 통해서 다른 걸 보여줘요. 유럽의 젊은이들이 거기에 열광하는 겁니다."

19세기 중엽 서세동점의 정세 속에서 동양 삼국은 사회 모순이 심화되어서 체제 변혁의 요구가 거세어진다. 우리나라는 서구 문명의 수용 논리로 '동도서기론'을 만들었다. 일본에서는 화혼양재, 중국에서는 중체서용론이라고 한다. 표현은 다르지만 서양을 받아들이는 태도는 같다. 이러한 대세가 한 세기를 풍미하고 지금까지 부분적으로 이어져 오고 있다.

문화적으로 이젠 동도서기가 아니라 서도동기라고 유 교수는 말한다. 서양 사람들 역시 동양의 정신을 받아들인다. 서양에서는 고전의 번역을 비롯해서 동양의 문화를 일찍부터 받아들였다. 문화에 일방적인 태도는 없다. 동서양이 서로 스미고 어울릴 때 우리 문화 역시 빛나는 자리에 갈 수 있다. 이미 세계화라는 틀은 마련되었다. 이런 시절에 우리가 동양 문화 속에서 태어났나는 건 축복일 수도 있다. 우리의 그릇과 우리의 정신이 서양의 문화와 어울리면 위대한 문화를 창출할 수 있고, 세계 문화를 주도할 수도 있지 않을까?

버트런드 러셀의 《서양 철학사》는 그가 중국에 다녀간 후에 인식의 변화가 생겼기 때문이다. 만약 중국을 보지 않았다면 그는 자신의 저서 이름을 《세계 철학사》라고 지었을 것이다. 미술사 역시 서양인들은 자신들의 것을 세계의 중심에 놓고 본다. 이젠 지구가 말 그대로 한 울타리다. 한 울타리 의식은 우리 사회의 좌우, 진보 보수의 영역까지도 이어진다.

유 교수는 말했다.

"한국 사회는 진보 보수, 좌우를 너무 경직된 사고방식으로 보고 극심하게 나뉘었다. 하지만 항아리 하나만 봐도 알 수 있다. 인간은 음과 양이 서로 스미고 보완하는 완전한 존재로서, 좌나 우로 나눌 수 없는 존재다. 이 경계선에 서 있는 것이다. 예를 들어 나는 진보적인 생각을 가지고 있지만, 여성의 가정적인 역할에 대해서는 완고한 입장이다. 신문도 마찬가지다. 모 신문은 보수라고 하지만 복지예산에 관해서는 매우 진보적이고, 모 신문은 남북문제에 대해서는 매우 진보적이라는 모 신문에 비해 진보적이다.

한국전쟁 중에 자고 있는 사람을 깨워서 깜깜한 방안에서 라이트를 얼굴에 비치고 너는 좌냐 우냐고 물어보는 소설이 있다. 이런 극단적인 생각은 우리 사회를 병들게 한다. 건강한 사회는 좌파 우파가 서로를 인정하고 서로의 영역을 넘나들어야 한다. 나는 속칭 진보주의자로 분류되면서도 조선일보에 글을 쓴다. 박원순 시장의 멘토도 한다. 사상이나 성향은 운동회의 청백전이 아니다. 나는 정치를 하겠다는 사람이 아니다. 나는 우리나라의 미술사에 대해서 연구하고 사람들에게 설명해주는 학자이다. 나는 자신이 있다. 나의 어떤 행동이나 글은 어떤 지면에 실려도 편집자가 오자가 아니라면, 토씨 하나 고치지 않는다. 우리 사회의 양극화 문제를 성숙하게 풀어야 한다. 누가 뭐라고 해도 자신이 흔들리지 않는 사람이 바로 나였으면 좋겠다. 우리가 좀 더 조화로운 사회로 가는 공간을 내가 열었으면 좋겠다."

우리 사회는 어떤 사안에 대해 당당하지 못하고 눈치를 보게 하는 구석이 있다. '이런 말을 하면 혹시 매국노 소리를 듣지 않을까', '이건 아닌 거 같은데' 하면서도 무리지어 다니는 사람들 눈치 때문에 하고 싶은 말도

ⓒ월간조선

한국 사회는 진보 보수, 좌우를 너무 경직된
사고방식으로 보고 극심하게 나누었다.
하지만 항아리 하나만 봐도 알 수 있다.
인간은 음과 양이 서로 스미고 보완하는
완전한 존재로서,
좌나 우로 나눌 수 없는 존재다.
이 경계선에 서 있는 것이다.

못한다. 그들과 조금 다른 입장을 보이면 회색주의자라고 매도한다. 열린 광장의 토론 문화가 빈약한 것은 우리 근대부터 시작된 편 가르기 의식이 깊이 뿌리내리고 있기 때문이다. 심지어 일제 치하 임시정부에도 민족주의, 공산주의, 아나키스트 등등 얼마나 많은 파가 있었던가? 다양한 주장을 통합하고 이끌어나갈 정신과 문화가 부족해서 우리는 분단이 되었다. 한 정부 아래 사회주의 정당을 비롯한 다양한 정당이 존재하는 것이 민주주의다.

유 교수는 어떤 이야기를 해도 문화와 연결된다. 우리의 상황을 냉정하게 보고 거리낌 없이 비판한다. 미술사학자로서 유홍준은 박물관에 있는 국보들을 길거리에 나와 활보하게 했다. 그것은 그의 탁월한 언변과 더불어 글 솜씨 때문이기도 하다. 그는 자신의 문화유산답사기를 아이스쇼에 비교하기도 한다. 미술사와 관련된 전문 저서들이 쇼트트랙이라면 말이다. 그는 대중적인 글쓰기의 어려움을 누구보다도 잘 알고 있다. 현학적인 문장이나 전공 논문은 전문가라면 누구나 쓸 수 있다.

유 교수는 현학적인 전문 분야의 울타리를 뛰어넘어 대중에게 다가간다. 다가가서 보여준다. 여기 이렇게 아름다운 여인이 있다. 아는 만큼 보인다. 이 여인의 이름은 가야의 작품이다. 자, 내가 옷을 벗긴다. 볼래, 말래? 독자들이 그의 책에 열광하는 이유는 단순하다. 그의 문화유산에 대한 글이 쉽고 단순하기 때문이다. 가물가물했는데, 뭔가 확 벗겨지면서 눈앞에 그대로 드러난다. 아름답고 아름답다. 한국인이라는 자부심도 가질 수 있다.

"세상은 2등을 좋아하지 않아요. 선거든 올림픽이든 하여간 2등에는 주목하지 않지요. 하지만 언젠가 내가 2등을 해서 기뻤던 적이 있었어요. 한 인터넷서점에서 우리나라를 아름답게 만든 사람을 뽑았는데, 내가 2등을 했어요. 1등은 누구일까요? 바로 세종대왕입니다. 기분 좋은 2등이지요. 하하하."

그는 무척 바쁘게 산다. 수첩의 두 페이지를 삼등분 사등분해서 쓸 정도이다. 글을 쓴다는 건, 시간이 고여 있는 장소에서 심심해야 쓴다는 불쌍한 생각을 하고 있는 나에게 그의 왕성한 저술활동은 매우 부러운 일이다. 현재 그는 문화유산답사기를 모 월간지에 연재하고, 신문에 국보순례를 연재한다. 일주일에 3일, 화 수 목은 명지대학교 미술사학과 교수로 강의를 하고, 강연과 답사가 줄줄이 사탕이다. 도대체 언제 글을 쓰는가?

"저는 글을 발표할 때 8번 정도 고쳐서 내보내요. 강의하고 남는 쪽 시간을 그냥 버리지 않습니다. 잠도 물론 덜 자지요."

간혹 하는 경험인데, 몰두하면 신기루처럼 보이는 확연한 세상이 있다. 추론하건데, 그의 글은 긴 세월 우리 국토를 걸어서 다닌 발바닥에서 나온 글이다. 이제 환갑을 넘긴 유 교수에게서 늙은 이미지를 볼 수가 없다. 그가 젊어야 하는 이유는 분명하다. 아직 할 일이 너무나 많다. 그리고 여기에 담지 못한 좋은 이야기도 내 노트에 남아 있다.

'인생도처유상수'는 문화유산답사기의 부제이기도 하다. 이 말은 내가 유 교수를 보고 느낀 심경이기도 하다. 세상에는 정말 많은 고수들이 있다. 그 역시 고수 중의 하나임이 분명하다. 음식 이야기로 이 글의 시작을 열었다. 이 글의 마지막도 음식 이야기로 하자. 유 교수는 말했다.

"자, 여기 맛있는 음식이 있고, 영양가 있는 음식이 있어요. 어떤 음식을 손님에게 대접하면 좋을까요. 내가 식당 주인이라면 맛있고 영양가 있는 음식을 만들어 상을 차립니다. 책이 나가는 것이 문제가 아니라, 책이 재미있고 유익한 것이 관건이에요. 나의 문화유산 답사기 첫 번째 책은 사회평론이라는 잡지에 원고료 없이 쓴 글입니다. 내가 돈을 벌려고 그런 책을 썼다는 사람이 있는 모양인데, 오버 센스에요. '아는 만큼 보인다' 식의 어떤 테마를 잡아서 쓴 것도 아니에요. 20여 년 우리나라를 떠돌아다니며 답사를 한 결과물로, 눈물처럼 새어나온 글들이에요. 그걸 독자가 잡아준 겁니다. 음식은 배고픈 사람이 찾아요. 그때 한약이나 피자가 아닌 우리 밥상 같은 맛있고 영양이 좋은 그런 음식 같은 책을 독자에게 한 상 차려주고 싶은 겁니다. 내가 이 땅을 돌아다니면서 맛있게 먹었던 그런 밥처럼 말이지요."

# 방배추

## 변증법적 미학을 완성한 주먹계의 전설

진정한 인생의 승자는 누구인가

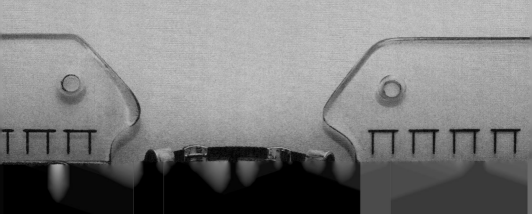

|

몇 명이나 상대할 수 있냐고 해서

한 열 명 정도는 붙을 수 있다고 했더니,

갑자기 일어나서 싸대기를 때리는 거야.

그러면서 한다는 말이,

남자가 주먹을 한번 쥐면 삼천만 동포가 웃고 울고 해야지,

에이 너 새끼야 나가, 이러는 거야.

|

## 1

"여보게, 맹수끼리는 한 우리에 같이 사는 게 아니야. 호랑이, 사자, 표범, 뭐 이런 것들을 한 우리에 가두고 살라고 해봐. 아마 금방 서로 잡아먹고 말 거야. 맹수는 고독해야 되는데, 내 친구들 맹수 같은 사람들이 많았어. 자주 만나지는 않고 그저 가끔 연락하기도 하고, 안 하기도 해. 한 시절 잘 어울린 사람들이지. 이제 늙어가니 그 자리가 가끔 그립기도 하고 말이야."

선생과 대적할 만한 인생의 맞수는 누구인가 여쭈었더니 문득 하신 말이다. 선생과 한 시절을 보낸 맹수들은 지금 어디에서 무엇을 하고 있을까? 백기완 선생을 비롯한 이 시대의 남자들 말이다. 강해서 고독한 남자들, 야성이 넘치는 맹수 같은 남자들이 사라지고 있다. 화폐 단위의 숫자가 권력이 되고, 세상의 표면으로 컴퓨터 기호 같은 사람들이 걸어 다니고 있다. 멀리서 보면 숨도 안 쉬고 움직이는 모습이다.

아날로그와 디지털은 그 속에 자연과 야성이 있느냐 없느냐에 따라 결정된다. 빛의 속도로 발전하는 문명과 기계, 디지털에는 자연이 없고, 그 자연에서 사는 맹수도 없다. 단지 그 모양만 만들어낼 뿐이다. 머지않은 어느 시기에 우리는 맹수들을 각종 모니터에서만 확인할 것이다. 그것은 맹수의 종말이자, 인간의 종말이다. 방배추 선생과 이야기를 나누면서 그런 마음이 들었다.

선생과 경복궁을 산책하면서 조선 범의 이야기를 들었다. 방배추, 그는 완벽한 아날로그다. 파란만장, 거침없고 굴곡 많았던 한 시대를 살아온 배추 방동규 선생은 이제 팔순의 나이를 앞두고 있다. 고교 시절 배추장사처럼 허름하게 입고 다닌다고 배추라는 별명을 얻었다는데, 배추는 그의 호처럼 느껴진다. 배추 선생, 한학자에게 의뢰해서 좋은 한자를 골라드리고 싶다.

선생은 온몸으로 살았다. 선생은 '몸'으로 먼저 다가온다. 얼마나 정직한 문자인가? 몸은 거짓을 말하지 않는다. 가장 정직한 인간의 틀이다. 얼굴과 몸에 대한 과도한 화장의 시대, 성형의 시대에 방배추의 몸은 맹수의 몸이다. 대단한 체력과 단련된 근육으로 노동하고 행동했다. '몸의 근육은 단련하면 나이를 먹지 않는다'는 말이 있다. 방배추의 몸은 아직 젊은 몸이다. 선생의 근육에는 단지 운동으로 만들 수 없는 노동의 힘이 있다. 백기완 선생은 친구 방배추의 몸을 두고 노동과 운동으로 단련된 몸이라면서 이런 수사를 했다.

"형식 미학과 실질 미학이 변증법적으로 결합된 몸이다."

선생은 전문적인 보디빌더는 아니지만, 요즘도 형식 미학인 보디빌딩과 실질 미학인 경복궁 문화재 관리 지도위원으로 일을 한다. 우리 시대의 원조 구라에게 '구라'란 무엇인가 물었다.

"나는 경험으로 말한다. 그걸 구라라고 하는 건데…, 상상력이 아닌 내 실제 삶에서 나온 말들이 재미있나 봐. 그래서 사람들이 구라 구라 하잖아. 지금은 구라라는 말이 뭐가 있는 것처럼 여겨지는 세상인가봐. 방송인 중에도 구라를 이름으로 쓰는 사람이 있고 말이야. 그런데 구라는 옛날에는 아주 부정적인 말이었어. 사기꾼, 거짓말만 잘하는 사람에게 '구라 친다'고 하잖아.

백기완이나 황석영, 나를 뭐 '조선의 3대 구라'라고들 호사가들이 말하는데, 앞으로 나는 구라 대열에서 빠졌으면 좋겠어. 황석영의 파란만장한 인생과 소설. 백기완의 정치적인 신념들이 인생과 합쳐지면 말의 힘이 진정성을 가진다는 건데. 난 그런 사람들에 비해서 뭐 가진 게 없잖아. 이젠 나 대신에 새로운 인물들이 등장해야지. 예를 들면 유홍준 교수 같은 사람이 이젠 진짜 조선의 구라야."

구라는 누가 어떤 말을 하느냐에 따라 그 의미가 확연히 달라진다. 내 생각에 구라에서 허풍, 사기의 이미지를 완전히 걷어버리고 근사한 인생철학이 들어 있는 긍정적인 뜻으로 바꾼 사람이 방배추다. 그는 재야의 구라 중 구라였다. 그의 구라에 힘이 실리는 이유 중 하나는 그의 몸과 주먹이었다. 《사기》 '열전'의 인물로 분류하자면 〈자객열전〉이나 〈의협열전〉에 실릴 만한 정의로운 주먹으로 일세를 풍미했다. 매력적인 사람이다.

선생은 차를 마시면서 "요즘에 나에게 관심들을 좀 가지는 것 같아. 그게 좀 이상해. 티브이에도 부르고 말이야. 난 대단한 사람이 아니야. 난 남에게 인생이나 뭐 그런 거에 대해서 말할 자격이나 능력이 있는 사람이 아니야"라고 하신다. 당신은 남에게 군림하는 자들을 미워한다고 했다. 정부나 권력기관을 혐오하고, 그 세력의 힘을 좋아하지 않는다.

이런 분들은 대개 돈과 명성에서 멀어지기 마련인데, 천박한 인간들은 선생의 이런 점을 약점으로 물고 늘어진다. 그런 인간들이 권력에 아부하고 명성을 좇아간다. 비열하게 행동하고 그것을 정당화한다. 우리 역사에 이런 인간들이 한 주류를 이룬다. 지금도 마찬가지다. 유명한 인간들만 쫓아가는 소인배들의 눈에 방배추는 사실 대단한 인물이 아니다. 그런 점이 바로 방배추의 매력이기도 하다. 선생에게는 아나키의 냄새가 났다. 몽골의 초원을 배회하는 배고픈 늑대의 푸른 눈동자가 있었다.

2

그는 우리나라 주먹계의 전설이었다. 자신에게 도전장을 내미는 이들과 일대일로 주먹으로 겨루었다. 당시 장안에 화제가 된 주먹이다. 방배추의 전설 중에 '17 대 1의 전설'이 유명하다.

우리나라 영화에 자주 등장하는, 혼자서 수십 명의 깡패들을 때려눕히는 신출귀몰한 모습의 멋진 주인공이 있다. 사방에서 날아오는 주먹을 피하고 각목으로 내리쳐도 다시 일어나 상대방을 제압한다. 그래서 주먹을 쓴다 하면 "나 17 대 1로 겨울바람 휘몰아지는 청계천 골목에서 애들을 손봐줬다"고 허세를 부리는 사람들이 있다. 이 '구라'의 원조가 바로 방배추다. 정말 그런 일이 있었냐고 질문하니, 선생이 말했다.

"그날을 난 분명하게 기억하지…, 날짜까지 말이야. 크리스마스 이브였어. 주한미군 위로 방문차 아이젠하워 대통령이 방한한 날이었지. 엄동설한, 영하 20도 이하로 추운 날씨였어. 미국 대통령이 온다니까 서울 시내에 비상이 걸려서 경비가 삼엄했어. 장소는 을지로 6가였는데…, 지금하곤 달라 그땐 허허벌판이었어. 거기서 주먹 좀 쓴다는 깡패들 17명하고 붙었어."

"진짜 이기셨나요?"

"어떻게 이겨. 졌지."

"그럼…, 그 이야기는…."

"그게 바로 구라야. 난 졌어. 무참하게 얻어터졌어."

"그랬군요."

"그럼, 당연한 일이야. 백기완 같은 친구야 100명이 와도 나한테 안 되지. 그런데 그놈들은 이른바 싸움꾼들이야. 전문가란 말이야. 전문가 열일곱 명을 어떻게 이겨. 어디서 한 방 들어오면, 그 자리에서 가는 거야. 내가 일본의 검객 미야모토 무사시도 아니고 말이야. 동네 개싸움이란 말이야. 룰도 법도 없어. 다구리로 달려드는데 어떻게 이겨."

"그러다 잘못 맞으면 절명하는 거 아닙니까?"

"나, 그때 죽다 기적적으로 살아났어. 사방에서 날아오는 주먹, 발길질에 기절했지. 귀 찢어지고, 입이 찢어졌어. 여기 봐봐. 이 코 안에 상처와 귀 찢어진 거 보이지. 구두가 입으로 날아들어온 기억이 나. 그때 까무라

쳤지. 그 자리에서 안 깨어나면 죽는 거야. 잠깐 죽은 거지 뭐. 누워 있는데 어디서 말 달리는 소리가 나더라고. 이놈들이 달려들어서 발길질하는 소리지. 을지로 6가, 전후 폭격의 잔해가 남아 있는 황무지에서 개처럼 맞고 죽었었지. 아마 난 그때 죽었어야 할 운명이 아니었나 봐. 어떻게 알고 들어왔는지, 아니면 순찰을 돌던 중이었는지 경찰의 손에 병원으로 옮겨져서 눈을 떠보니 환자 침상 위더군. 그렇게 살았어."

이것이 바로 17대 1의 전설이다. 사실 이 구라의 배경에는 주먹 세계의 변천사가 있다. 이 사건 이전에는 절대 '다구리'로 달려들지 않았다고 한다. 일대일로 대결을 하던 시절에서 방배추 을지로 사건 이후 다구리가 생겨났다.

"내가 고등학교 시절에 중동짱 전상일이라는 친구가 있었어. 독종이야. 이 친구는 무조건 이기면 된다는 친구야. 나처럼 운동도 못해. 작은 사카린병에 청산가리를 넣고 다니면서 뿌렸어. 주먹 외에 사시미칼 같은 흉기가 나오기 시작했고, 다구리도 등장했어. 그전에 난 일대일로는 져본 적이 별로 없어."

선생은 웃으면서 술안주 같은 이야기라고 했지만, 이건 우리나라 주먹 변천사의 한 장면을 말해준다. 전쟁이 끝나고 수복이 되자 미군이 진주했다. 미군과 함께 미국 자본주의가 들어왔고, 폐허가 된 이 땅은 살림살이가 매우 어려웠다. 국제적으로 최빈국 중 하나였다. 보릿고개, 넝마주이, 양공주, 미제, 상이군인…. 항상 배가 고팠고, 해방은 되었지만 이념 대립으로 정국은 어지러웠다. 그 어려운 시기에 어떻게 하든지 이겨야 한다는 의식이 팽배했고, 그것은 싸움꾼들의 세계도 마찬가지였다. 전후 깡패 세계에서는 수단과 방법을 가리지 않았다. 가난과 폭력이 난무하던 시절이었다. 그 이전에는 싸움의 풍경이 어떠했을까?

골목에서 일대일로 붙었다. 싸움이 벌어지면 주위에 둘러서서 구경을 하는 사람들이 있었고, 경찰이 출동하면 승자에게 도망가라고 앞을 가려주었다고 한다. 이렇게 싸움질을 하고 골목길로 도망 다니던 일상이 방배추의 전설에 배경으로 깔려 있다. 당시 경찰에는 학생과가 있었는데, 담당 형사가 경신고에 다니던 방배추의 얼굴을 잘 알고 있었다.

구경꾼들은 방배추의 싸움이 싱겁다고 했다. 손만 대면 그 자리에서 상대방이 뻗어버렸다. 한 대면 끝나는 것이다. 일본의 사무라이가 단칼에 적을 베는 것과 같다. 그의 명성은 전국적으로 퍼져서 한번은 부산에 놀러갔는데, 두 사람이나 "나 몰라? 내가 경신 배추다"라며 선생 앞에서 호기를 부렸다고 한다. "허허, 정말 웃기는 일이야. 구라도 그런 구라가 없었지. 내 앞에서 나라고 하는데, 그럼 난 뭐야? 허허, 참 기가 막힐 일이지. 유명세라는 게 그런 거야. 짝퉁이 나타나야 진품도 같이 빛나는 거지. 그런 시절이 있었어"라고 말씀하신다. 난 뭐야? 이건 매우 중요한 문제다. 내가 누구인지를 생각해둬야 한다.

방배추는 어떻게 이렇게 주먹을 잘 쓰는가?

"유전적인 요인이 크지. 우리 집안이 운동을 잘하는 집안이야. 부친이 일제강점기에 와세다대학 공대를 나온 엘리트였는데, 유도를 잘했어. 승마대회에 나가서 아마 전국 우승도 했을 거야. 공수도, 검도, 유도, 육상 등 만능 체육인이었어. 고모도 이화여대에서 스피드스케이팅 선수로 뛰었지. 집안이 운동을 좋아했지. 나도 운동만 하면 일등 했어. 백 미터, 이백

미터를 비롯한 많은 육상 종목에서부터 역도, 유도, 합기도 등등 운동이라면 뭐든지 했지."

운동과 더불어 부친께서는 술을 드시면 책을 가지고 와서 독서를 권했다. 그런 영향으로 소년 방동규는 성장한다. 미 군용백을 얻어와 모래를 넣어 권투 연습을 했고, 동네 언덕 고목나무에 새끼를 꼬아놓고 타격 연습을 했다. 몸의 민첩성을 기르기 위해 막다른 골목에서 아이들에 자갈을 던지라고 하고는 피하는 연습을 했다. 이십 미터 정도의 거리를 두고 위험한 장난을 한 것이다. 자갈을 맞으면 이마가 터지고 피가 나는데, 그 자갈을 다 피했다고 한다. 어느 날 던지기만 하던 친구가 자기도 한번 피해보겠다며 따라했다가 병원에 실려간 적도 있었다며 너털웃음을 날렸다.

그렇다면 싸움이란 무엇인가? 선생은 웃으면서 싸움은 '반칙이 원칙'이라고 운을 뗀다.

"내가 보기에 싸움이라는 건 타고나야 되는 게 있어요. 선천적인 요인이 있어야 된다는 거지. 후천적으로 노력한다고 해서 되는 게 아니야. 예를 들어 최홍만 같은 친구는 힘이 얼마나 좋아. 덩치도 크고 말이야. 그런데 격투기는 잘 안 되잖아. 격투기와 싸움은 또 달라. 싸움은 룰과 장소가 없어. 그냥 아무 데서나 붙는 거야. 싸움은 반칙이 원칙이야. 싸움에는 심판이 없어. 김두환이나 시라소니는 타고난 사람들이야. 세상살이는 경기가 돼야지 싸움판이 되면 안 돼. 반칙이 난무하는 그런 싸움판에는 유전적으로 우수한 놈들이 승리하는 거야. 대신에 경기는 다르지. 공부하고 노력한 사람이 이기는 거야. 싸움판 같은 세상이 싫어서 싸웠는지도 몰라."

룰이 있는 경기. 예를 들어 권투나 야구, 축구처럼 룰이 정해진 상태에서 공정하게 승패를 가리는 것이 경기 문화다. 이런 문화가 없어지면 세상이 흉흉해진다.

공식적인 싸움터를 보면 그 시대를 이해하는 단초가 된다. 권투의 시대에서 격투기의 시대가 되었다. 격투기의 룰도 점점 더 '싸움'으로 변해간다. 이러다가는 머리카락을 쥐어뜯어도 반칙이 아닌 격투기가 등장할지도 모른다. 권투 시합이 이루어지던 사각형의 링에서 팔각형의 옥타곤으로, 아마 좀 더 지나면 로마 시대의 노예들이 격투기를 했던 광장으로 장소를 옮길 수도 있다. 점점 과격해지고 자극적으로 변한다. 인간의 본성이 점점 그러해진다는 징후이기도 하다.

선생은 평생지기인 백기완 선생과 19살 때 만났다. 경신고등학교 시절 '경신 배추'로 유명한 선생에게 공부 잘하는 친구들이 시험지를 바꿔주기도 했다고 한다. 약한 아이들은 괴롭히지 않는다는 의협심이 있어서 공부벌레들에게도 인기가 좋았다. 그중 한 친구가 미국 유학을 가면서 좋은 사람이 있으니 소개시켜주겠다고 해서 만난 사람이 백기완 선생이다.

"처음 만났는데 눈이 초롱초롱하더라구. 그런데 나에게 그러는 거야. 싸움을 잘한다던데 정말이냐고 말이야. 그래서 그렇다고 했지. 그럼 몇 명이나 상대할 수 있냐고 해서 한 열 명 정도는 붙을 수 있다고 했더니, 갑자기 일어나서 싸대기를 치는 거야. 그러면서 한다는 말이, 남자가 주먹을 한번 쥐면 삼천만 동포가 웃고 울고 해야지, 에이 너 새끼야 나가, 이러는

거야. 그냥 황당하기도 하고 좀 억울하기도 하고 해서 그 자리에서 나와 집에서 곰곰이 생각하니까, 감히 내 싸대기를 때리다니 화도 났지만, 그 말이 맞더라구. 일주일 후에 찾아가서 니 이야기가 옳다, 동무하자고 했지. 허허. 그 친구 내가 좀 삐딱하게 굴면 지금도 난리 난리야. 이젠 좀 지겹기도 하지. 허허."

우리가 흔히 하는 말 중에 '노동은 신성하다'는 말이 있다. 방배추는 이 말에 대해 심한 거부감을 드러냈다. 그의 몸은 절반이 노동으로 이루어졌다. 노동으로 단련된 몸에서 나오는 말에는 힘이 있다.

"그런 말을 하면 내가 그러지. 똥을 쌀 놈아. 노동은 신성한 게 아니야. 노동은 하기 싫은 것을 억지로 하는 거야. 안 하면 처자식이 굶으니까. 하고 싶은 거 하는 거 있잖아. 예술, 문학, 요가, 마라톤 같은 거 말이야. 그거는 며칠씩 해도 지겹지 않아. 하고 싶은 거 하니까. 하지만 노동은 정말 하기 싫은 거야. 황석영은 소설 《객지》를 쓰기 위해 두 달간 노동을 했다고 하더군. 내가 그랬지. 임마, 그건 노동이 아니야. 노동을 알려고 애쓴 거지. 위장취업하는 거, 그것도 노동이 아니야. 노동이 뭔지 알려고 하는 거지."

방배추 선생은 서독 탄광에서부터 노동을 했다. 하루 종일 막장에서 살기 위해 몸부림쳤다. 안 하면 굶어 죽으니까 하는 거, 그건 신성한 것이 아니다. 그냥 하는 거다. 사는 거다. 잘 들어보면 그의 구라의 절반은 근육에서 나온다. 형식 미학과 실질 미학이 절묘하게 어울린 몸에서. 방배추의 말을 구라라고 하는 이유는 이런 데 있다.

방 선생은 외국에 자주 나갔다. 전 세계를 거의 다 다녔다 해도 과언이 아니다. 독일에서 광부 생활도 했고, 프랑스에서 노동판을 전전하기도 했고, 노숙자 생활을 하기도 했다. 중동에서는 현대건설의 해외 파견직으로 일하기도 했다. 하여간 많이도 다녔다. 여기에 근사한 구라가 없을 리 없다.

"중동의 아랍에미리트에서 있었던 일인데 말이야. 사막을 가다 보면 신기루가 나타난다. 바다, 배가 보여. 눈앞에 말이야. 거길 향해서 걸어가면 죽는 거야. 타 죽는 거지. 사막은 맨발로 못 다녀. 영화 보면 주인공이 맨발로 사막을 하루 종일 헤매다가 구사일생으로 구출되는 장면 있잖아. 그거 진짜 구라야. 그럴 수가 없어. 맨발로는 10분 이상을 갈 수가 없다고. 공사 현장 컨테이너에 24시간 에어컨이 돌아가는데, 그래도 실내 온도가 28도 이하로 내려가지 않아. 거기서는 28도 아래로 온도가 내려가면 감기에 걸려. 그 정도로 더운 나라야. 저녁 무렵에 온도계 들고 서 있는데 53도를 찍더라고. 어느 정도인지 알겠지? 그런 장소에서 사람들에게 신기루가 보이는 거야. 아무 데서나 안 보여. 너무나 절박하면 자신이 바라는 세상이 보이는 법이지.

한번은 이런 일이 있었어. 사막을 횡단하는데 갑자기 똥이 마려운 거야. 사막에 차를 세우고 똥을 쌌지. 아무도 없으니까 가리고 뭐 할 것도 없어. 모랫바닥이 너무 뜨거워서 몇 분을 못 버틸 정도니까 말이야. 금방 똥을 한 무더기 싸고 일어나는데, 정말 신기한 일이 일어나더군."

어디에서 나타났는지 똥파리들이 똥이 안 보일 정도로 달라붙더라는 거다. 사방을 둘러봐도 도대체 이 파리들이 어디에 있었는지 신기하더라고 하면서 그는 말했다.

"그 똥파리를 보니까 산다는 거 정말 처절하고 무섭구나, 이런 생각이

나더군. 지난 시절, 민주 정권이 들어서자 여기저기에서 온갖 민주 투사들이 나타났잖아. 그 모양이 사막에 똥파리 같더구먼. 먹고살기 위해 정말 무섭게들 기어들어 오더라구. 진정성이 없이 소위 민주주의 한다는 놈들, 사막의 똥파리보다 무서운 존재들이야."

사막의 신기루와 똥파리는 여러 가지 생각을 하게 한다. 좌익, 우익, 보수, 진보, 이러한 허울보다는 진정성이 있는 사람이 드물다는 말씀이었다. 하지만 권력과 금력이 난무하는 세상에 똥파리가 난리를 부리는 건 어제오늘의 일이 아니다. 선생은 돈에 대한 생각도 남달랐다. 자신의 신념에 어긋나는 돈은 만지지 않았다. 이야기를 나누다 보니 선생이 사업을 계속했더라면 좋은 기업가가 되지 않았을까 하는 생각이 들었다.

선생은 어린 나이에 장사를 해서 거금 150만 환을 손에 쥔 적이 있다. 당시 동대문시장에서 가게 자리 하나가 30만 환 하던 시절이니까, 그 돈이면 가게 5채를 마련할 수 있다. 그래서 그 돈으로 가게를 얻어 가족과 장사를 했으면 했는데, 부친이 어린 녀석이 공부를 해야지 무슨 장사냐고 거금을 압수해서 탕진해버리셨다며 웃으셨다.

선생의 이야기를 듣고 있으면 여기가 저 세상인지 이 세상인지 헷갈릴 때가 있다. 큰 이야기를 선뜻 과자 먹듯 하는데, 이게 바로 구라구나 싶다. 하여간 이야기가 종횡무진 이어진다.

"전쟁 통에 피난살이를 하면서 어린 내가 돈을 벌었지. 순천에서 피난살이를 했는데 말이야, 순천에서 돼지를 잡아가지고 부산에 가져다 팔면 이문이 많이 남았어. 또 부산에서 생필품을 비롯한 물건을 사가지고 와서 순천에서 팔면 이문이 많이 남았지. 장사는 그런 거잖아. 여기서 싼 거 저기서 비싸게 파는 거지.

　그때 여름이었는데 냉동차가 없잖아. 그래서 돼지 내장을 파내고 거기에 숯을 집어넣어 운반했어. 전쟁 통이니까 물건을 옮기는 데 반출증이 필요했고, 검열이 심했어. 그래서 머리를 썼지. 상이군인 한 명과 함께 돼지를 관에 넣고, 그 관에 태극기를 달고 운반했어. 반출증이고 뭐고 필요 없지. 군인들이 경례를 하고 경계까지 서주었으니까.

　그렇게 부산에 가서 팔고 그 돈으로 군밤, 호떡, 사탕, 뭐 이런 거 사가지고 순천 와서 판 거야. 히트작은 뻥튀기 기계였어. 그때 순천에는 뻥튀기 기계가 없었어. 부산에 뻥튀기 기계가 있더란 말이야. 그걸 순천에 와서 뻥튀기를 팔았지. 그때 몇 배 이문을 남겼어. 없어서 못 팔았으니까.”

방배추 선생은 비록 경제적 성공이라는 잣대로 보면 실패라고도 할 수 있겠지만, 평생을 열심히 산 사람을 좋아한다고 했다. 사기꾼처럼 입으로만 나불대는 인간 유형을 경멸한다. ‘구라’만 치면서 일을 안 하는 사람을 미워한다는 소리다. 여러 가지 이유로 다가와서는 이용 가치가 떨어지면 사라지는 인간들도 있다고 했다.

　노동자로서 한 시절 열심히 살았던 그는 우리나라 노동운동에 대해서는 비판적인 시각을 가지고 있었다. 노조가 순수하지 않다는 것이 그 이유였다. 이러한 비판은 정치권에도 이어졌다. 서민들을 위한 정치를 한다고 하고는 이전투구의 싸움판만 벌인다는 거다. 일대일이 아니라 다구리로 달려드는 양아치의 짓이다, 국민의 뜻 운운하는 건 국민을 팔아먹는 행위라고 일침을 놓았다.

선생의 노동운동, 정치권에 대한 비판보다 나는 역시 선생의 파란만장한 인생 일화에 눈길이 간다. 파리에서의 노숙자 생활이 궁금했다.

"아, 그건 독일에서 광부 일을 끝내고 프랑스로 공부를 좀 하려고 간 거지. 사회학을 공부하고 싶더라고. 그래서 천리 타향에서 가진 것 없이 접시 닦기를 비롯한 알바를 하면서 버티다가 결국 노숙자가 된 거야. 세느강에서 노숙을 했는데, 한겨울 돌바닥에 멍하니 앉아 있는데 춥고 배고팠지. 발바닥이 많이 시리더군. 그때 아홉 끼를 굶어본 적도 있어. 그러다가 집시들을 만나 같이 어울린 적도 있었고, 그들이 나에게 노래나 악기를 하는 것이 있냐고 해서 못한다고 했더니 그냥 같이 다니자는 거야. 집시들과 같이 다니면서 모자 들고 구걸도 하고 그랬어. 그때도 참 기가 막힌 일이 생겼어."

거짓말 같은 이야기가 있다. 노숙자가 되어 파리 시내를 배회하는데, 건물 담벼락 하얀 종이에 적힌 한글 광고를 발견했다. 이런 내용이었다.

'배추 형! 고생한다는 소리 듣고 세느강 찾아다녔는데 못 만났다. 이 건물의 옥상 방에 열쇠 있으니까 쉬고 있으세요.'

"그런 쪽지를 건물 담벼락에 붙여놓은 사람이 박진만 씨인데, 그걸 내가 본 거야. 하여간 사람은 돌아다녀야 살 궁리가 생긴단 말이다. 그래서 그 건물의 방에 올라갔더니 과연 열쇠가 있었어. 작은 방에 목침대가 있고 부엌이 붙어 있었어. 거기서 씻고 먹고 한동안 죽어라고 잤어. 그 사람, 나에게 큰 은인이지."

그런데 어처구니없는 일로 박진만 씨와 사이가 소원해지고 파리를 떠나게 되었다고 한다. 그 사연이 참 묘하다. 당시 박진만 씨가 좋아하던 여인이 있었는데, 그 여자는 그의 구애를 받아들이지 않았다. 박진만은 집요하게 구애를 했고, 지친 그녀가 피신을 한 곳이 바로 방배추의 방이었다.

"그 여인이 박진만을 피해서 내 방에서 일주일간 있었는데, 남녀 사이에 있을 수 있는 그런 일들 말이야, 정말 아무 일도 없었어. 그런데 이상한 일이 벌어지더라고. 그녀가 나를 이상한 사람 취급하는 거야. 지금 생각해도 참⋯, 알 수가 없어. 여자의 마음이라는 거 말이야. 왜 자신을 보호해준 사람을 그렇게 매도하는지 난 잘 모르겠어. 혹시 나를 좋아했나. 하하.

난 친구가 좋아하는 여자를 건드리는 그런 사람이 아니란 말이야. 난 남자들의 호방한 세계를 좋아한단 말이야. 내 여자관계라는 건 참으로 단순해요. 어쨌든 그 사실을 알고는 그 친구가 찾아와서는 난리를 치는 거야. 자기가 좋아하는 여자와 일주일간 동거를 했으니 뻔한 상상을 했겠지. 나하고 의리를 끊겠다고 하는 거야. 그때부터 파리가 싫어지더군. 그렇게 파리를 떠날 생각을 하는데⋯."

옥탑방에서 나와 세느 강변에 앉아 흐르는 강물을 바라보는데 '엄마' 얼굴이 생생하게 떠올랐다. 너무나 현실적으로 보여 강으로 엄마를 찾아 들어갈 뻔했다. 너무 외롭고 힘들면 그런 환상이 보인다.

"엄마가 '동규야, 동규야 고생하지 마라' 그러는 거야. 그런 엄마의 목소리를 듣고는 파리 생활을 더 이상 못 견디고 돌아왔어. 내가 후회하는 일이 별로 없단 말이야. 살고 싶은 대로 살았으니까. 그런데 단 하나, 효도를 못한 거, 그건 정말 후회스러워. 나는 효도를 하는 사람이 좋아. 지금도 엄

싸움은 하는 게 아니야.
주먹 자랑도 하는 게 아니지.
싸움에 일등은 없어.
단지 성실하게 사는 거야.
최고의 싸움꾼은 자기 자신을 이기는 거야.
그저 겸손하고 자기가 한 말 지키면서 사는 거야.

마 생각하면 가슴이 미어진단 말이야. 나는 실패작이고 무능력자란 생각이 들어. 그럴 때마다 열심히 정성껏 살자고 지금 하는 일을 열심히 해. 운동도, 일도, 책도 열심히 읽어. 그런 말이 있잖아. 일일부작 일일불식一日不作一日不食이라고. 이 말을 되씹으면서 이 세상을 살고 있다."

방배추 선생이 매우 망설이면서 해준 이야기가 있다. 그것은 어쩌면 인생에 가장 큰 기회일 수도 있는 일이었다. 방배추 선생은 조선일보 선우휘 선생과 인연이 깊다. 그 일은 방배추가 지독하게 가난하던 시절에 일어났다. 방 한 칸에 아이들이 잠들어 있고, 아내가 인형 단추를 달면서 살던 시절이었다.

선우휘 선생이 '어떤 사람'과 같이 찾아왔다. 그 어떤 사람이 누구인지 물었지만, 그건 말하기 힘들다고 했다. 하여간 선우휘 선생과 '어떤 사람'이 제안을 한다. 전두환 대통령의 심복이 필요한데 배추 네가 적격인거 같다, 그분 밑으로 들어가라, 이 고생 그만해라, 그 제안을 받아들이면 집 걱정 할 필요 없다. 밖에는 비가 내리고 밤새워 술을 먹던 날이었다.

"그 자리에서 거절했어. 제안을 한 사람이 그러더군. 넌 소인배다, 네가 들어가면 주위에 있는 사람 여럿이 잘살게 된다, 자존심 때문에 이 좋은 기회를 버리냐. 그래 난 소인배지. 차라리 소인배가 낫지. 배신자보다는 말이야. 이런저런 사유로 여러 차례 감옥 생활을 했어. 박정희와 전두환 정권 시절이었지. 그런데 전두한 정권 때 정말 고생했어."

선생은 고문 이야기를 했다. 고문을 하기 전에 일단 그들은 야구방망이를 든다. 야구방망이에는 '국산 거짓말탐지기'라고 적혀 있다. 그들은 청와대를 향해 "각하, 시작하겠습니다"라고 복창하고 고문을 하기 시작한다.

"정말 끔찍한 일이야. 난 싸움꾼이라 몸이 강해. 그런데 고문을 견디는 인간의 몸은 없어. 언젠가 방송국에서 촬영을 하면서 뇌파 검사를 하는데, 고문 이야기만 나오면 뇌파가 일직선을 그리면서 멈춘다는 거야. 뇌에 아무런 반응이 없는 거지. 그 기억이 너무도 힘들어서 몸이 지워버린 거야."

선생은 자신을 고문했던 이근안을 나중에 광화문에서 만나 소주 한잔 마셨다. 이근안이 자기를 원망하지 말라고 했다. 그때 방배추는 너를 원망하지 않는다, 너를 고용한 국가를 원망한다고 했다. 술값이 모자라 부인에게 돈을 가져오라고 해서 치르고 헤어졌다. 부인이 당신 미친 거 아니냐고 했다. 원수라면 원수인데, 술값까지 내고 그게 무슨 짓이냐고 지청구를 들었다. 하지만 그렇게 그와의 악연을 정리하고 싶었다고 했다. 사람은 용서가 되지만 고문이라는 행위는 지금 생각해도 무섭고 이가 갈린다고 했다. 고문에 대한 끔찍한 이야기를 반복하기도 했다. 고문을 이겨내는 몸은 없다고. 천하의 그 누구라도 고문 앞에서는 인간성, 자존심, 심지어 본성마저도 파괴된다고 했다.

6

방배추 선생을 두 번 만났다. 더 듣고 싶은 이야기도 있었고, 괜히 한 번 더

뵙고 싶기도 했다. 두 번째 만난 날은 산책을 하면서 경복궁에서의 이야기, 요즘의 근황을 들었다. 부암동에서 역시 가난한 삶을 살고 있었다. 선생은 이런 이야기를 했다.

"천하의 싸움꾼도 이길 수 없는 사람이 있어. 우선 부적절한 관계를 맺은 유부녀의 남편이야. 그 사람을 이길 수는 없어. 그리고 아버지를 죽인 놈한테는 지지 않아. 내 아버지를 죽인 사람이라면 난 항우장사라도 이길 수 있어. 하하. 싸움은 하는 게 아니야. 주먹 자랑도 하는 게 아니지. 싸움에 일등은 없어. 단지 성실하게 사는 거야. 최고의 싸움꾼은 자기 자신을 이기는 거야. 그저 겸손하고 자기가 한 말 지키면서 사는 거야.

경복궁에서 야간 순찰을 하면서 지난 세월 여기에서 살았던 왕과 왕비, 뭐 대단한 사람들이 흔적으로만 남아 있는 걸 보지. 여기저기 나무가 있던 자리 있잖아. 원래 저기는 전부 건물이 있던 자리야. 모두 사라지고 나무를 심어놓은 거지. 조선의 왕들도 저렇게 가고 없는데, 나 같은 늙은이 하나 사라진다고 뭐가 달라지겠어. 오늘을 그저 열심히 사는 거야. 순찰 돌고, 운동하고, 밥 먹고…."

방배추 선생에 대한 느낌은 만나기 전과 후가 너무나 달랐다. 막연히 소문으로만 들었던 그에 대한 이야기들, 전설적인 영웅의 이미지는 없었다. 검소하고 소탈한 건강한 근육질의 노인이었다. 이런 생각도 들었다. 지금도 주먹은 무쇠처럼 강할 것이다.

선생은 오늘을 열심히 사는 사람이다. 절대 구라를 치지 않는데 구라라는 별호를 얻은 사람이고, 남성미를 물씬 풍기는 수컷이 아니라 이 시대를 가장 열심히 살아온 노동자의 한 사람이다. 사업가, 방랑자, 자상한 가장,

마음에 들지 않으면 그가 좌파건 우파건 거침없이 자신의 생각을 드러내는 사람, 이제는 사라진 조선 범 한 마리….

선생의 근무지인 경복궁의 관람 시간이 끝나고 선생이 일을 하는 시간 경복궁을 나왔다. 많은 사람들이 있었다. 두어 시간 전, 도시락을 들고 출근하는 그의 모습은 광화문을 지나다니는 여느 사람과 다르지 않았다. 뒤돌아서서 경복궁을 바라보는데, 그가 나에게 이렇게 말을 하고 있는 것 같았다.

"어설픈 '구라' 치지 말고 건강하고 소박하게 살아."

강신주

산과 시를 좋아하는 철학자

철학에 개념어가 많고 문장이 어려운 것은
그 분야에 훈련이 없어서 그런 겁니다.
그런데 의외로 단순해요.
누구나 남 흉내 내지 않고
자기가 느끼는 대로 사는 겁니다.

## 1

이 책을 쓰면서 과연 '조선의 3대 구라'의 뒤를 이를 차세대 구라로 누가 있을까 고민했다. 장강의 뒤 물결이 앞 물결을 밀어내는 법, 요즘 우리 사회를 움직이는 구라는 누구인가. 대한민국 젊은 구라 중에서 역시 손에 꼽히는 것은 철학박사 강신주다. 이외에 김어준, 김정운 정도가 떠오른다. 세상이 바뀌어도 구라는 영원하다.

강신주와 전화 통화를 하고 광화문의 한 커피집에서 만났다. 며칠 세수도 하지 않은 것 같은 피곤한 모습이다. 요즘 무척 바쁜 일정을 소화하고 있다. 덕분에 감기 몸살이라는 친구를 만나고 있나 보다 싶었다.

우리나라 서점가에 인문학 열풍이 불고 있다는 소식이 들려온다. 그 중심에 강신주도 있다. 그는 철학자이다. 스피노자, 쇼펜하우어와 니체가 생각난다. 공자와 장자, 제자백가가 한 시절을 풍미하고 지금까지도 유익하다. 두꺼운 안경을 걸치고 골방에 쳐박혀 있는 철학자의 이미지. 방에 철창을 치고 있거나, 깊은 암자에서 면벽수도를 할 것이라는 통념. 강신주는 그 통념을 깨고 강연을 통해, 다양한 저서를 통해 이 시대를 살고 있는 사람들의 아픔과 고통을 만나고 있는 중이다. 젊은 그의 몸에서 건강한 기운이 뿜어져 나온다.

"남 탓하면 늙은 거지요."

강신주 박사와 마주 앉아서 나눈 첫 마디다. 이런저런 세상일에 대해 불만이 많은 사람들. 이 정권이 어떻고 저 정권이 어떻고, 우리 부모는 어떻고 너의 부모는 어떻고, 학교 폭력이 너 때문에 이 지경이 되었고, 연예인을 비롯한 청소년들의 노출이 저래도 되는 것인가, 하여간 우리들은 너도 나도 남 탓을 한다. 우리 사회가 그런 형국이다. 바로 늙은이의 모습이다. 적어도 강신주는 그렇게 보는 것일까 싶다. 하지만 가만히 생각하면 내 탓 아닌 게 없다. 그럼 나는 젊은 것인가, 그런 가 아닌가 싶은데, 강신주는 자신의 전공인 철학과 인문학에 대해서 말했다.

"우리는 어떤 구원을 받고 싶어 하고, 누군가에게 위안을 얻고자 하지요. 깃발을 걸어놓고 저기로 가자는 맹목적인 종교에 비해서 인문학 정신은 달라요. 요즘 인문학이 열풍이라고도 하고, 저도 강연을 많이 다녀요. 저는 제 강의를 듣는 사람들에게 이런 말을 하곤 해요. 인문학 정신의 근본은 '서로 다르다'는 겁니다. 시와 소설이 서로 다르고, 니체, 공자가 다르지요. 자기니까 볼 수 있는 게 있어요. 자기의 눈으로 볼 때 진정성이 있고, 그곳에서 감동이 나오는 거지요. 그런 공감, 그런 일을 경험하면 그 자리에서 반성을 하는 겁니다. 잠시 멈추고, 그 멈춘 자리에서 반성을 통해 자기 자신의 모습을 봅니다. 그럼 남 탓 안 하지요."

고독한 생활을 하던 철학자 강신주는 저서 《철학이 필요한 시간》을 통해서 많은 독자를 만나게 된다. 지난 몇 년간 강연 장소를 통해서 열심히 사람들을 만나고 그들과 고민을 같이 하면서, 파피루스에 적혀 있던 철학이 강단에서 내려와 고등어와 꽃을 파는 사거리 시장에서 움직이기 시작했다. 철학이 그리스보다 더 멀리 있다고 생각한 사람들이 바로 자기 호주머니 속의 동전처럼 만지기 시작했다. 사람 살 냄새를 맡고, 매화 향기를 느끼고, 이해한다. 그는 젊은이들이 모여 있는 대학에서부터 길거리 장삼이사의 사람들 속에서 걸어가고 있는 모습이다.

이미 소크라테스, 공자, 부처가 그리 살았다. 사람이 없는 철학, 문학이 어디 있겠는가? 다만 그들에게 다가가기 위해 나를 완성시키는 시간과 능력이 안 되기 때문에 웅크리고 있는 거다.

2

강신주는 동서양의 모든 '다른' 철학에 다양한 인간의 고민을 해결할 단서가 있다고 확신한다. 모두가 한 방향으로 나가는 건, 이미 새마을 깃발과 함께 내려갔다. '온리 원'의 시대가 아니라 '에브리맨'의 시대이고, 이것은 고대로부터 지금까지 모든 현자들의 화두였다. 개인의 갈등이 우리 사회의 갈등이고, 그 갈등의 문을 열 열쇠가 철학에 있다.

우리 시대의 철학의 역할에 대해 물었다.

"요즘은 종교와 정치가 결탁되어 있는 형국이지요. 구원을 바라지만, 어디에도 그런 조짐은 보이지 않고 있어요. 구태여 대형 교회의 부조리한 면을 이야기하고 싶지는 않습니다만, 이런 시절에 철학이나 시가 더 필요하다고 생각해요. 철학은 머리에서 마음으로 마음에서 삶으로 이어지고, 시는 마음에서 바로 삶으로 이어집니다. 그들의 고통을 어떻게 철학자가 해소해주겠습니까. 다만 도움을 주는 거지요. 이 시대에 철학은 '현재'를 살기 위한 도구라고도 할 수 있지요. 우리는 미래와 과거에 사는 게 아니거든요. 현재를 잘살기 위해 사는 겁니다."

그래도 철학은 어렵다고 다들 느끼는 것이 아닌가?

"철학에 개념어가 많고 문장이 어려운 것은 그 분야에 훈련이 없어서 그런 겁니다. 그런데 의외로 단순해요. 누구나 남 흉내 내지 않고 자기가 느끼는 대로 사는 겁니다."

말은 쉬운데, 그게 어렵다, 사실 개념어를 공부하는 지성이라는 것, 그런 게 어려운 것이 아닌가 싶었다. 강신주는 의외로 단순한 일이라고 한 다음에 자기의 모습대로 산다는 것에 대한 부연 설명을 시작했다.

"시인 김수영은 시인이 바라는 건 시인들이 필요 없는 세상이라고 했지요. 철학도 마찬가지입니다. 고대의 요순 시절에 시인이나 철학자가 필요하지 않았을 겁니다. 시인들은 가난하고 사람을 보고 고통스러운 삶을 다루지요. 철학자도 마찬가지입니다. 시와 철학은 형제입니다. 불교의 말에서 저는 많은 영감을 얻습니다. '성불하세요'라고 스님들은 인사합니다. 이것은 '자기의 본래 면목을 찾아라'라는 뜻입니다. 이것이 바로 인문학 정신입니다. 자신의 모습을 찾는 방법이 다른 겁니다. 철학은 머리로, 지성으로 들어갑니다. 철학이 파괴력이 더 크지만, 실제 더 어려운 건 시입니다. 그래서 전 시인들을 좋아합니다."

그래도 어려운 문제를 쉽게 설명해달라.

"한 카페 아가씨가 중학교 2학년 수학문제를 풀고 있어요. 물어보니 수학이 단순하고 명증하기 때문이랍니다. 철학이 어렵다고 느끼는 건, 규칙이 수학처럼 많아서 그런 겁니다. 철학을 하고 싶다면 그런 공부는 해야 합니다. 자전거를 타기 위해서, 피아노를 치기 위해서 연습하듯 말입니다. 그 과정만 통과하면 쉬워요. 성불하려고 노력하는 과정입니다. 인문학은 내 생각, 내 감정, 내 표현입니다. 좋은 철학서, 철학사전을 보면 됩니다. 철학은 개념으로 사유하기 때문입니다. 사람들은 자신이 모르는 걸 어렵다고 하지요. 알면 어려운 게 없는데, 사실 그게 또 어렵기도 하지요."

과연 그러하다. 우리는 왜 이렇게 사나 싶을 때가 있다. 아파트, 차, 여자, 남자, 한결같이 자신이 가지고 있는 것에 소홀하고 남 흉내 내기에 바쁜 세상이다. 이런 풍조는 예술가들에게는 표절을, 사업가들에게는 사기를 치게 한다. 자기 자신의 모습을 찾기 위해서는 인문학의 도움이 필요하다. 어떻게 하면 흉내를 내지 않고 살 수 있는가.

"왜 저렇게 흉내 내고 살까? 이것이 바로 부처나 철학자, 시인들이 아쉽게 생각하는 세속적인 사람들의 모습입니다. 어떤 수도승은 아침에 일어나 자신의 가슴을 손으로 두드리면서 주인공 잘 있는가,라고 인사한다는 거지요. 그래요. 주인공이 돼야 합니다. 내 인생의 주인공이 돼야 한다는 건, 주문이나 타락한 종교가 되면 안 된다는 겁니다. 주인공이 된다는 건, 깨달은 사람이라는 뜻이지요. 인문학은 공부를 통해서 스스로 깨닫게 합니다."

그는 명나라 사상가 이지의 글을 말했다.

"나는 어려서부터 성인의 가르침을 읽었으나 성인의 가르침을 제대로 알지 못했으며, 공자를 존경했으나 왜 공자를 존경해야 하는지를 스스로 알지 못했다. 그야말로 난쟁이가 광대놀음을 구경하다가 사람들이 잘한다고 소리치면 잘한다고 소리를 지르는 격이었다. 나이 오십 이전의 나는 정말로 한 마리의 개에 불과했다. 앞의 개가 그림자를 보고 짖으면 나도 따라서 짖어댔던 것이다. 만약 남들이 짖는 까닭을 물으면 그저 벙어리처럼 쑥스럽게 웃기나 할 따름이다." 《속분서》〈성교소인〉 중에서

이 글을 인용하면서 오십 이전에 한 마리 개처럼 살았다는 투철한 자기반성과 더욱 중요한 것은 스스로 한 마리의 개처럼 살았다고 솔직하게 토로하는 그 순간 그는 다른 누구도 아닌 그 자신으로서의 삶을 살 수 있게 된 거라고 설명한다. 나이 오십은 대부분 경직되고, 그동안 쌓아온 명성으로 살아가기 쉽다. 지금도 그러한데 조선시대의 나이 오십은 선비가 영의정 좌의정을 거친 그런 나이이기도 하다. 그런데 비범한 사람은 나이 오십에 이런 각성을 한다.

3

강신주 박사는 대학에서 젊은이들과 많은 이야기를 나눈다. 대학생들에게 사랑 문제는 예나 지금이나 심각한 고민거리다. 인문학으로 사랑을 말해 달라는 요청에 그는 이렇게 말한다.

"괴테의《젊은 베르테르의 슬픔》과 조선의 예인 황진이의 사랑이 다르지요. 진정한 사랑을 한 사람은 느낌이 다르지요. 사랑은 오직 한 사람이 하는 겁니다. 디테일이 다르지요. 최선을 다한 사랑은 감동으로 다가옵니다. 인문학의 본질 중에 사랑을 빼놓을 없습니다. 스피노자 이야기를 해볼까요.

사랑한다, 즉 A가 B를 사랑한다, 사랑하면 행복하다,라고 하는 감정이 있지요. 어떤 사람을 만나면 그 사람이 기뻐요. 내 근처에 두려고 하지요. 타인에 대해서 기쁨을 느끼는 감정이 바로 사랑입니다. 그런데요, 두 사람이 결혼을 하고 십 년이 지나면 열정적으로 '사랑한다'라는 표현보다는 출근하면서 '다녀오겠다'라고 하는 거지요. 그러면서 무덤덤하게 '사랑한다'라고 합니다. 그럼 부인은 '저두요'라고 하지요. 여기서 사랑한다,라는 문맥을 잘 짚어야 합니다. 언어에 대해서 집착하는 거지요. 단지 사랑한다는 언어에 대해서 말입니다. 제가 강의를 하면서 결혼한 지 십 년 이십 년 된 분들과 이야기를 나누면 공통적으로 이 부분을 힘들어합니다.

《접시꽃 당신》의 도종환 시인은 누구보다 절절한 사랑의 시인입니다. 도시인이 나중에 쓴 시 '가구'와 '접시꽃'을 비교해보면 알 수 있지요. 언어는 변하지 않지만 사랑은 변질합니다. 도종환의 '가구'처럼요."

도종환의 시 '가구'를 읽어보자.


아내와 나는 가구처럼 자기 자리에 / 놓여 있다 장롱이 그렇듯이 / 오래 묵은 습관들을 담은 채 / 각자 어두워질 때까지 앉아 일을 하곤 한다. / 어쩌다 내가 아내의 문을 열고 들어가면 / 아내의 몸에서는 삐이걱 하는 소리가 난다 / 나는 아내의 몸속에서 무언가를 찾다가 / 무엇을 찾으러 왔는지 잊어버리고 / 돌아나온다 그러면 아내는 다시 / 아래 위가 꼭 맞는 서랍이 되어 닫힌다 / 아내가 내 몸의 여닫이문을 / 먼저 열어보는 일은 없다/ 나는 늘 머쓱해진 채 아내를 건너다 본다 / 돌아앉는 일에 익숙해져 있다. / 본래 가구끼리는 말을 많이 하지 않는다 / 그저 아내는 아내의 방에 놓여 있고 / 나는 내 자리에서 내 그림자와 함께 / 육중하게 어두워지고 있을 뿐이다.

도종환의 이 시는 중년 부부 서사시라 해도 된다. 이 시에서 이야기하는 가구는 결국 많은 부부들의 모습이다. 이 시가 읽히는 이유는 읽는 이가 공감하기 때문이다. 이런 공감을 하지 않는 사람은 이 시를 좋아하지 않는다.

도종환 시인이 젊은 시절 '접시꽃 당신'에서 '이 어둠이 다하고 새로운 새벽이 오는 순간까지 나는 당신의 손을 잡고 당신 곁에 영원히 있습니다'라는 사랑과 가구의 사랑을 비교하면 간단하다. 시인이 변한 것이 아니다. 시가 변한 것이 아니다. 이것은 사랑이라는 개념이 변한 거다. 이것이 자연스러운 거다. '접시꽃 당신'을 읽고 눈물 흘리는 사람이 있고, '가구'를 읽으면서 고개를 끄덕이는 독자가 있다. 강신주는 현장에서 중년의 사랑을 많이 봤다. 그들의 고민을 들었다.

"그건 정으로 사는 거지, 사랑으로 사는 게 아닙니다. 정확하게 인식해야 합니다. 이 지점에서 철학자의 역할이 필요합니다. 그 이야기를 듣고 고민합니다. 이게 사랑이 아닌데, 그것을 직시하면 삶이 명료해집니다. 이게 사랑이 아니다…, 그걸 알라는 거지요. 저는 거기까지만 인도합니다. 저는 산파입니다. 결정을 하는 사람이 아니라, 현실을 바로 보도록 도와줍니다. 개안을 시키는 거지요. 성인으로 추앙받는 현자 소크라테스는 자신은 그저 산파라고 했습니다. 그의 모친은 실제로 조산원에서 근무한 산파였구요. 소크라테스는 사람이 태어나는 순간, 각성하는 순간까지만 갑니다. 자신이 뭘 모르는지만 알려주는 겁니다. 그리고는 그 사람이 알아서 가는 거지요. 저기 술집이 있다, 저기 성당이 있다, 저기에 가면 술이 있고, 저기에 가면 영성이 있다, 갈 길을 가라. 이런 개안은 우리를 괴롭힙니다. 하지만 본래면목을 찾기 위해서는 상황을 직시해야 합니다. 이혼을 하고 싶다는 부인에게 이런 질문을 합니다. 앞으로 생활을 어떻게 하시겠습니까, 대책은 있습니까,라구요. 물론 가정사가 극악한 상황이 아니라면 한번 자신의 결정에 대해서 반성하겠지요. 세상에서 가장 무서운 것은 가난도 걱정도 병도 아니다. 그것은 생에 대한 권태이다,라고 마키아벨리가 이야기합니다. 사람이라면 보편적으로 느끼는 감정입니다."

　의사가 환자의 환부를 촬영한 엑스레이 사진을 보여주면서 이런 질문을 한다. 당신은 여기가 아픈데 치료를 하시겠습니까? 환자가 치료를 할 것인지 결정한다. 말기암에 걸렸어도 환자가 거부하면 의사는 집도를 할 수가 없다. 우리는 이렇게 아픈 존재인가. 강신주의 카카오톡 글귀는 '얼마나 아파야 아프지 않을까'이다. 이 문장을 걸어놓은 이유가 있을 거다.

　사람들은 환자다. 그 아픈 사람들에게 강신주는 말한다. 아파도 당당하라. 삶의 고통은 삶의 어떤 순간에 분명히 온다. 지금 안 왔다면 이십 년 삼십 년 후라도 그것은 온다. 그런 걸 깨달아야 한다. 강신주는 강연을 통해서 만난 사람들과 대화하면서 어떤 순간에는 너무 고통스러워 같이 울기도 한다. 하지만 그 고통에 대처하는 방법은 직구 승부를 해야 한다고 강조한다. 해결법에 변화구는 없다. 고통을 피해 딴 곳에 도망갈 구멍을 만들어두면 안 된다. 백척간두, 배수진의 자세로 그 고통과 맞서는 것, 그것이 핵심이다. 사람들은 고민을 통해서 반성한다. 고통을 통해서 치유한다.

"가정사, 종교 문제, 육아 문제를 비롯해서 모든 사람들은 아파하지요. 만약에 누군가의 폭력으로 다리가 잘린 거라면 그 자리에서 걸어가기 위해 목발을 만들어주는 거지요. 그것이 철학이 오늘날 할 일입니다."

아무리 열정과 체력이 있어도 만나는 사람의 경우가 다 다를 텐데, 그들의 이야기를 다 들어줄 수는 없는 일이 아닌가 싶었다.

"저는 그들에게 위로의 말보다는 머릿속을 뒤죽박죽하게 만들어버립니다. 마치 퍼즐 놀이처럼 말이지요. 퍼즐조각을 흔들어 놓고 다시 처음부터 맞추어보는 겁니다. 그렇게 스스로 정리하게 하기 위해 강연을 합니다. 문제 해결의 실마리를 주는 겁니다. 만나는 사람들의 디테일이 다 다릅니다. 부처가 모든 사람을 만나서 설법을 전할 수는 없는 일이지요. 강연을 할 때는 청중들의 표정을 살피고 그들의 수준에 맞게 말하려고 합니다."

그러다가 심각한 경우를 만나게 된다. 대부분 사랑하거나, 사랑받지 못하는 사람들이다. 외연이 넓은 개념어 사랑, 이 말처럼 어려운 말도 없다.

"최승호 시인의 '고슴도치의 마을'이라는 시가 있어요. '문풍지 우는 긴 겨울밤엔 장자를 읽으리라'로 끝나는 시인데, 제가 장자 전공이잖아요. 하하… 이심전심입니다. 사랑을 하려면 껍질을 벗고 만나야 됩니다. 내가 껍질을 벗었는데 상대방이 고슴도치 껍질을 벗지 않고 다가간다면 가시에

170

쿡 찔립니다. 아프지요.

　도시에 사는 사람들은 온갖 스펙으로 무장하고 사람들을 만납니다. 껍질을 벗고 사랑하거나 사랑받은 경험이 적어요. 이 금융자본주의에서 껍질은 더 단단하고 가시는 더 날카롭지요. 직장 상사, 동료, 가족들 사이에서 더 외롭습니다. 더 아픕니다. 내가 어느 날 문득 정리해고를 당하는 것이 아닌가, 이런 빚을 지다가 결국은 노숙자가 되는 게 아닌가 하는 두려움이 있어요. 도시에 사는 우리는 고슴도치 마을에 살고 있습니다. 이런 마을에서는 가면 갈수록 더 외로워집니다. 결혼을 해도 이런 고통은 감소되지 않아요. 스펙에 따라 배우자를 고르면 더 외로워집니다. 그 껍질을 벗고 만나야지요. 스펙 따라가면 속된 말로 나중에 '훅' 갑니다."

　강신주 박사의 이야기는 강단이 아니라 현장에서 나온다. 조선 구라의 첫 번째 조건이다. 구라에는 인생이 있어야 한다는 방동규 선생의 말에 강신주는 충실하다. 그의 말들은 우리가 만난 광화문의 사거리에 있는 모든 이들의 말들이기도 하다. 광화문 사거리는 그런 고통이 둥둥 떠다니는 수족관과 같다. 각양각색의 화려한 열대어들이 질식하기 일보 전까지 부유하고 있다. 멀리서 보면 안개가 자욱한 혼란과 고통의 거리다.

강신주는 《감정수업》의 출판으로 베스트셀러 작가이자 철학자로서 대중적인 인기가 높아져 여기저기 부르는 데도 많고, 이른바 유명세에 시달리면서도 자신의 중심을 묵직하게 유지하고 있다. 그의 중심에는 철학의 세계가 있다. 그것은 움직이지 않는 산과도 같다. 그의 스마트폰 카톡에 올라 있던 '움직이면 산이 아니다'라는 문장과 '움직이는 것은 깃발도 아니고 바람도 아니고 그대의 마음이다'라는 육조 혜능의 말씀이 서로 어울려 그의 마음에 머물고 있다.

그는 산을 좋아한다. 산문山門은 산의 어귀이자 불교의 입문을 지칭하는 비유이기도 하다. 심야에 강신주가 집필실 책상 위에서 산문을 향한 마음을 닦고 있다. 그의 서재에서 보았던 《대장경》의 행간을 읽어 내려가는 그의 모습이 그려진다.

산에 대한 이야기를 물어보았다. 그는 산을 올라가고 내려가면서 무엇인가를 보고 있는 모양이다. 당신은 산을 좋아한다. 왜 산을 좋아하는가,

"힘드니까요."

얼마나 아파야 더 아프지 않을까 하는 문맥과 일치하는 태도다. 산을 오르다 보면 힘들다, 하지만 세상을 살아내기 위해서는 더 힘들어야 한다고 그는 생각하고 행동한다. 이런저런 일상과 인간관계, 좌절과 배신 등등 그를 괴롭히는 현실적인 고통에 더 고통스러운 산행을 통해서 살아가고자 한다.

내가 철학자 강신주를 만난 것은 산이었다. 정상을 오르고 하산을 하면서 그의 앞면과 뒷면을 보았다. 동전의 양면처럼 올라갈 때와 내려갈 때가 다르다. 하산을 하다 내가 다리를 절자 부축을 해주었고, 올라갈 때는 뒤에서 일행들의 뒤를 봐준다. 그렇게 나는 강신주라는 '사람'에 대해서 호감을 가지게 되었다. 전공자들에게서 그가 어떤 평가를 받고 있는지 나는 잘 모르겠다. 다만 나는 강신주의 책을 좋아하는데, 그의 책에는 산을 올

라가는 소의 모습이 있기 때문이다. 소는 보통 논을 갈거나 달구지를 매달고 워낭소리를 울리면서 평지를 걸어간다.

소가 산으로 가면 고단하다. 강신주가 공부 하는 모습을 옆에서 보면 소가 경작지를 벗어나 산을 타는 것 같다는 느낌이 든다. 우리 시대에 철학을 하고, 사람들을 만나 이야기를 한다는 것은 고된 일이다. 그 일을 지금 강신주가 하고 있다.

언젠가, 광화문 사거리에서 강신주는 나에게 시에 대해서 한두 가지 질문을 했다. 매우 근본적인 질문들이었다. 나는 건성으로 대답했다. 그는 우리 시의 정수를 뽑아 에세이를 썼다. 시와 철학이 어떻게 연결되는지, 삶에 어떤 연결 고리를 가지고 있는지, 우리의 마음을 어떻게 다루고 있는지 꽤 어려운 문제를 쉽게 잘 쓰고 있었다.

시에 대한 그의 애정은 우리나라의 대표적인 시인 김수영에 대한 관심으로 모아졌다. 그는 철학자로서는 드물게 김수영 시인의 평전을 집필했다. 이미 최하림 시인을 비롯한 문인들의 책으로 출판되어 있는 상황이었다.

문학평론가와 시인들이 본 김수영과 철학자 강신주가 본 김수영. 그는 김수영을 통해서 무슨 이야기를 할까? 철학적 사유가 깊은 김현승이나 김구용이 아니고, 왜 김수영일까? 그 대답은 책에 나와 있다. 이러한 저술활동이 무척 힘든 일이기도 하다. 그의 서재에 가보면 책들이 고통스럽게 나뒹굴고 있다. 청계천 구석의 헌책방처럼 널브러져 있는 책들 사이로 강신주는 사유하고 행동한다. 그는 세상 앞에 당당하고 강해지고 싶은 것이다.

어떤 사람이 강한 사람인가. "더 힘들어야, 많이 힘들어야 감당할 수 있

"성불하세요. 당당하세요. 한 번밖에 없는 삶,
   사랑도 괴테 흉내 내지 말고, 목숨 걸고 스스로 하세요."

습니다. 강한 사람은 자신의 발바닥에 있는 벌레를 밟아 죽이는 사람이 아니라, 초원에서 달려오는 사자와 맞짱 뜨는 사람입니다. 그런 심장을 가지기 위해 저는 산에 올라갈 때 시계를 맞추어놓고 올라갑니다. 오십 분 동안 한 번도 쉬지 않고 올라가지요, 말 그대로 죽어라 올라가는 겁니다. 그것은 중요한 경험입니다.

아버지가 어려서 본드나 가출한 경험이 있을 때 청소년들을 이해할 수 있지요. 범생이는 문제 청소년들을 이해할 수 없습니다. 학교 선생님들도 연수 다니지 말고, 룸살롱에서 아르바이트도 하고, 새우젓 배도 타면서 힘들어봐야 진정성을 보게 됩니다. 책을 본다고 해결되는 문제는 따로 있지요. 그것은 인생의 입문서이고, 실제 생활에서는 가혹한 경험을 한 사람이 개과천선을 해서 선생이 되는 겁니다."

선생은 먼저 태어난 사람을 뜻한다. 외연을 넓혀서 해석하자면 먼저 깨달은 사람이다. 먼저 경험한 사람이다. 경험이 없으면 선생이 아니다. 학생이 선생에게 아픔을 이야기하면, 선생님도 이렇게 이렇게 아팠다고 이야기해야 한다. 경험도 없이 말장난 하면 신뢰감이 생기지 않는다. 선생이 바다 이야기를 하면 학생의 눈에 바다가 보이고 물고기가 퍼덕거려야 한다. 강연은 사람을 만나는 일이고, 내가 삶이 힘든 걸 알고 사람을 만나야 한다. 그리고 글쓰기에 몰입한다. 편안하면 안 된다. 강 박사는 말했다.

"사람을 만날 때 힘들어요."

강 박사에게 개인적으로 제일 힘들었을 시기가 언제인가를 물었다.

"유년 시절이 제일 힘들었어요. 집에서 독립을 하기 전에 힘들었습니다. 내가 하고 싶은 걸 할 수 없었어요. 시키는 대로 해야 했고, 무서운 부친 앞에서 강아지처럼 살았지요. 이런저런 이유로 가정은 저에게는 폭력적인 장소였어요. 그걸 견뎌내기 위해서는 일단은 시키는 대로 묵묵히 공부하는 거였습니다. 부친이 돌아가셨을 때 저는 한 고비를 넘긴 겁니다. 부친의 안타까운 죽음은 이제 저에게 새로운 인생의 길을 걸어가라는 메시지이기도 하지요."

그래서 공대에 진학한 것인가?

"그렇습니다. 집에서 취직이 잘되는 학과를 원했고, 화공학과를 졸업하고 괜찮은 직장에 취직도 했어요. 그냥 살면 직장인으로 월급 받고 살 수 있을 정도였어요. 지금도 많은 사람들이 원하는 그런 편한 직장입니다. 하지만 저는 그 울타리에서 뛰쳐나왔습니다. 독립을 한 거지요. 그제야 내가 하고 싶은 공부를 했습니다. 동양철학을 공부했고 장자를 전공했어요."

왜 동양철학이고 장자인가?

"대학 시절에 이미 서양철학은 공부를 했습니다. 그 시절에 사회과학서적, 서양철학 서적 몇 권 안 읽은 사람 없어요. 저도 서양철학은 어느 정도 봤다고 생각했어요. 그래서 여태 보지 않았던 장자와 불교에 매력을 느끼기 시작했습니다. 그 만남에서 나는 한방에 혹 갔어요. 우리는 이 현실을 어떻게 해야 하나, 나는 어떻게 살아야 되나. 법화경에 나오는 무소의 뿔처럼 혼자서 가라, 이런 가르침들은 나를 매혹시켰습니다. 동양의 어떤 정신들이 서양의 문학과 철학보다 한 발 더 나아간 것 같다는 느낌을 받았지요. 사람들은 아는 걸 배우려 하지 않아요. 모르는 걸 배우는 겁니다. 나는 장자나 불교를 통해서 내가 모르는 게 뭔가를 비로소 알게 된 겁니다."

그럼 당신이 좋아하는 시인들에게서는 뭘 배우는가?

"시인이라는 사람들이 재밌어요. 본래 면목을 찾아가는 사람들입니다. 성불하는 사람들이에요. 그래서 관심을 가지게 됐어요. 제가 일하는 사무실에서 어떤 시인을 만났는데, 그에게서 그런 모습을 봤습니다. 시인들은 모두 다르고 매우 자유로운 사람들이고 가난한 사람들입니다. 그 시인을 만나기 전까지 저는 한 번도 시인을 만난 적이 없어요. 그 후에 우리 시를 읽고 시인들을 보면서 철학과의 연결 고리를 찾았습니다. 그 시인을 만나고 나서부터 시와 철학에 대한 책을 쓰기 시작했습니다."

그는 《철학적 시 읽기의 즐거움》과 《철학적 시 읽기의 괴로움》 등의 저서를 통하여 역시 철학과 시를 연결고리로 시를 통해 현대 철학의 주요 개념과 현대 철학자들이 고민했던 문제가 무엇인지를 살폈다.

우리는 이야기를 하면서 대형교회와 종교와 정치의 결탁에 대해 통탄의 심경을 나누었다.

이 시대에 과연 신은 어떤 모습으로 우리 앞에 있는 것인가. 예수는 지금 어느 거리에서 좌절하고 있는가. 철학자로서 신을 어떻게 보는가.

"모세가 자신의 뒤를 따르는 유대인들에게 저기가 가나안 땅이다, 어서 가자라고 선동하면, 인문학자는 뒤에서 똥침을 놓습니다. 뭔 말을 하는 겁니까, 메시아와 낙원은 나에게 있는 겁니다. 누가 나를 구원합니까. 니체가 신은 죽었다고 19세기에 이야기했을 때 그것은 구원자가 없는 세상에서 구원받기지요. 내가 나를 구원합니다. 이 세상에 '멘토는 없다'라고 말하면 사람들은 떨떠름한 표정을 하지요. 하지만 어쩔 수 없지요. 경전 속의 삶과 우리의 삶은 다른 겁니다. 누구의 뒤를 따라간다는 건 바로 노예의 삶을 사는 것이고, 그것이 족쇄입니다. 그나마 종교는 차선입니다. 그래서 대중 불교가 있는 것이고, 기독교가 있는 거지요."

이야기를 나누는 동안 강신주 박사가 매우 에너지가 넘치는 사람이라는 것을 알 수 있었다. 그는 근육으로 글을 쓰는 철학자이다. 그가 산을 다니고 강연을 다니면서 형성된 이두박근과 삼두박근은 그의 영혼의 팔을 튼튼하게 만들었다. 그 근육의 결은 그가 학교에서 배운 철학적인 개념어들과 성장하여 세상을 돌아다니면서 들은 말들, 이혼을 하고 싶다는 아줌마의 고민, 실연을 해서 자살을 하고 싶다는 철부지 학생의 고민, 경제적인 문제로 고통을 받고 있는 친구들의 고민과 함께 한다.

그는 남들이 잘 모르는 말을 열심히 공부해서 사람들을 만나 그들의 상처를 보듬어주고, 위안해준다. 이것은 밭을 갈고 난 소가 경작지를 떠나 산을 올라가는 모습이다. 그는 안주하지 않고 끊임없이 고통스러운 산길을 가고 있다. 그는 이런 말을 남기고 서둘러 강연하러 떠났다.

"성불하세요.

당당하세요.

한 번밖에 없는 삶,

사랑도 괴테 흉내 내지 말고,

목숨 걸고 스스로 하세요."

그가 일어난 자리가 허전하다. 그래도 나는 나의 길을 가야 한다. 허름한 나의 집필실로 가는 시간이 즐거웠다. 거기에 내가 직시해야 할 고통과 아픔이 뱀처럼 똬리를 틀고 있기 때문이다.

# 최경한

거리로 나간 현대 미술사의 산증인

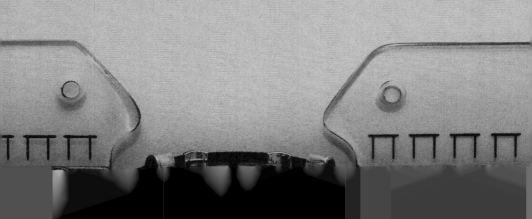

가짜의 시대에는 무엇이 남는가

단순하고 소박한 생각이 오래 가는 법입니다.

1

동아시아 신화 속의 전사 외눈박이는 한쪽 눈을 잃고서 사흘 앞을 미리 보는 능력을 얻었다, 십분 정도만 인생을 미리 봐도 그 사람의 인생이 완전히 뒤바뀐다. 그런데 사흘을 미리 본다는 것은 그가 반인반신이 되었다는 의미다. 우리가 사흘 앞을 미리 보고, 즉 사흘 신문을 미리 읽고 세상을 산다면, 이런 사람이 선거 캠프에 합류한다면, 생각만 해도….

하여간 외눈박이가 사흘 앞을 먼저 본다는 이야기를 읽고, 이것이 진정한 예술가의 삶이 아닌가 싶었다. 목적지를 향해 가다 한 쪽 눈을 잃고 방황하는 사람들, 그러다 기어이 외눈박이로 사흘 앞을 미리 보는 존재, 진정한 예술가들은 외눈박이로 외길의 인생을 걸어온 사람이 아닌가. 그러다 보면 어느 순간에 영혼의 사흘 앞을 바람처럼 지나갈 수도 있지 않을까.

최경한 선생과 함께한 예술가들이, 평생을 재직한 서울여자대학의 고 샅길이, 그런 길이 선생의 외길 인생을 만들었다. 격동의 시대에 좌우 앞 뒤 눈치를 살피지 않고 지금까지 선생을 흰 캔버스 앞에 앉아 그림을 그리게 한, 그런 힘이 되었다.

춘분이 지난 어느 날, 서울여자대학교 서양화과 사무실에서 만난 최경한 선생은 아직도 소년 같은 미소를 짓고 계신다. 나는 사람을 편안하게 하는 선생의 미소를 보면서 말문을 열었다.

"선생님, 근황은 어떠신지요?"

"요즘은 일주일에 두어 번 병원에 가서 투석 치료를 받아요. 치료과정에 시간이 많이 걸리는 무척 번거로운 일입니다. 의사는 좀 더 받으라고 하는데 너무 힘이 들어 허허. 그리고 여전히 그림 그리고 사람 만나고 살고 있지. 가끔 학교에 나와 제자들과 이야기를 하기도 하고요."

우리나라 현대 미술사의 산증인이라 할 수 있는 선생에게는 여러 가지 궁금한 것이 많았다. 우선 두서없이 내가 좋아하는 이중섭 화백과 어떻게 지내셨는지 물었다.

"그분 생전에 서너 번 만났는데, 내가 그분을 보았을 때는 이미 정상인이 아니었어요. 좀 이상한 행동을 하시기도 하고, 거식증이 있었던 것 같고, 정신이 오락가락하는 모습이었어."

그림에는 화가의 외로움과 고통이 스며들어 있다. 타인은 볼 수 없는 그런 예술가의 고독과 고통이 있다. 우리는 그 고독을 사랑하는 지도 모른다. 선생은 이중섭 화백과 그림에 대해서 이야기를 나눈 적은 없다고 했다. 다만, 곁에서 지켜본 선생의 모습이 좀 안타까울 뿐이었다. 이런 이야기도 해주셨다.

"전쟁이 나서 부산 피난 시절에 이중섭은 오산학교 시절 선배를 만났다고 하더군요. 사람 좋은 선생이 너무나 반가운 마음에 뭐 줄 것이 없어, 담배 속 은박지에 그림을 하나 그려 선물로 주었지요. 그 유명한 담배종이 그림 중에 하나인 것입니다. 그런데 그 그림을 받아든 선배는 화가가 그림을 주려면 액자에 담은 유화 작품 정도는 돼야 하는 것이라고 생각한 모양이지요. 그는 담배종이에 그린 이중섭의 '작품'을 받아들고는 집에 가서 그것을 구겨 버렸다고 합니다. 유화가 아닌 담배종이 그림이 자신을 무시하는 행동으로 오해한 것이지, 허허. 그런 인심이지요."

세상의 물질적인 가치가 돈으로 환산될 수 있지만 자신이건 타인이건 그런 가치의 세계를 벗어나 있는 것이 예술작품이다. 길거리에서 흘러나오는 베토벤의 음악을 듣고, 화랑에 걸려 있는 그림을 창밖에서 보는 것은 돈을 내지 않는다. 그걸 보거나 듣는 사람이 어떤 감흥이 있다면 그것은 '남는 것'이다. 이야기를 듣고 나는 담배 은박지에 새겨진 이중섭의 천진한 그림을 떠올렸다. 이렇게 가치를 모르는 사람에 의해 얼마나 많은 세상의 좋은 것들이 사라졌을까 싶었다.

2

선생의 어린 시절을 여쭈었다. 일제강점기이기도 한 그 어려운 시절, 선생은 비교적 유복한 집안에서 자라 고생을 하지는 않았다고 하셨다. 그리고 외조부인 해관 오금선 선생에 대한 말씀을 하셨다. 우리나라에 현대의술이 들어오던 초창기 시절에 의사로서, 나중에는 양로 사업과 고아원 사업을 한 자선가로서 우리 현대사에 큰 족적을 남기신 분이다.

"외조부는 우리나라 사람으로서는 처음으로 의사가 된 분으로 알고 있어요."

자료를 살펴보니, 1914년 조선총독부로부터 받은 해관 선생의 의사면허는 70번이었다. 해방이 되고 나서, 대한민국 정부가 새로 면허를 발급하는 과정에서 제1호가 되지 않았을까 싶다.

해관 선생은 돌아가신 뒤에는 건국훈장 대한민국장이 추증되었다. 고아원과 양로원을 조선인 최초로 설립하신 분이기도 하다. 우리 근대의 큰 인물이지만 생활은 매우 단순하고 검소했다.

"어린 시절 충정로에서 외조부와 일 년 넘게 살았는데…, 할아버지는 말씀을 별로 하지 않는 분이었어요. 할아버지가 어린 손자인 나와 물을 뿌리면서 놀기도 했던 기억이 나는군요.

할아버지가 말씀하시길, 당신이 미국으로 공부를 하러 갈 때, 부산에서 화물선으로 일본으로 갔고, 거기에서 큰 배를 타고 태평양을 건넜다고 하셨는데, 그때 배 안에서 미국으로 이주를 하는 조선인을 보았지요. 조선인들의 몰골이 말이 아니었다는 겁니다. 장시간 항해와 열악한 환경으로 사람들이 피부병으로 고생하는 것을 두 눈으로 가까이에서 보고 가슴이 아팠다고 하셨어요.

그 경험이 훗날 피부과를 전공하신 이유가 아닌가 싶기도 하고 말이지요. 외조부의 제자들에 증언에 의하면 미국에서 돌아오신 할아버지에게 순종 황제께서 황실의 전의 자리를 제안했으나, 군산 야소병원 의사로 내려가셨어요."

황실의 전의는 월급이 당시 화폐로 150원, 야소병원 의사의 월급은 50원이었다고 한다. 이러한 행동이 해관 선생의 모습을 잘 보여준다.

선생은 유년 시절에 살았던 진주에서 본 문둥이 이야기도 해주셨다. 당시에는 문둥이들이 많이 돌아다녔다고 한다. 진주에서 수원으로 올라와 소학교초등학교를 다녔고, 경기중학교에 입학한다. 선생은 경기중학교 미술반 출신이다.

어린 시절부터 그림에 재능이 있었다. 경기중학교에 입학하고서도 묵묵히 그림을 그렸다고 한다. 좋아서, 재미있어서 한 일이다. 일제의 전쟁 말기 시기였기 때문인지 미술반에서 특별히 활동을 하거나 하는 건 없었다. 그저 혼자서 그림을 그리는 거였다.

당시 학교에는 일본 선생들이 많이 있었는데, 복장이 군복 비슷한, 중국 공산당 지도자가 입는 그런 복장이었다. 학생들 역시 교복이 변변하지 않았다.

선생과 경기중학교를 같이 다녔던 '백남준'에 대해서 물었다.

"동기생이었던 백남준은 복장이 어설펐지요. '헐렁이'처럼 하고 다녀서 일본말로 '다라시나이'라고 놀렸어요. 하지만 그것이 세계적인 예술가로 성장한 백남준의 개성이 아니었나 싶기도 하고. 그때는 학생들 사이에서 유행처럼 사회주의 사상이 돌았어요. 백남준 역시 좌익 사상에 젖어 있었지. 백남준은 나와 같은 반이었는데, 누구에게 어떤 영향을 받았는지는 모르겠지만 이상적인 사회주의 사상에 흥미를 느낀 것 같았어요.

백남준의 아버지는 일제시대에 일본군에 비행기를 헌납할 정도로 재력가였지요. 백남준의 부친은 아들의 그런 행동이 지극히 걱정스러웠을 것입니다. 경기중학교에 입학한 아들이 얼마나 자랑스러웠겠습니까. 있는 집안이라 더 유난스러웠는데, 난데없이 좌익이라고 해서 친구들에게 얻어맞고 다닌다면 말이 안 되는 것이었고, 얼마나 곤혹스러웠을까요. 그래서 백남준을 데리고 외국으로 떠난 것으로 생각됩니다. 백남준이 그때 외국으로 나가지 않았더라면 예술가가 되기 힘들었을 겁니다. 그는 해방과 분단과 전쟁의 세월을 외국에서 지냈으니까, 여기에 있었다면 아마도 이념의 희생양이 되거나 고된 삶이 힘들었을 겁니다. 그 시절에 외국에 있었으니까 자유스럽게 사고하고 생각할 수 있었겠지요."

학창 시절 백남준에 대한 기억은 훗날 그가 예술가가 되어 만나서는 재미난 이야깃거리가 되었다. 교복에 뭘 묻히고 다니기도 하고, 보통 학생과는 다른 행동을 하곤 했다. 하여간 백남준은 경기중학교 학생다운 똑똑한 학생이라기보다는 뭔가 어설프고 행동에 이상한 구석이 있었다.

"엄청난 부잣집 자식이면서 그런 티를 전혀 내지 않았어요. 나중에 그가 세계적인 예술가로 활동하는 걸 보면서 어린 시절에 독특했던 행동들이 자유로운 예술가의 모습, 역시 천재적인 모습으로 여겨지기도 합니다. 여러 사람들이 그를 연구하고 설명하지만 내가 보기에 그는 '시작한 사람'이라는 의미가 있는 거지요. 창조자와 에피고넨하고는 다른 겁니다. 요즘에는 백남준보다 기술이나 감각이 뛰어난 예술가들이 있을 겁니다. 그러나 창조자로서의 백남준은 없지요. 이것이 백남준을 설명하는 나의 방식입니다."

독창성보다는 모방하고 뒤따르는 에피고넨epigonen의 시대가 도래했다. 반복하고, 모방하고, 경쟁한다. 시장 논리에 충실한 사람들은 모조리 에피고넨의 후예들이다. 가짜 예수가 거리를 돌아다니는 시대, 이 시대에 거리에 나선 예술가 백남준은 선생의 말대로 '시작한 사람'이다. 약간 더 듬거리면서 한마디 하시면 그것이 돌처럼 묵직하다.

그 시대 최고의 수재들이 모였던 경기중학교 입학은 '인생의 중요한 목표를 하나 이룬 셈'이라고 선생은 표현하셨다. 그 기쁜 소식을 아버지에게 알려야 했는데, 아버지는 영변으로 전근을 가신 상태였다. 1945년 3월 하순경 선생은 아버지를 찾아서 영변으로 갔다.

경의선을 타고 평양으로 가서 그곳에서 만포선을 탔다. 만포선은 평안남도 순천시와 장강도 만포시에 이르는 철도선이다. 한 손에 지도책을 들고 위치를 확인했다. 강계, 희천, 청천강을 거쳤다. 영변은 남쪽과는 달리 삼월에도 무척 추웠다.

"소월의 영변, 약산 진달래 이런 시가 유명하지요. 거기를 가다보면 청천강이 나오는데, 청천강의 푸른 강물이 생각납니다. 청천, 맑은 물이라는 뜻인데, 왜 강 이름을 이리 부르는지 그 앞에 서면 저절로 알게 되지요. 청천강 푸른 강물에 매서운 북풍이 몰아치니 장관이었어요. 어린 나이에 본 풍경이 이미 늙은 내 가슴에 오래 남아 있습니다."

선생은 사춘기 소년의 눈으로 본 영변을 말씀하시면서 그 추억에 잠겨가고 있었다. 그때 본 이미지가 강하게 각인된 모습이었다. 해방이 되고 나서 선생은 다시 아버지를 찾아 경의선을 탔다. 그때가 8월 중순 경이었다. 평양에 들어가니 이미 소련군이 진주해 있었다. 서울엔 미군이 들어오기 전이었다.

"얼어붙은 청천강을 기억하면서⋯, 얼마 되지 않아 여름에 배를 타고 그 강을 건너니 감회가 새로웠지요. 그때 영변에 가서 냉면을 먹었어요. 그 맛을 지금도 잊을 수 없어요. 요즘에 파는 냉면은 이 냉면에 비하면 엉터리지요. 허름한 냉면집에 커다란 대들보 같은 것이 있었는데, 그것이 바로 냉면을 뽑는 기계였어요. 사람들이 대들보같이 생긴 그 장치에 올라타면 밑으로 면발이 쭉 뽑아져 나왔지요. 바로 뽑아 낸 면에 김치국으로 말아서, 돼지고기를 숭숭 썰어 넣었어요. 도살장에서 찍힌 퍼런 도장이 박혀 있고 돼지털이 듬성듬성 남아 있는 고기였지만 향기가 기가 막혔지요. 영변에서 맛본 냉면은 잊히지 않는 음식입니다."

이런 음식의 맛과는 달리 이미 북한은 분위기가 심상치 않았다. 완장을 두른 사람들이 동네 사람들을 잡아들이고 있었다. 그들은 적위대원들이었다. '적위대'는 일제강점기에 유격 활동을 벌인 사람들이지만, 해방이 되고 나서는 일반인들로 조직된 일종의 민간방위조직이었다. 경찰 조직이 만들어지기 전 치안이나 민생을 돌보는 사람들이었다. 그들은 공산주의 사상으로 무장하고 있었다.

김일성이 정권을 장악한 북한은 발 빠르게 공산주의 정권을 세워가고 있었다. 지주 계급을 포함한 공산주의 정권에 반대하는 사람들을 잡아 린치를 가하는 등 폭력이 난무했다. 마을에는 어떤 집안에 누가 맞아 죽었다는 등 흉흉한 소문이 퍼져 있었다. 선생의 아버지는 북에서는 살 수 없고, 빨리 서울로 가야 된다는 판단을 하고 계셨다. 당시 선생의 부친은 북에서 은행 일을 보고 있었는데, 지점장을 하던 일본인들이 도망을 쳐서 아버지가 여러 지점을 맡고 있었다.

그 와중에 경성방송에서 모든 학교가 10월에 다시 개교를 한다는 뉴스를 듣고 서울로 돌아왔다고 한다. 선생의 가족은 우여곡절을 거쳐 아슬아슬하게 삼팔선을 넘었고, 다시는 그 아름다운 영변에 갈 수 없게 되었다.

선생의 미술 수업 시간 이야기를 듣는 일은 매우 흥미로운 시간이었다. 해방이 되었지만 모든 것이 모자라던 시절이었다. 먹을 것, 입을 것, 잠자는 곳도 그러했다. 당연히 그림 재료가 거의 없었다. 그래서 별 방법을 다 써서 그림을 그렸다.

"목탄도 우리가 직접 구워서 썼어요. 깡통에다 진흙을 넣어서 버들가지 같은 나무조각을 넣어서 촛불에 불을 댕겨서 나뭇가지를 구워 목탄을 만들었지요. 선생님들이 그 방법을 전수했어요. 물감이 없어서 유화는 그리기 힘들었어요. 고물상에 가서 일본인들이 버린 유화물감 박스 같은 걸 얻어서 그림을 그리곤 했지요. 그땐 고물상이 무척 많았어요. 전후에는 폐품이 많았기 때문에 인사동에서부터 청계천에 이르기까지 고물상이 즐비했습니다.

유화물감을 잘 모르던 시절이라 튜브에 들어 있던 치약도 흰 물감인 줄 알았어요. 당시에는 사람들이 가루치약을 써서 튜브에 들어간 치약을 흰 물감으로 착각했지요."

이것이 한국전쟁 전에 선생이 중학교 시절에 그림을 그리던 모습이다. 경기중학교 미술반 선생님이었던 화가 김주경, 길진섭, 이해성, 박승구,

창조자와 에피고넨하고는 다른 겁니다.
요즘에는 백남준보다
기술이나 감각이 뛰어난 예술가들이 있을 겁니다.
그러나 창조자로서의 백남준은 없지요.

© 월간조선

이순종 선생은 모두 북한으로 넘어갔다. 박상옥 선생님을 제외한 모든 선생이 북으로 넘어간 이 사실은 선생에게 분단의 상처이다. 그리고 한국전쟁이 일어났다.

북한의 갑작스러운 침공으로 서울을 떠나지 못한 선생은 학교 미술실의 열쇠를 가지고 있었다. 이 열쇠가 전쟁의 비극이 어떤 것인지를 잘 보여주었다. 인천상륙작전이 성공해서 유엔군이 서울에 입성하자, 미군은 경기중학교를 임시 사무실로 사용했다.

"나는 학교가 어떻게 되었는지 궁금해서 수복이 되자 학교에 가서 미술실부터 찾았어요. 열쇠로 미술실의 문을 따고 들어가니, 미술실의 모든 창문들이 부서져 있었고, 데생 실습용 석고상들도 망가져 있었지. 가만히 그 자취를 살펴보니…, 아마도 그 석고상을 군인들이 권총사격의 표적물로 사용한 것 같았어요."

그중에서도 한 석고상의 모습은 마치 우리나라 전쟁의 고통을 그대로 형상화한 것 같았다. 그리스 헬레니즘 시대의 대표적인 작품이기도 한 라오콘 상이었다. 트로이 전쟁의 희생양으로 포세이돈이 보낸 두 마리의 뱀이 두 아들과 함께 라오콘을 칭칭 감아 죽이는 상이었는데, 그 고통스러운 표정이 서양의 많은 예술가들에게 영감을 주었던 작품이다.

"라오콘이 고통스러워하면서 온몸을 뒤틀고 있는데, 그 석고상의 허리에 총알이 관통한 자국이 있는 겁니다. 나는 기가 막힌 생각으로 헛웃음이 나왔어요."

인민군이 서울을 점령하고 있던 어느 날, 학교에서 선생님이 찾아와서 김일성과 스탈린의 초상화를 그리자는 말을 했다. 인민군들은 시청의 회의실로 서울에 남아 있던 화가들을 모두 불러 모았다. 선생님을 따라 시청 회의실에 가보니까, 유영국, 장욱진 선생도 그곳에 있었다.

"유영국, 장욱진 선생 같은 분들이 초상화를 그릴 타입은 아니지요. 하지만 전쟁 중이었고, 살벌한 분위기 때문에 모두 모이긴 모였습니다. 거기에서 완장을 두른 이가 자신들의 지도자를 그리라고 하니까, 하기는 싫어도 대충대충 그렸지요. 직접 목격하지는 않았지만, 모인 화가들이 너는 얼굴 그리고, 나는 넥타이 그리자 하면서 그렇게 그림을 억지로 그린 겁니다. 하지만 나는 나설 수가 없었어요. 우리가 말로 듣던 전설적인 영웅 김일성이 아니었고, 뭔가 그런 일은 하고 싶지 않았어요. 또 중학생이니까 완장 찬 사람들의 눈을 피할 수도 있었고 말이지요."

선생의 부친은 아들이 의사가 되기를 원하셨다. 외가 쪽이 의사 집안이니 영민한 자식이 의사가 되기를 바라는 건 당연지사. 하지만 어린 시절부터 그림에 흥미를 보이는 아들에게 "그림은 취미로 해라." 하고 말씀하셨다. 선생 역시 부친의 뜻을 어기면서까지 화가가 되려고는 하지 않았다. 운명이라고나 할까, 전쟁이 터지는 바람에 선생은 미대에 입학할 수 있었다.

전쟁 중에 입대해서 군 차트병으로 복무하고 있던 선생에게 미술대학에 너의 원서를 넣었다면서 친구가 찾아왔다. 무슨 영문인가 싶었다. 선생의 친구가 이 어지러운 시절에 아들이 하고 싶은 것을 하고 살게 하는 것이 어떻겠느냐고 설득을 한 것이다. 그것이 바로 선생의 인생의 결정적인 전환점이었다. 전쟁터에서 젊은이들이 죽어나가는 광경을 목격한 아버지가 마음이 약해지셨는지 그래라 하신 것이다. 그래서 선생은 서울대학교 예술대학에 시험을 볼 수가 있었다.

선생은 잠시 휴가를 얻어 부산으로 시험을 보러 갔다. 당시 서울대학교 미술대학은 부산 송도로 피난을 가 있는 상태였다. 부산 송도의 해변의 음식점으로 쓰던 건물에 미술대학이 있었다. 대학 교사는 일제식의 다다미 방으로 만들어진 전형적인 요릿집이었다. 거기에서 필기시험을 치르고 이틀 뒤엔가 실기 시험을 보는데 미술장비가 제대로 갖추어질 리가 없었다. 책상 두어 개를 놓고 거기에서 그림을 그렸다. 시험문제는 아주 간단했다.

"너의 모습을 그려라."

종이 한 장 씩을 주고는 자화상을 그리는 것이 시험이었다. 응시생들이 모두 자신의 증명사진을 꺼내가지고는 그것을 그리고 있었다. 선생은 사진을 보지 않고, 좀 다른 방법으로 그림을 그렸다고 하셨다. 어렵지 않게 필기와 실기시험을 통과한 선생에게 면접관이 물었다.

"그래, 자네 장로교인가?"

"예."

"장로교가 뭐하는 거야?"

"예수를 믿는 거죠."

"예수를 믿어?"

그 면접관은 독실한 가톨릭 신자인 장발 선생님이었다. 정치인 장면의 동생이신 장발 선생님. 장발 선생은 선생의 경기중학교 친구인 장건의 삼촌이기도 했다. 장발 선생이 또 물었다.

"자네 마르틴 루터라고 아나?"

"예, 조금 알고 있습니다."

"안다고? 그래 어떻게 생각하나? 마르틴 루터라는 사람을 말이야."

"훌륭한 사람이라고 생각합니다."

"뭐라고? 뭐가 훌륭해? 왜 훌륭하다고 생각해."

"부패한 종교에 대해 감연히 항거해서 프로테스탄트 한 거 아닌가요? 그게 훌륭한 사람이라고 생각하는데요."

"이 사람이 뭘 알고 이야기하는 건가? 도대체 뭘 알고 하는 이야기인가? 그게 훌륭한 거냔 말이야."

"저는 잘 모르지만, 루터가 주장한 것을 많은 사람들이 믿고 있고, 몇백 년을 두고 이어져오고 있으니까 그 사람 괜찮은 거 아닙니까?"

그러자 장발 선생은 더 참지를 못하고 화를 내시면서 원서를 휙 던져버렸다. 친구가 대신 적어준 원서였다.

"그때 내 앞에 뒹구는 내 원서를 내가 처음으로 본 것이었는데, 지망학과에 한자로 會話라고 적어놓았어요. 친구는 會話와 繪畵도 구분하지 못하고 그냥 미술학과니까 그렇게 적은 것 같았어요. 그걸 보고 장발 선생이 '이 친구야, 여기가 뭐 하는 덴 줄 알고나 지망한 거야? 여기는 사람들끼리 대화하는 데가 아니란 말이다. 너 정말 경기중학교 다닌 거 맞아?'라고 소리치셨어요.

나는 속으로 아이고 난 떨어졌구나 생각했지요. 내가 원서를 직접 쓴 것도 아니고, 가톨릭 신자인 장발 선생에게 개신교 자랑만 했으니 정말 떨어진 줄로만 알았지요. 그런데 어떻게 운이 좋게 합격을 했어요. 화가로 살아가라는 하늘의 뜻인지도 모르겠습니다. 나의 미술 대학생활은 이렇게 마치 농담하듯이 시작되었어요."

선생은 이렇게 서울대학교 예술대학 미술학부에 진학하게 되었다. 미술에 대한 상식이 없이 엉터리로 입학 원서 지망학과를 적어놓은 선생의 친구는 같은 대학교 법대에 진학했다. 나중에 이야기를 들으니 당시 회화에 대한 개념이 없어서인지 마치 이두문자처럼 응시학과를 적은 학생들도 있었다는 것이다. 아직 미술교육에 대한 인식이 부족한 시절의 에피소드라고 할 수 있다.

선생의 대학 시절 이야기도 참 재미난 것이 많았다. 전쟁이 끝나고 혜화동의 건물로 미술대학이 옮겨 온 이야기, 누드화를 그린다고 하니까 서울 법대 친구들이 버드나무에 올라가 구경한 이야기. 아직 미술 교육이 자리 잡기 전에 여러 가지 실험적으로 교육을 받았던 이야기가 있었다. 사진 수업도 받았고, 선생님이 부족해서 미군 장교가 강의를 하기도 했다고 한다. 그 시절 이야기는 구수한 숭늉 같았다. 미술대학장인 장발 선생님을 비롯한 대학 은사들의 진지한 교육은 선생에게 많은 영향을 미쳤다. 장욱진 선생에 대한 이야기도 가슴에 남았다.

선생은 '장욱진기념사업모임'에 깊게 관여하고 있다. 장욱진 선생과의 인연은 미술대학 3학년 때이다.

"전쟁이 끝나고 폐허가 된 상태에서 우리들은 너나 할 것 없이 모두 정에 굶주린 아이들이었어요. 학교의 분위기도 냉랭하고 썰렁했지요. 그런데 웬 술주정뱅이 같은 양반이 교수로 오셨는데, 인간적인 분위기가 느껴

졌어요. 바로 장욱진 선생님입니다.

장욱진 선생은 이야기를 별로 하지 않고 우리가 그림을 그리는 것을 가만히 지켜보시다가 술 잘 먹는 놈에게 '자, 가자.' 하시면서 대포집에 가서 술 한잔 하고 또 들어오시곤 했어요. 교수로서는 그리 모범적인 모습은 아니지만, 아무튼 매우 좋은 분이었어요. 술 좋아하는 아이들하고는 그저 친구처럼 지내는 그런 선생, 교수라고 목에 힘을 주는 것이 아니라, 우리들과 함께 지내는 친구처럼 가까이에서 지내면서 그림을 봐주셨어요.

우리가 4학년이 되었을 때 이병도 선생의 따님이시기도 한 장욱진 선생의 부인이 혜화동에서 책방을 하셨지요. 그 책방에 가면 사모님이 그림처럼 앉아 계셨고, 선생님은 늘 거기에 앉아 계셨는데, 사모님이 외출하고 선생이 책방을 지키는 날에는 책이 많이 분실되었어요. 선생은 손님이 들어와서 책을 그냥 가져가도 그냥 그렇게 앉아 있었던 거지요. 그런 선생을 모시고 사는 사모님과 가족들은 얼마나 힘들었을까 싶어요.

선생은 그림이 전부인 인생을 살았어요. 선생님은 맨날 우리들보고 당신의 집에 가자고 하셨어요. 졸업을 한 후에도 인연은 이어졌고, 해마다 설날이면 친구들과 어울려 선생님께 세배는 꼭 다녔지요. 어느 날, 선생이 우리들이 하는 '앙가주망'을 같이 하자고 하셨어요. 이렇게 선생님은 우리들과 오랫동안 왔다갔다 인연을 맺었어요.

선생은 외롭고 고독한 분이었어요. 술만 좋아하시고 친구가 별로 없었고, 주위에는 제자들이나 후배들이 많았어요. 선생과 우리들은 해남으로 완도로 대흥사로, 전국에 풍광 좋은 곳은 많이 다니면서 이야기를 나누었지요. 꿈같은 시절이었습니다.

그러다가 이 양반이 덜컥 돌아가셨지. 호상은 내가 했어요. 장례를 치르고 화장을 하고 모든 의식을 마치고 선생의 기념사업회를 마련하게 되었고, 사모님이 이사장을 하고 부이사장을 나에게 의뢰해서 거절할 수 없었지요."

장욱진 선생을 기념하는 미술관은 경기도 양주시 장흥면 석현리에 세워진다. '양주 시립장욱진미술관'은 장흥미술단지 안에 세워지며 사모님인 이경순 씨와 유족이 기증한 유화와 종이에 그린 채색화, 먹화, 벽화 등 230 여점의 작품이 전시된다.

5

경기중학교 미술반원들은 지금도 끈끈한 인연으로 만나고 있다. 이들과 어울린 세월이 아름답다고 하셨다. 선생은 대학을 졸업하고 모교에 미술 선생으로 취직을 했다. 모교에서 자신을 가르친 선생님들과 같이 근무하면서 선생 역시 많은 제자들을 만났다.

어떤 학생은 새벽에 안개를 그린다면서 종로 거리에서 이젤을 펼쳐놓고 그림을 그리기도 했는데, 당시 안개에 쌓여 있던 종로통이 졸업 후 그들이 하는 일과 일맥상통하는 것 같기도 하다. 미술과 생활이라는 갈림길에서 안개 속을 헤매기도 했을 것이다. 모두 어려웠던 시절, 경기중학교 미술반을 중심으로 선생과 제자들은 각별한 사이다.

김민기 학전 대표를 비롯해서 화가 김종학, 오천룡, 박영국, 조각가 최만린, 박충흠, 서울여대 임무근, 인하대 성완경, 서울대 신광석, 경원대 강

경구 교수 등 외에도 많은 제자들이 여러 분야에서 활동하고 있다. 경기중학교 미술 선생을 거쳐, 서울여대가 설립되자 지인의 권유로 대학 교수가 되었고, 그해에 미술동인 앙가주망이 결성되었다.

선생은 앙가주망 활동을 통해서 화가로서의 입신을 이루었다. 그룹 '앙가주망'을 시작할 무렵인 60년대는 화가들이 그림 재료가 없어서 고생하던 시절이었다. 그때 선생은 물감을 두툼하게 바르는 기법을 쓰고 있었는데, 저질 물감을 막 섞어서 작업을 하고 나면 나중에 그림이 썩기도 했다고 한다.

화가 박수근 선생의 그림도 을지로 입구에 있는 화공약품 도매상 같은 곳에 가서 구입한 재료들로 그림을 그렸다. 그 재료로 두툼하게 개서 화폭에 발랐다. 먹색은 따로 선을 긋고 하는 식이다. 박수근의 그림을 보면 빛깔이 요란한 것이 없다. 그땐 거의 다 그런 식으로 작업했다고 한다.

박수근 선생은 성품이 진솔하고 좋은 분이었다. 당시 명동의 반도호텔에 우리나라 최초의 상설 화랑인 '반도화랑'이 생겼는데, 현대갤러리 대표인 박명자 씨가 거기서 일하는 여학생이었다. 참 오래전 이야기다.

박수근 선생의 그림이 반도화랑에 전시되자 화랑을 드나들던 외국인이 박수근의 그림을 좋아했다고 한다. 그땐 작품 값이 얼마 안 되니까 소품을 사곤 했을 것이다. 현재 박수근 화백의 그림은 우리나라 최고가로 알려져 있다.

1961년 9월 초순이었다. 국립중앙도서관 전시장 안의 한 작은 골방에서 김태, 안재후, 황용엽, 박근자, 필주광 그리고 최경한 이렇게 6명의 화가가 열심히 전시 카탈로그를 만들었다. 전시회를 열 자금이 부족해서 제대로 된 팸플릿을 만들 수도 없었다.

카탈로그 제작비가 부족하다고 인쇄소 사장에게 말하자, 그는 인쇄소에서 종이를 절단하고 남은 자투리 종이로 싸게 만들라고 했다. 자투리 종이를 묶어 그림을 인쇄하고 겉표지에는 굵은 매직 펜으로 '제 1회 앙가주망 전'이라고 적었다. 이렇게 시작된 동인이 지난 2011년에 〈앙가주망 50주년 기념전〉을 열었다.

"우리가 '앙가주망'을 결성한 것은 여러 가지 이유가 있지만, 1960년대 당시에는 그림을 발표할 장소도 기회도 드물었기 때문이지요. 그런 분위기 속에서 모임을 갖던 중 우리들도 이 나라의 화가로서 한번 뭔가를 해야 하지 않느냐…, '앙가주망'은 이런 과정을 통해서 만들어져 지금까지 이어져오고 있어요."

원래 앙가주망이라는 명칭은 프랑스의 지성 사르트르의 무신론적 실존주의가 존재 자체의 모순과 부조리를 극복하기 위해 선택하는 휴머니즘적 행동주의를 지칭하는 철학 개념이다. 나와 우리들은 뭔가 해야 한다는 지식인의 반성적 결단이며, 그 결과로서의 행동에 대한 요청이기도 하다.

"경기중학교 미술 선생을 관두고, 그 이후 내가 평생을 재직했던 서울여대 시절도 1961년 봄에 시작되었고, 앙가주망도 그해 가을에 첫 전시회를 하게 되었지요. 우리가 첫 전시회를 열게 된 속마음은 개인전을 열 갤러리도 하나 없고, 국전도 좀 그렇고, 그렇다면 우린 뭐냐? 뭐 이런 생각으로 일 년에 한 번 정도 그간 그린 그림을 우리가 모아서 전시한다, 이런 소박한 마음이었어요. 단순하고 소박한 생각이 오래 가는 법입니다."

'하늘엔 별, 내 가슴엔 도덕률'이라는 칸트의 한마디가 떠오른다. 생활을 단순하게 하고 행동을 소박하게 하면 사람으로 태어나 할 일을 하고 갈 수 있다. 이 말은 선생이 그림을 대하는 태도이다. 어려운 시절을 보내면서 선생의 인생은 지금까지도 소박하다. 그 모습이 너무 조용해서 세월의 먼지가 앉아 있다. 이중섭, 장욱진 등등의 화가처럼 '유명한 화가'는 되지 않았다. 온 평생을 학교와 화실을 오가면서 수도승과 같은 태도로 일관했다. 선생은 무엇을 그리고자 그런 생을 살고 계신 것인가 싶다.

"나는 추상화를 그립니다. 내 작품 이름인 '여항'이나 '풍진'의 그림을 오랫동안 그리다 보니, 내 친구들은 이런 말을 하기도 합니다. '야, 이거 지마따 아니야.' 지마따는 일본어로 거리, 세상, 항간, 속세의 의미를 가지고 있어요.

친구들이 지마따 지마따 하면서 놀리는 이유는 내 그림이 천한 저잣거리를 제목으로 하고 있기 때문입니다. 이 제목은 내가 세상을 바라보는 시선일 수도 있어요. 나의 마음이 반영된 제목입니다. 세상을 오래 살다 보니까 원치 않게 아프기도 하고, 또 아픈 인연이 있기도 합니다. 그러다 보면 열정보다는 체념을 하기도 하지요. 인생은 매우 복잡하고 중의적인 일들이 많이 있습니다. 정말 어쩔 수 없는 일들이 눈앞에서 펼쳐지고, 이러한 것들이 얼기설기 되어서 예술이라는 표현 양식은 태어나는 거지요."

선생은 구라를 터뜨리는 스타일이 아니다. 아니, 선생에게 구라가 어울리지 않는다. 하지만 그 무거움, 진지함, 소박한 이런 말씀이 구라의 한 맥을 이어간다. 노 화백의 말씀은 조용했지만, 호수에 떨어진 나뭇잎처럼 파장을 일으키고 그 자리에 떠 있다. 풍덩 떨어지는 돌멩이가 아니라 조용한 나뭇잎의 모습이다.

마지막으로 선생에게 한 말씀을 청했다. 선생은 이런 말씀을 선물로 주셨다. 젊은이에게 보내는 선생의 메시지다.

"요즘은 너무 소비적인 세상이 아닌가 싶다. 모든 물건들이 귀한 가치를 모르고 마치 일회용 컵을 쓰고 버리듯 자신의 물건을 소중히 여기지 않는다. 나는 어려운 시절을 살아서인지 내 주위에 있는 각종 허접한 것들을 모으는 버릇이 있다.

그것들이 이사를 가고 정리를 하는 동안 없어진 것은 있지만, 지금도 집 안의 여기저기를 뒤져보면 나의 옛 물건들이 나오곤 한다. 중학교 시절 습작품이나 대학교 시절 전시회 카탈로그, 국전을 비롯한 여러 전시회들의 포스터와 팸플릿 등도 그렇다. 이런 작은 물건들은 나와 인생을 같이했다. 내가 살아온 날들이 거기에 고스란히 담겨져 있다. 너무 쉽게 물건을 버리면 인생도 그렇게 낭비되기 마련이다. 물건을 아끼고 소중히 여겼으면 좋겠다.

요즘 학생들에게 아쉬운 것은 글씨에 대한 감각이 없다는 것이다. 손은 인간의 정신이 나오는 통로이기도 하다. 눈으로 영혼이나 추상을 감지한다면, 손은 인간의 감정이나 마음을 그대로 전달한다. 글씨는 음악이나 미술, 문학과 같은 예술 창작의 기본이다. 그런데 언제부터인가 손으로 쓴 글씨가 없어졌다

우리는 서예가 전통적으로 이어져 내려오는 나라이다. 조선의 선비들은 이 글씨를 통하여 인격과 정신을 표현했다. 그런데 아이들에게 내가 글씨를 써서 문제를 내면 글자를 읽지 못한다. 타이핑을 해서 보여줘야 하는 것이다. 그런 학생들에게 서예의 초서, 전서에 대한 이야기를 한다면 그것이 통할지 모르겠다. 자신의 작은 물건을 잘 간직하는 것도 귀한 일이 되었고, 손글씨를 쓰는 것도 매우 귀한 일이 되어버린 세상이다. 그것이 안타깝다."

# 신
# 달
# 자

은유와 지혜의 인생 도서관

여자는 어떻게 살아야 한는가

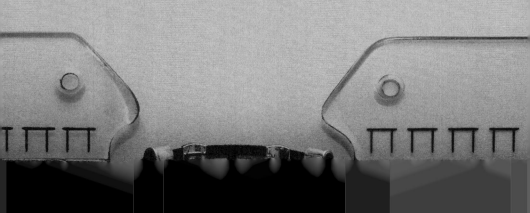

이걸 알아야 합니다.

남이 좋아하는 거 말고요,

한 달에 10만 원을 벌더라도 봉사를 한다는 심경으로

좋아하는 일을 해야 합니다.

매우 중요한 겁니다.

## 1

은행나무의 푸른 잎들에 새들이 모여든다. 가을날, 노란 은행잎에 익숙한 나는 매년 당황스러운 눈빛을 신록의 은행나무에게 보낸다. 내 방의 창문을 열면 은행나무 우듬지에 무성한 구름이 걸려 있다. 늦봄에 벌써 가을의 이미지를 생각하곤 한다. 습관은 강한 근력을 가지고 나를 어떤 기억으로 잡아당긴다. 머릿속 기억이나 마음속 추억이란 그런 것이다.

사람 생각은 자연스러운 이미지로 다가온다. 김소월의 진달래, 윤동주의 별, 이상의 날개 등등. 신달자 선생은 환한 햇살과 주택, 그리고 미소이다. 내가 기억하는 선생과의 첫 만남은 선생이 은평구에 사실 때 자택에서였다. 아마도 당시 다니던 잡지사 일로 선생을 찾아뵙고 원고 관련 일을 했던 것 같다. 고요한 햇살 아래서 환하게 웃고 있는 시인 신달자. 늦은 봄

날, 신록의 나뭇잎이 매달려 있는 우듬지의 이미지.

선생은 최근에 학교<sup>명지대학교 문예창작학과</sup> 생활도 정리하시고, 비교적 여유로운 생활을 하고 계실 것으로 짐작하고 있었다. 그런데 '백수가 과로사한다'는 농담이 있듯이 이번 인터뷰도 매우 어렵게 이루어졌다. 책 출간과 더불어 연이은 강연과 기타 등등의 일정이 너무 빡빡해서 선생과 겨우 약속을 잡을 수 있었다. 시인에게 명성이란 무엇일까? 너무 바쁘게 사시는 것은 아닌가 하는 염려도 되었다.

강남 삼성동에서 인터뷰를 하기로 했지만, 그전 주에 외국에도 다녀오시고, 하여간 여러 가지 일 때문에 선생은 그날의 다른 일정을 취소할 정도로 하루 종일 몸이 불편해서 한 끼 식사도 못하셨다. 의자에 앉으신 모습이 피곤해 보여서 죄송스러웠지만, 너무나 귀한 시간을 주셔서 고마웠다.

우리가 만난 호텔 로비에 있는 커피집에 시인 고은 선생의 모습이 보였다. 멀리서 보아도 손짓을 하면서 호기롭게 이야기하는 모습으로 알 수 있었다. 선생과 나는 웃으면서 거침없는 고은 시인의 뒷모습을 보았다. 문득 고은의 시 '그 꽃'이 떠올랐다.


내려갈 때
보았네
올라갈 때
보지 못한
그 꽃

이번 인터뷰에서는 선생이 내려가는 길에 보았던 '그 꽃'을 보고 싶었다. 선생도 자신의 문학 인생을 되돌아보는 시간을 가지는지 궁금했다. 물론 앞으로도 왕성하게 활동을 하겠지만 인생의 가을날, 문득 돌아보는 그런 심경은 없는지 궁금했다. 웃으면서 말씀하시는데 컨디션이 조금은 회복되어 보인다. 다행이다 싶었다. 역시 시인에게 문학에 대한 이야기는 약효가 있다.

"나는 오십 점짜리 능력을 여러 개 가지고 있는 것 같아요. 그건 나쁜 일입니다. (웃음) 강연, 방송, 시, 소설, 에세이 여러 분야에서 왕성하게 활동했고, 한 때는 베스트셀러 작가로 돈도 좀 벌었지요. 매우 중요한 시기였어요. 돈이 매우 필요한 시기였으니 후회는 없습니다. 그런데 되돌아보니 100점짜리 능력 하나가 좋다는 생각이 들어요. 지금의 나를 돌아보니 그런 생각이 들어요."

동감이다. 나 역시 절실하게 그런 생각을 한다.

"'백치애인'을 비롯한 소설 《물위를 걷는 여자》와 같은 책들이 많은 독자들에게 사랑을 받았지요. 그 시절은 책을 내면 베스트셀러가 됐으니까, 행복한 시절이기도 하지만, 시인으로서는 손해를 봤다고 할까… 그런 생각이 듭니다. 이런저런 사유로 생활고에 시달리던 시절이었으니 간절하게 돈이 필요한 거지요. 시인으로서 이래야 한다 저래야 한다는 생각을 할 틈이 없었지요. 삶의 여유가 없던 시절이 지나고 나서야 다시 시에 몰두할 수 있었습니다. 작년에 받은 대산문학상은 내 노력에 대한 보답으로 느껴지고요.

…, 타인의 삶에 대해 우리들은 가혹합니다. 생각해보면 내가 어려웠던

시절에 '너 어렵니?'라고 물어보는 사람이 없었어요. 티브이 출연이나 방송을 하면 '너 왜 그러니?'라고들 했지요. 이런 시절을 견딜 수 있었던 것은 결국 자기의 삶은 자기가 산다는 자기 판단이 중요하다는 신념 때문입니다. 물론 타인의 충고는 고맙게 받아들이지요."

선생은 병든 남편을 수십 년간 수발하면서 살았다. 여자의 몸으로, 아내이자 어머니이자 자식으로서 어깨를 짓누르는 삶을 견디기 위해서. 돈이 없다면 감당할 수 없는 삶, 그것을 말로 해야 아나. 특히 요즘 같은 시대에 사람의 가치는 돈으로 매겨지는 것이 현실 아니던가.

가난한 시인에게 눈길을 주기보다는 베스트셀러 소설가에게 명성과 존경이 가고 있다. 선생이 하신 말씀 중에서 선생이 어려운 시절에 "너 어렵니"라고 물어보는 사람이 없었다는 건, 인간관계의 한 단면을 잘 보여주고 있다. 신달자 선생 역시 한 시절 돈과 명성을 얻었다. 그러나 그 명성이 선생의 시인으로서의 빈자리를 메울 수는 없었다. 선생은 그만큼 고독했고, 이런저런 명성을 탄다는 이유로 삐딱하게 보는 타인의 시선에 외로웠다. 그래도 선생은 '자신의 판단'으로 살았다.

2

"어느 시기가 되자, 더욱 시에 매진했지요. 제 생각에 시집《아버지의 빛》을 내고 나서부터 시가 많이 변화했지요."

《아버지의 빛》이후 선생은 시집《종이》,《바람 멈추다》등 시인으로서의 활동을 더욱 왕성하게 했다. 1972년《현대문학》에 박목월 시인의 추천으로 등단, 첫 시집 《봉헌문자》이후 시, 소설, 에세이에서 다양한 활동을 했지만 이제는 시인의 자리에서 빛나고 있다. 신달자 선생의 시 세계와 인생에 아버지는 바로 열쇠였다. 선생이 최초로 기억하는 그 자리에는 아버지가 있었다.

"언제였는지…, 아마도 서너 살이겠지요. 아버지의 등에 업혀 논길을 가고 있었어요. 세상이 나를 안아주는 것 같은 품이었지요. 아버지의 넓은 등에서 나는 주위에서 들려오는 개구리소리, 풀벌레소리를 들었고, 들에서 불어오는 바람의 감촉을 느꼈습니다."

시인으로서 대자연과 교감하는 순간이 바로 아버지의 등이었다는 사실은, 선생의 인생에 매우 중요한 순간이었다. 어쩌면 이 힘으로 선생은 역경을 이겨내고 시인으로 우뚝할 수 있었던 것은 아닐까. 등은 세상의 뒷면이다. 자신의 등을 바라볼 수 없게 인체구조가 만들어진 것은 '신'의 어떤 뜻이 있다. 그림자는 영혼의 등이다. 그 등을 바라보는 자가 있으니 타자다. 신달자는 아버지의 등을 바라본 것으로 기억하지 않는다. 최초의 '품'으로 등을 느낀다. 이것은 매우 중요한 추억이다.

"그래요, 저는 아버지의 영향을 많이 받았어요. 아버지는 시인이 되고 싶었던 것 같아요. 아버지는 일기를 꾸준히 쓰셨는데, 아버지의 일기장을 훔쳐보면서 아버지는 시인이라는 걸 느낄 수 있었지요. 아버지의 일기장처럼 저 역시 청춘 시절에 일기를 썼는데, 그걸 모두 없애버렸지요. 제가 아버지의 일기를 훔쳐보았듯, 딸이 제 일기를 훔쳐볼까 봐 그게 마음에 걸려서 그런 거였는데, 지금 생각하니 너무 후회스럽군요. 대학 시절 혼자 살면서 정말 모든 이야기를 거기에 해놓았는데, 딸아이가 볼까 두려워 그런 행동을 했다니 말이지요."

아버지…, 나는 신달자 선생의 부친 이야기를 들으면서 오르한 파묵의 노벨문학상 수상 연설문을 떠올렸다. '아버지의 가방'이란 제목의 그 연설문은 매우 뛰어난 명문장이었다.

자신의 아버지가 젊은 시절 프랑스의 파리에 머물면서 시인이 되고자 했던 꿈을 접고 자신과 가족을 위해 헌신했다. 그런 아버지가 틈틈이 쓴 글들을 모아놓은 가방을 자신에게 전해주었다. 아들이 소설가가 되었으니 가방을 열고 그간 적어 놓은 글들을 한번 읽어보라는 말씀. 파묵은 그 가방을 서재의 한 귀퉁이에 놓아두고 감히 열 수가 없었다는 내용의 글이었다. "그 가방에서 위대한 문학이 나온다면 아버지의 내면에 완전히 다른 사람훌륭한 작가이 존재하고 있었다는 것을 인정해야 한다"며 파묵은 망설인다.

선생은 파묵의 아버지의 가방과 같은 것을 당신 부친의 일기를 통해서 발견했다. 자신이 알고 있는 것과는 완전히 다른 아버지는 바로 시인이었다. 훗날 신달자 선생이 시인이 되었을 때 아버지는 "옛날 말에 딸이 왕비가 되면 큰절을 올린다는데, 이제 네가 시인이 되었으니 내가 너에게 큰절을 올리고 싶다"고 말했다.

"아버지는 어떤 이유에서인지 떠돌이 생활을 하시다가 나중에 집안으로 돌아오셨지요. 전쟁 때 내가 집에 없어서 미안하다는 말씀을 하시곤 내가 지금부터 돈을 벌어서 너희들을 호강시켜주겠다고 하셨어요. 오빠가 전쟁 통에 전사하셨거든요. 아버지는 과연 그렇게 하셨지요. 아버지는 마치 돈의 흐름을 알고 있는 뛰어난 사업가의 기질을 가지고 있었어요. 동네를 돌아다니고 나선, 전쟁의 폐허를 보시곤 앞으로 집이 많이 필요하겠다 싶어 제재소를 차리시고, 나중에서 정미소를 차리시고 해서 많은 재산을 모았어요. 그냥 우리들을 위해 돈을 많이 버는 아버지, 자상한 아버지였는데, 내가 중학교 2학년 때 본 아버지의 일기장에 이런 구절이 있었지요. '왜 사람에게는 날개가 없을까, 날개가 있다면 훨훨 날아갔을 텐데'라는 글이었지요. 그리고 그 일기장에 '슬프다' '외롭다' '울었다' 등의 동사가 어지럽게 돌아다니고 있었어요."

아버지의 외로움을 처음에는 이해할 수가 없었다. 부자인 아버지, 어머니 외에도 여러 여자를 얻어 배다른 자매가 있었다. 겉으로 보기에는 전혀 부족한 것이 없어 보이는 아버지의 어떤 면이 외롭고 괴롭고 슬픈 것일까, 소녀 신달자는 '아버지의 가방'을 열어보고서 시인의 길을 발견한다.

"그렇게 몰래 아버지의 일기장을 보고, 왜 아버지는 이럴까, 하는 생각을 했지요. 그래서 글을 써야 되겠다는 마음을 먹었어요. 글은 사람의 보이지 않는 마음을 읽어내는 방법이니까 말이지요. 이 작업을 해야 되겠다는 마음을 먹고 글을 쓰기 시작해서 중학교 시절에 부산 경남 백일장에서 장원 아래에 있는 일등을 했어요. 그때 이형기, 박재삼 시인을 처음 뵈었지요. 태어나서 진짜 시인을 처음으로 본 거지요. 선생님들이 짜장면도 사주시고 그렇게 문학과 인연을 맺어 대학까지 국문과로 진학하고 자연스럽게 문인, 시인의 길을 걷게 되었어요. 이런 아버지와 더불어 어머니는 항상 그 자리에 계시는 '내 마음의 학교의 교장 선생님'이었어요."

선생의 시에 어머니는 이렇게 묘사되고 있다.

　약속 없었지만
　살던 집에 같이 들어가
　아버지는 시조 읊으시고
　나는 교복 입은 채 숙제를 하고
　부엌에선 어머니 도마소리 들리고

어머니의 도마소리를 들으면서 소녀 신달자는 자란다. 아버지 곁에는
항상 그림자처럼 어머니가 있었다. 시에 더욱 매진하던 어느 날, 신달자
선생은 자신의 문학에 전환점이 되었던 아버지에 대한 시를 썼다. 그리고
시집 《아버지의 빛》을 상재한다. 모두 다섯 편의 연작시로 이루어진 아버
지의 빛은 지금 이 자리에서 찬란하게 빛난다. 그중 한 편을 읽어본다.

　아버지의 빛 2

　어느 날부터 내 둘레를
　가득 메워 오는 그것은
　연분홍 미소로 받아도 송구한
　은은한 물빛

편안하여라
고향길 골목어귀 아버지 든든한
등에서 바라본 일곱 살 하늘빛을
조금은 닮았다

지금은 서서히 흙이 되어 가는
아버지 육신의 마지막 소멸이
이렇듯 염려의 빛으로
딸 앞에 이르시는가

흙 속에 남은
한 가닥 뼈가 말하는
헌신의 불꽃
지상의 마지막 말씀으로 이르는
육친의 빛

선생은 아버지의 빛 다섯 편의 시를 통해 자신에게 문학의 길을 열어주
었던 아버지의 모습을 고스란히 복원하고 있다. 편편이 묻어 있는 문학의
진성성이, 고인이 된 아버지의 육신을 빛으로 떠오르게 한다.

선생에게 이 글을 읽는 독자에게 선생의 시 세 편을 골라 달라고 했다.
독자들에게 선물을 하고 싶은 마음이었다. 이 어리석은 질문에 선생은 난
감한 표정을 지으시다가 웃으시면서 '등잔', '침묵피정', '광야에게' 세 편

을 골라주셨다. 선생의 거대한 시 세계에 세 편의 시는 빙산의 일각이지만 이 시를 찾아 읽어두면 삶이 더 풍요로워지지 않을까 싶다.

선생은 한국전쟁에서 전사한 오빠 이야기도 해주었다.

"나에게 육이오 전쟁은 오빠가 죽은 전쟁으로 남아 있어요. 오빠는 아마도 안양 부근 어디에서 행군을 할 때 부대장의 옷을 대신 입고 대장을 보호하면서 전사하셨어요. 어린 나이에 참으로 의로운 죽음이지요. 당시 오빠 부대의 부대장은 전쟁이 끝나고 나서 헌병대장이 되신 걸로 기억이 돼요. 김 모 씨였는데, 오빠의 은혜를 잊지 않고 전후에 우리 집을 돌봐주시기도 했지요."

4

인터뷰를 청하자 선생은 "옛날이야기 물어보려고 하는 거 아니지요?" 하면서 난감해하셨다. 그 옛날이야기는 바로 당신이 지어미로서 지독하게 고생한 시절이다. 병든 남편을 수발든 이야기는 너무 알려져서 따로 다루지는 않겠다. 그런 지난한 생활에 필요한 것이 바로 돈이었고, 그 돈을 벌기 위해 노력한 이야기는 앞에서 잠시 했다. 그런데 이런 생활의 중심에 문학과 종교가 있다. 선생이 고른 시 '침묵피정'이라는 시에서도 짐작할 수 있듯이 선생은 독실한 가톨릭 신자이다.

"남편과 함께 영세를 받았어요. 저는 조금 남다른 종교체험을 했어요. 하지만 내 존재가 종교 안에 있기 때문에 시에 특별히 종교성을 부여하지는 않아요. 종교는 시와 같은 겁니다. 은유가 필요하지요. 예수가 하신 말씀, 복음들은 모두 비유와 은유로 이루어져 있지요. 나를 따르라, 무조건 믿어라 식의 직유는 피해야 한다고 봅니다. 그리고 무신론자보다 광신론 자들이 더 나쁘다는 생각이 드네요. 그것은 자신들이 믿는 신에게 폐를 끼치는 일입니다."

선생에게 시는 기도이고, 일기이고, 신에 대한 사랑이었다. 그 모든 것이 다 시에 녹아 있다. 한 편의 시를 읽으면 어떤 경우 한 인간이 고스란히 보인다.

신달자 선생은 시집을 비롯한 당신의 저서 외에도 명 강의로 독자들의 사랑을 받는다. 강연은 사람들에게 말을 해주는 일이다. 원고를 쓸 때처럼 퇴고도 할 수 없고, 집필을 할 때처럼 복장도 편하게 할 수 없다. 조심스럽고 단정해야 한다. 강연은 상당한 집중력과 에너지가 소모된다. 대학에서 학생을 가르치는 일도 역시 강의이다. 선생에게서 우선 강연을 할 때 어떤 마음이 드는지 궁금했다.

"일단 강단에 올라가서 거기에 앉아 있는 사람들의 표정을 보면, 아…, 이들에게 어떤 이야기를 해야 되겠다는 생각이 들어요. 학생들을 비롯해서 주부, 회사원, 기업체의 간부들까지 나의 강의를 듣는 사람은 매우 다양합니다. 그들의 표정과 하는 일에 따라 내용이 달라지는 거지요. 그들이 원하는 것이 바로 내가 원하는 것이 되어야 하는 거죠. 내가 신명이 나야 듣는 사람도 신명이 나는 겁니다."

시인 김용택 선생이 모 중학교 학생들을 대상으로 강연을 하다가 그냥 중간에 퇴장하셨다는 이야기를 들은 적이 있다. 학생들이 집중을 하지 않고, 잠을 자거나 스마트 폰을 들여다보거나 심지어 심하게 장난을 친 모양이다. 평생 아이들과 함께한 섬진강의 시인 김용택 선생은 그런 아이들의 모습을 견딜 수 없었을 것으로 짐작되었다. 그 학생들을 대상으로 나도 강연을 한 적이 있다.

선생님들은 나 역시 또 그럴까봐 노심초사했는데, 다행이 나는 그러지 않았다. 강연이라는 것이 청자와 화자가 신명이 나지 않으면 이상한 공기가 흐른다. 그 공기는 어느 순간 독가스처럼 사람을 질식시키기도 한다. 선생의 명 강연에게는 비법이 있었다.

"사람들이 말이지요…, 겉으로는 보이지 않는 그 무엇이 있어요. 누구나 거의 예외 없이 절실한 문제를 안고들 있어요. 그걸 내가 먼저 이야기하고 걷어내면 공감대가 형성됩니다. 귀가 열리는 거지요. 청중들의 귀가 열리면 내 입도 같이 열립니다."

"강연을 할 때 화법을 생각해야 합니다. 특히 여성들을 대상으로 할 때는 잘난 척을 하면 안 돼요. 고민을 듣고 싶으면 먼저 고민을 털어놔야 하는 거지요. 그러면 강단 아래에서 올려다보던 청중들이 아 저 사람도 나하고 비슷하구나 하는 생각을 하게 되고, 거리감이 사라지면서 서로 손을 잡는 겁니다. 똑같은 이야기도 어떤 사람이 어떻게 하느냐에 따라 달라요.

강의로 사람들과 소통하고 행복했지만, 약간의 부작용이 있었어요. 고통받는 사람들을 다 상대할 수는 없는 일인데, 많은 독자들이 나와 직접 이야기하기를 원해서 버겁기도 했어요.

혼자 있어야 될 시간을 견디기 위해선 우선,
자기가 제일 좋아하는 일을 찾는 것이 필요합니다.

핸드폰이 없던 시절에는 집으로 전화가 많이 왔어요. 전화를 해서 울면서 인생 상담을 하는 분들과 대화하느라 정신이 없었지요. 진짜 내 인생도 힘든데 말이지요. 하지만 이런 교감을 통해서 나는 독자의 마음을 알 수 있었던 것 같아요. 그 시절 내 책을 읽으면서 일종의 위안을 얻었던 거지요. 책에는 그런 힘이 있습니다."

선생에게 지금 이 시대를 살고 있는 여성의 삶에 대해 물었다. 우리 주위에도 화려하고 아름답고 행복해 보이는 여성들이 삼삼오오 모여서 차를 마시면서 여유로운 시간을 보내고 있었다.

"겉으로는 화려하지만, 내면은 빈곤하지요. 옛 시절에 비해서 여자들이 팔자 좋은 시절을 살고 있다고들 하지요. 남편에게 큰소리도 치고, 자기 계발도 하고, 육아 문제나 집안 문제에서도 비교적 자유롭지요. 조선시대 시집살이 삼 년이란 말과 비교해보면 외양은 말할 수 없이 행복해 보입니다. 하지만 그래서 복잡해지는 겁니다. 복잡해지니까 자기 정립이 잘 안 되는 거지요. 우울증이나 각종 일탈적인 행동은 이런 복잡한 감정에서 유발되는 부작용입니다."

여성의 삶이 전에 비해서 아무리 좋아보여도, 가정을 중심으로 움직이다 보면 획일적인 삶과 직면하게 된다. 이런 경우에 여성은 어떻게 행동하는 것이 좋은가? 신달자 선생은 오랜 강연과 많은 여성들과의 대화를 통하여 이러한 결론을 내린다.

"가장 중요한 건 '자기 인생을 생각'하는 겁니다. 내가 누구라는 것이 잘 드러나는 시대잖아요. 결혼하고 시집살이하고 애 낳고, 애 돌보고, 시집장가 보내고, 늙어 부부가 해로한다, 이런 시절이 아닙니다. 요즘 여성은 비슷한 삶이 없어요. 돈 버는 여자, 날씬한 여자, 지적인 여자, 정치하는 여자. 하여간 각양각색입니다. 그런데 이런 것을 보면서 한 여자의 속이 비어갑니다. 개개인의 갈등이 깊어지는 거지요. 저들에 비해서 나는 이것도 저것도 아닌, 어중간한 삶을 산다고 느끼는 여성들은 박탈감이 심해져요. 잘난 여자들이 등장하니까, 나는 뭔가, 나는 지금 뭘 하고 있나, 하는 거지요."

결국 여성 문제도 인간의 근본 문제인 '하우 투 리브'로 귀착된다.

"지금 너는 뭘 하고 있니, 이런 근본적인 질문을 자신에게 합니다. 지금 여성들은 통계를 보면 하루에 3시간에서 5시간 정도 가사노동을 합니다. 만약에 여성이 오십 살이라면 백세 시대가 도래한다고 하니까, 오십 년이 남았습니다. 이 오십 년, 지난 시절의 오십 년과는 다릅니다. 내가 혼자 써야 하는 시간이 많다는 거지요. 혼자 있어야 될 시간을 견디기 위해선 우선, 자기가 제일 좋아하는 일을 찾는 것이 필요합니다. 고급스럽게 남에게 보여주기 위한 과시용의 일이 아니라, 작고 초라해도 내가 좋아하는 일 말이지요. 이걸 알아야 합니다. 남이 좋아하는 거 말고요, 한 달에 10만 원을 벌더라도 봉사를 한다는 심경으로 좋아하는 일을 해야 합니다. 매우 중요한 겁니다.

여성들은 친구들 모임에 다녀와서도 스트레스나 마음의 앙금이 남는 경우가 많아요. 서로 비교하니까요. 그런 생각을 떨쳐버리고 자기 인생을 생각하는 사람이 건강하고 밝게 살 수 있어요."

자기 인생을 살기 위한 지침서가 필요하다.

"마음속에 '혼자 해라'를 두어야 합니다. 이것은 능력입니다. 많은 여자들이 집단적으로 움직이려 하지요. 극장에 가도, 식당에 가도 우르르 가지 말라는 말이지요. 혼자 있고, 어울리지 않으면 불안해들 합니다. 이런 상태에서 벗어나기 위해 산책을 하더라도 우선 혼자 하는 연습을 해야 합니다. 그리고 집에서 말을 많이 하라고 권하고 싶어요. 밖에서 말을 많이 하는 개그맨들은 집에 가서는 침묵한다고 하지요. 밖에서 기운을 다 쓰고 들어오니까 말입니다. 친구들과 어울려 수다를 떨고 들어와 집안에서는 아무 말도 안 하면 불편해집니다. 집 안에서 말이 필요한 겁니다. 특이 아이가 성장하면 부부 사이에 말이 없어집니다. 집안이 적막강산이에요. 부부가 서로 도와줘야 됩니다. 주부 스트레스의 89%가 아이들입니다. 아이들이 성장하면 집 안이 비는데요, 그걸 경계해야 합니다. 우리나라의 국민성은 내성적인 것 같아요. 내적으로 생각이 깊으니 창의성이 강하지만, 이걸 발전적으로 바꿀 필요가 있어요."

이러한 선생의 말씀은 최근의 저서 《여성을 위한 인생 10강》에 잘 정리되어 있다. 선생이 이야기하는 10가지의 인생 지혜를 소개한다.


1강 : 열 번의 실패도 인생에선 작은 숫자다.

2강 : 척박한 땅에서 핀 꽃이 더 향기가 짙다.

3강 : 물은 1도만 모자라도 끓지 않는다.

4강 : 늙는 것이 아니라 성장하는 것이다.

5강 : 행복은 여자가 창조하는 신화다.

6강 : 여자가 웃으면 세상도 웃는다.

7강 : 마음속 자궁으로 남자를 품으라.

8강 : 하루에 한 시간, 인생이 달라진다.

9강 : 일어나라, 하고 싶은 일도 일어날 것이다.

10강 : 그대의 꿈은 지금 이루어지고 있다.


신달자 선생이 이 땅에 살고 있는 여성들에게 보내는 다감한 메시지이다. 여기에는 선생의 인생이 스며 있다. 이 중에서 나는 '늙는 것이 아니라 성장하는 것이다'에 밑줄을 그었다. 이 말처럼 노령화 사회에 필요한 잠언이 또 있을까.

늙으면 추레해지고 약해진다. 이런 육체적 결함을 넘어서는 방법은 인문적으로 성숙해지는 것이 아닐까 싶다. 옛 시절처럼 이 디지털 문명 시대에 경로사상을 주입할 수는 없는 일이다.

하지만 사람이 지혜롭게 늙으면 도서관이 된다. 그 도서관에서 젊은이들이 쉴 수 있는 그런 노인이 되어간다면, 늙어가는 지금의 이 시간도 즐거운 한 과정일수도 있다는 생각이 들었다. 여성을 위한 인생 특강이지만, 조금 생각해보면 사람을 위한 선생의 지혜로운 이야기다. 이런 이야기를 할 수 있기까지 선생이 걸어온 길은 지난했다.

산의 한 고개를 넘어선 사람에게 보이는 풍경이 있다. 계곡에서 볼 수 없는 것을 언덕에서는 보는 법. 신달자 선생의 마음의 풍경에는 높은 산의 정상에서 볼 수 있는 세상이 있다. 그 세상을 조금의 시간으로 다 알 수는 없는 일. 나뭇잎 같은 몇 마디의 말씀이 고마웠다. 바람이 불고 해가 지고 있다.

일산에서 강남까지 꾸역꾸역 찾아온 후배에게 따듯한 밥 한 그릇 먹이고 싶다며 근처의 식당으로 나를 이끄셨다. 그날 입맛을 잃어 한 끼도 못하셔서 기운이 없으신데, 장시간 인터뷰를 하느라 죄송한 마음이 들었다. 다행히 이런저런 이야기를 나누다보니 선생도 기분이 조금 밝아지신 느낌이 들어 안도했다. 선생과 근처의 식당으로 가서 복탕을 먹었다. 복지리탕의 맑은 국물을 하얀 쌀밥을 넣어 조금씩 드신다. 복의 살덩어리는 모조리 건져 나에게 주신다. 나는 그 복어를 맛있게 먹었다.

"지난겨울에 넘어져서 깁스를 하고 지낸 적이 있어요. 뼈가 부러져 깁스를 하고 지내면서도 이런 생각을 했어요. 사람들이 이런 환부를 가지고 있구나. 보이지 않는 골절을 당한 사람들, 사람들은 아픔을 많이 숨기고들 살아요. 그런데 나는 너무나 솔직하게 사는구나 싶어요."

그것이 선생의 문학의 핵심이 아닐까, 문학은 결국 자신의 이야기를 은유하는 것이 아닐까, 싶었다. 삼성동 광장으로 나왔다. 수많은 젊은이들이 건강하게 지나간다. 여름이 가까워지니 젊고 건강하고 싱싱한 기운들이 몰려다닌다. 버스 정류장으로 걸어가면서 선생이 말했다.

"인생은 재미있을 때가 있어요. 뭘 해도 말이지요. 소녀들은 사소한 일에도 비눗방울처럼 웃음을 터트리잖아요. 그냥 저렇게 걸어 다녀도 참 예

226

뻐요. 저들에게는 재미있는 걸 찾아가는 게 아니라, 재미가 저절로 찾아오지요.…, 그런데 말이지요. 지금은 나는 어디 가도 재미가 없어요…."

삼성역에서 전철을 타고 일산으로 돌아오면서 선생을 생각하니 재미있게 살고 싶어졌다. 내일은 친구와 재미있는 공연이라도 봐야겠다 싶었다.

# 이윤택

변방의 북소리를 울리는 예술계의 추장

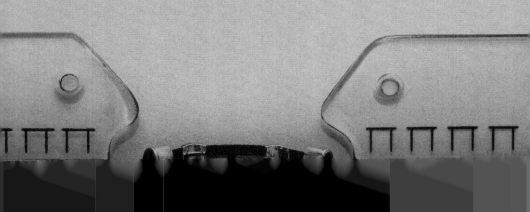

'위대한 개인주의'로 산다는 것

인간은 별 볼일 없이 태어났어도,
별 보는 사람이 되는 거다.

1

"인간은 별 볼일 없이 태어났어도, 별 보는 사람이 되는 거다."

그날 나는 북소리를 들었다. '구라'의 북소리, 직언, 쾌도난마, 서정, 질타, 중앙을 무너뜨리는 변방에서 들려오는 구라의 북소리가 나를 황홀하게 했다. 혜화동 게릴라 소극장으로 내려가는 언덕길에 잠시 멈춰 서서 하늘을 올려다본다. 저 하늘엔 구름이 지나고, 무더운 날씨는 곧 내릴 비를 예감한다.

너무 더운가, 힘들고 고달픈가, 기뻐하라. 그것은 이미 비와 바람을 준비하고 있는 하늘의 마음이다. 조금만 더 견디자. 이 시대의 전투에서 부상당한 아픈 몸을 이끌고 이 시대의 추장에게 다가간다. 추장이 하늘과 땅의 신에게 기도를 해서 내 몸의 병을 치유해준다. 나는 지금 샤먼의 들판에 머물고 있다.

연극인 이윤택연희단거리패 예술감독을 이 시대의 '문화 게릴라'라고들 하지만, 그는 인디언 추장이다. 인생 육십에 도달한 이윤택은 이제 더 이상 그런 설명으로는 부족하다. 그런 수사는 젊은 이윤택에게 어울린다. 그럼 뭔가? 그 인간을 알고 싶었다. 구라는 그 인생의 뼈다. 그 뼈다귀를 만지면서 이 어지러운 시대의 뒤틀린 골격을 짐작할 수 있으리라.

인연은 연극 〈궁리〉에서 다시 시작되었다. 적어도 이십 년 이전에 나는 이윤택 시인과 시인으로 만났다. 그 세월이 지나고 20세기가 지나고, 21세기가 되었다. 그는 무슨 이유로 십 년 만에 연극을 쓰고 연출한 것일까? 연극 〈궁리〉는 세종과 장영실의 관계를 이야기한다. 연극인 이윤택은 요즘 뭘 궁리하고 있는가?

"연극 〈궁리〉를 궁리하고 있지요, 배경 설명을 좀 하자면, 장영실에 대한 소설을 먼저 썼어요. 장영실 특별전을 보는데 뭔가 꽂히는 게 있더라고. 소설은 하루에 백 매씩 팔 일 만에 써버렸어. 초고를 그렇게 벼락같이 쓰고 퇴고하면서 지금은 국제신문에 연재하고 있지."

장영실의 사유 세계에 대한 이야기인가?

"원 형도 아시다시피, 80년대는 인문학적인 사유와 시대 담론이랄까, 세상에 대한 사유가 공존하고 있었어요. 살 만했지. 비교적 상대가 있어서 주먹 날리기도 좋고 말이야. 그런데 90년대에 들어서면서 저항적인 담론이 슬슬 사라지더니 구렁이 담 넘어가듯 21세기가 도래했네? 우리 세대는 21세기에 대한, 정보화 사회에 대한 준비가 안 되어 있었던 거지요. 그래서 이 시대는 불우한 거지요.

인터넷은 적어도 나에겐 환상입니다. 골방이나 광장이 사라지고, 사각형의 화면 안에 사적인 담론 매체인 인터넷이 자리 잡자, 세상의 중심이 없어지고…, 여러 사람들이 마구 떠들어대니까 말 그대로 중구난방인 겁니다."

그렇다. 여러 사람의 입을 막기는 어려운, 이 시대는 '중구난방'의 시대다. 중구난방은 《십팔사략》에 나오는 고사성어다. 소공이 주 여왕의 탄압 정책에 반대하여 이런 말을 했다.

"백성의 입을 막는 것은 개천을 막는 것보다 어렵습니다. 개천이 막혔다가 터지면 사람이 많이 상하게 되는데, 백성들 역시 이와 같습니다. 그러므로 내를 막는 사람은 물이 흘러내리도록 해야 하고, 백성을 다스리는 사람은 그들이 생각하는 대로 말하게 해야 합니다."

그러나 여왕은 소공의 이 같은 충언을 따르지 않았다. 결국 백성들은 난을 일으켰고, 주 여왕은 도망하여 평생을 갇혀 살게 되었다.

《사기열전》〈노중련, 추양열전〉에 나오는 한 대목을 보자.

"옛날 노나라에서는 계손의 말을 듣고 공자를 내쫓았고, 송나라는 자한의 계책만 믿고 묵적을 가두었습니다. 공자와 묵적의 말재주로도 참소와 아첨하는 사람들의 피해에서 벗어나지 못했고, 노나라와 송나라는 위태롭게 되었습니다. 여러 사람의 입은 무쇠라도 녹일 수 있고, 헐뜯는 말이 쌓이고 쌓이면 뼈라도 녹일 수 있기 때문입니다."

고사성어의 의미는 권력으로 백성들의 입을 막을 수 없다는 것이지만, 그것은 정책과 정치에 관한 것이다. 정책과 정치가 사라진 시대의 중구난방은 이윤택의 표현대로 세상의 중심이 사라진 시대다. 중심이 없이 세상 사람 모두가 각자의 골방에 앉아서 마이크에 대고 떠들어댄다는 거다. 마이크에 대고 막 쏘다 보면, 사적으로 고립되고 시대 중심의 담론이 이어지지 못한다. 중국 고사의 의미와는 다른 의미를 가진다.

"이 시대가 불운합니다. 혼란스럽기도 하고요. 저항 담론이 제도권으로 들어오면서 잃어버린 게 많아요. 진보가 진보적이지 못하고 방어적 수준으로 전락합니다. 지금의 진보는 정파적인 진보이어서 시민들에게 소외당합니다. 소외는 단절을 불러오지요. 하지만 이건 뭐, 그리 특별한 일이 아닙니다. 셰익스피어 시대에 셰익스피어도 젊은 세대였고 진보적이었어요. 중심을 허물어뜨리려는 젊은 변방이었지요. 시대마다 세대 간에 소통의 방식이 다른 겁니다. 세종 시대에 장영실 역시 왕과 노비, 정치와 문화 등등의 이유로 소통이 불통이었지요.

21세기…, 이 기이한 세상에 정치적인 방향성도 사라지고, 문화적인 실험의식도 실종되었어요. 하드웨어는 엄청 발달했는데, 콘텐츠나 소프트웨어가 비어 있어요. 기이하지요. 결론적으로 우리나라는 상체가 엄청 발달한 격투기 선수처럼 공격적으로 발전했는데, 하체인 정치 문화적인 기반이 빈약했지요. 중심을 못 잡고 뒤뚱거리는 겁니다. 다만 시장만 풍요로운 세상입니다."

20세기가 좋다는 이야기인가? 그렇다. 이윤택은 20세기인으로 살겠다고 한다. 그가 고향인 밀양으로 내려간 날도 연극의 마지막 장처럼 딱 떨어진다. 그는 1999년 12월 밀양으로 내려갔다.

"새로운 것은 젊은이들의 몫인 거지요. 나는 21세기의 첫날에 20세기의 마지막 자리에서 머물렀어요. 고향은 그런 나를 품어주고요. 거기에서

70년대부터 그때까지 작업한 것을 글쎄… 뭐랄까 관리하고 기록한 거지요. 그 후 10년 만에 다시 글 쓰고 연출합니다."

20세기인의 눈과 마음으로 21세기를 보니까 어떤가 싶었다.

"벌써 10년이 더 지났는데도 시대에 어울리는 사회의식 형성이 안 됐어요. 시대의 주체도 모르겠고. 이런 상태가 장기화되고 있어요. 새로운 시대에 맞는 시대 담론이 형성되어 저항과 긴장감이 있었으면 좋겠어요. 바다에서 막 잡아 올린 펄떡이는 물고기처럼 말이지요. 어부가 살아 있는 이유는 물고기가 있기 때문이지요. 어부는 힘이 넘치고 배는 항공모함인데, 바다에 물고기가 없어요. 이런 사유에서 나는 〈궁리〉를 쓰게 됩니다. 결국 관계에 대한 서사입니다.

세종과 장영실은 극단적인 신분 차이에서 시작해 국가주의자와 전문가, 중앙과 지역, 중심과 변방이라는 위치에 있어요. 이런 상황에서 어떤 관계가 형성되는가. 이것을 지금 이 시대의 담론으로 들고 나온 겁니다."

자신의 온 재능과 열정과 사랑을 다 바쳤던 별 같은 존재인 주군 세종에게 내침을 당한 장영실, 위자료 한 푼 챙기지 못하고 소박맞은 여인 같은 꼴로 망연자실하는 장영실. 그는 세상의 중앙인 궁에서 밀려나자 서쪽에 있는 집으로 가지 않고 '북문'으로 가자고 한다. 북문은 인왕산 쪽으로 호랑이가 사는 별천지의 세상이자, 죄인들을 참수하는 죽음의 공간이다. 그곳은 산 자의 땅도 죽은 자의 땅도 아닌 애매모호한 공간. 장영실의 선택은 시대에 대한 '저항'이었다. 그 시대의 저항은 모든 억눌린 자들의 담론이 된다.

'시대의 사유' 세종과 '저항의 담론' 장영실이 충돌한다. 이 충돌은 파멸

만을 의미하지는 않는다. 지구에 다가오는 행성이 종말론을 야기하는 담론이 아닌 것이다. 인간과 인간의 관계, 시대와 정신의 관계에 대한 이야기다. 이미 이윤택은 연산군을 통하여 가여운 시인으로서의 연산군을 연출한 바 있다. 천하의 폭군 연산군에서 그는 인간을 보았다. 시인은 인간의 그늘을 본다. 시인의 눈은 임진왜란의 아수라장에 서 있는 이순신 장군의 고독을 본다. 민족 성웅의 업적은 역사학자의 몫으로 남겨둔다. 김훈의 소설 《칼의 노래》는 고독한 장군 이순신의 이면을 쓴 것이다. 그래서인지 《칼의 노래》 일본어판은 제목을 《고독한 장군孤將》이라고 붙였다. 세종역시 휘황찬란한 후광 뒤에 숨어 있는 인간 세종, 뚱뚱하고 병치레가 잦고 날마다 영민한 신하들과 정치적인 기를 겨루는 세종이 있다. 시인은 그에게서 개인을 파괴하는 정치권력의 폭력을 본다. 그 대상이 바로 천민 장영실이다.

장영실은 변방의 호랑이 이윤택의 손에 의해 재탄생한다. 그가 천민 출신으로 입신출세를 하고, 위대한 과학적 업적으로 조선의 위상을 한 단계 올려놓은 빛의 존재라면, 그 빛의 뒤로 드리워진 그림자를 이윤택은 시인의 눈으로 살피고 소설을 썼다.

이 서사는 지금 이 시대를 살고 있는 고독한 인간의 이야기이기도 하다. 21세기의 동숭동 거리, 종로 거리, 광화문 거리, 전국 방방곡곡에 장영실이 걸어 다니고 있다.

"오랜 시간이 걸려 살아온 지난 세월들, 70년대부터 90년대 말까지의 그 삶을, 21세기가 시작되는 시점에 나 스스로를 성 밖으로 유배한 거지요. 그 세월을 지나고 보니 새로운 밀레니엄으로 설레발을 치던 모든 것들은 어디론가 사라지고, 여전히 세상은 방향을 잡지 못하고 있어요. 즉 상위 1%를 향한 무한경쟁, 소통 대화 불능의 시대를 한탄만 하고 있다면 이런 말을 할 필요도 없지요. 그냥 시골에서 살면 돼요. 그런데 뭔가 이런 시대에 대한 재건설이 필요한 것이 아닌가요? 이젠 지난 시절의 해체니 뭐니 하는 담론들도 소용이 없어요. 이미 다 해체가 되었기 때문이죠."

그렇다면 지금 필요한 것은 무엇인가?

"위대한 개인주의입니다."

촌철살인의 한마디. 나는 완전히 그의 의견에 공감한다. 뭔가 부족하고 주눅 드는 이 시대의 나는 음악도 '판'과 '시디'로 들을 것이다. 수십 년 전에 출판된 세로쓰기의 촘촘한 책을 읽을 것이다. 기계문명에 대한 비판도 계속한다. 인간이 죽어나가고 있는 지옥문을 통과해간다. 다만, 내가 그 지옥문이 안 되기 위해 살 따름이다.

개인의 주체성이 귀중하게 대두되어야 한다는 거다. 지나친 국가주의에 대한 안티테제로서의 위대한 개인주의를 이윤택은 이야기한다. 비대한 국가의 지방질을 빼고 국가의 권력을 줄이고, 대기업 위주의 사고방식에서 벗어나야 한다. 이것은 청춘실업 시대의 젊은이들에게 유효하다. 앞집 옆집에 백수가 살고 있는 이 시대, 이윤택은 청춘에게 외친다.

"당당한 백수가 되어라."

백수생활의 위기를 세상을 보는 기회로 잡으라는 조언이다. 백수 생활은 인생의 한 시기다. 준비 단계이고 도약 단계라는 긍정적인 사고의 전환을 이야기한다. 백수는 비교적 넓게 세상을 볼 수 있다. 놀고 있는 눈으로 환하게 세상을 본다. 기업이라는 울타리에서 벗어나 그 세상에서 내가 어떻게 살아갈 것인가를 고민한다. 나와 세상의 합일이 되는 순간을 포착하라. 백수는 자유로운 선택의 기간이다. 세상을 보는 역발상을 이윤택은 이야기한다.

"나의 이 말에 청년들이 공감했어요. 산악인 엄홍길 씨와 부산에서 '청춘 토크쇼'라는 프로그램에서 한 말입니다. 조직이나 정파에 의해 선택당하고, 조직의 우산 아래에서는 젊은이들이 학벌과 지방색으로 눈이 어두워져버립니다. 다 아는 이야기지요. 이런 집단주의가 사라져야 한다는 거지요. 그런 시기에 백수 청년들이 준비하는 겁니다. 요즘은 신문도 인터넷으로 검색들을 하지요. 이제는 어느 한 세대가 사회를 조절, 통제할 수 없어요. 개인의 주체성이 강화되어야 사회와의 관계에서 순기능이 발생하는 겁니다. 이런 관계를 통해서 이기적인 사회가 아닌, 서로의 관계에서 존중하는 관계망이 형성되고 거기에서 위대한 개인주의가 탄생합니다."

동숭동의 좋은 햇살을 받으면서 서로 이야기를 나누다가 올해가 나의 첫 생일이라는 소리를 들었다. 60번의 생일을 거친 사람이 한 이 말이 무슨 소리인가 싶었다.

"내 나이 올해 환갑입니다. 윤달에 태어나 60년 만에 생일이 돌아온 겁니다. 나이가 주는 생일상을 받고, 곰곰이 생각했지요. 내 삶을 반추해보니, 이런 생각이 듭디다. 지금까지 내가 살아온 길은 '지금 내가 어떤 길을 가야 하느냐'에 따라 결정된다. 이 지점에서 삶의 행로를 정지하거나 왜 곡하면 인격적인 죽음이다. 나이 먹은 사람들이 해야 할 일이 있지요. 세상에 대한 전체적인 통찰력을 가지고 문제 제기를 하는 겁니다. 이런 일은 특정 정파에 속하면 할 수가 없어요. 자유의지를 가진 무소속의 인간, 비소유의 입장에서만 할 수 있는 겁니다."

현재 이윤택 씨가 둥지를 틀고 있는 밀양연극촌, 행정 주소가 김해시 생림면 도요리다. 아름다운 강변마을이다. 모두 50여 가구가 모여 있고 시인 최영철 씨는 이곳에서 〈웹진 도요〉를 운영한다.

이 웹진을 보면 시인 최영철의 맛있는 책읽기를 비롯해서 읽을거리가 많다. 이윤택은 실험 공연을 하면서 후진을 양성하는 일에 힘을 쏟고 있다. 밀양연극촌은 중앙과 변방을 연결시켜주는 공간인 셈이다. 밀양연극촌과 더불어 서울 게릴라소극장, 부산 가막골소극장이 이윤택의 활동 무대다. 문화 게릴라로 살다가 이제는 환갑의 나이에 자타가 공인하는 우리 연극의 중심에 있다. 그의 커리어는 이제 더 이상 변방이라 할 수 없다. 그런데 그와 이야기를 나누면 왠지 쓸쓸한 변방의 바람이 느껴진다. 이것은 무엇일까? 그의 쓸쓸한 표정은 무엇인가?

3

사람의 어린 시절을 더듬어보면 그의 현재를 알 수 있는 열쇠가 숨겨져 있다. 그는 항상 세상을 낯설게 본다고 했다. 항상 변방에서 세상을 바라보는 낯선 풍경, 주류에 섞이지 않고 한 발 떨어져 있는 고독. 그것을 그는 느낀다고 했다.

그는 3대 독자로 태어났다. 누님 한 분이 있었는데 일찍 시집을 가서 집에 혼자 있는 시간이 많았다고 했다.

"아버지는 난봉꾼이어서 항상 집을 비우셨고, 어머니가 살림을 도맡아 하셨는데, 보따리 장사 같은 거지요. 외가 8남매 중에서 어린 시절에는 제법 총명해서 외할머니 사랑을 많이 받았어요.

외할머니가 시골 '약사무당'이었어요. 신당에 거처하는 무당처럼 굿은 안 하고 집안일을 하면서 사시는 마을의 큰어머니 같은 분이었지요. 민간 요법으로 아픈 사람들 치료도 하고 말이지요. 어릴 때 그분이 말하시길, 큰형님은 장원급제를 할 팔자라고 했어요. 그 형은 법대에 가서 판검사 됐어요. 그리고 나는 이율곡이 보인다고 했어요. 학자의 운을 타고났다는 겁니다. 지금 생각해보면 어린 시절부터 할머니는 나에게 선비 대접을 하셨어요. 어린아이인데도 하대를 하지 않고 선비를 대하듯 존중하셨어요. 마을에서 존경받는 할머니에게 그런 대접을 받은 사람은 많은 형제들 중에서 내가 유일했지요. 할머니는 어머니에게 나에게는 고기를 먹이지 말고, 콩나물도 좋은 놈으로 골라 먹이라고 했어요. 어머니는 저를 위해 이사를 많이 다녔지요. 맹모삼천지교의 마음이었지요. 외할머니와 어머니 두 분이 나를 선민으로 키웠습니다. 그런데 성장해서 세상에 나와 보니 내 모습이…, 사람들과 어울리질 못했지요. 현실의 나와 내가 꿈꾸던 내가 서로 괴리된 상태로 계속 성장했습니다. 그래서인지 저는…."

이윤택은 잠시 쉬면서 담배를 찾았다. 나도 담배를 찾았다. 조금 전 게릴라소극장에서 봤던 이윤택이 아니라, 잠시 옛 시절로 돌아가는 모습이었다. 작고 찢어진 눈, 날카로운 매의 눈을 한 이윤택의 눈망울이 잠시 더 넓어진다. 대낮인데 달이나 구름이 담겨진 것 같다.

"저는 우정이나 사랑이 변하는구나. 이거 현실성이 없는 거구나,라고 생각합니다. 다 그런 게 아닌가 싶네요. 허허."

상처는 결국 우정이나 사랑이 변치 않을 거라고 믿는 순간 생긴다. 우정도 사랑도 다 그때 이야기다. 그래서 좋은 친구 하나가 인생에 있다면, 절절한 사랑 한 번 찾아왔다면 성공한 인생이라고들 한다. 맞는 말이다. 살아보니 알겠다.

더 살아보면 더 잘 알겠지 싶었다. 고대 중국의 후한시대 광무제의 신하 송홍이 '빈천지교 불가망, 조강지처 불하당貧賤之交不可忘, 糟糠之妻不下堂'이라고 주군에게 직언했던 시대가 차라리 미래의 어느 시점이 아닌가 싶은 시절이다. 가난한 시절에 만난 친구를 잊지 않는다. 가난한 청춘 시절에 만나서 우정을 나누었던 친구들, 그 많은 인연은 다 어디로 가버린 것인가. 다 내 탓이다 싶다. 누굴 원망하겠는가.

특히 여성과의 관계에서 여러 가지 생각을 했다고 한다. 혹시 이것은 그의 화려한 여성 편력의 은유가 아닌가 싶기도 하다. 물론 확인된 바는 없지만, 왠지 주위에 여성이 많을 것 같다는 생각이 든다. 멋진 사내에게 드는 수컷으로서의 질투이리라.

"여성과는 의식의 연대가 불가능하구나 하는 생각도 했어요. 여성들의 감성과 관능이 이성적 판단을 흐리게 하는 것이지요. 남성과 여성은 결국 대화가 힘들어요. 연애도 그렇고. 그런 마음으로 시를 쓰기 시작합니다. 젊은 시절 사람 관계에서 기인하는 외로움이 나를 골방으로 몰아넣었고, 그 골방에서 나는 세상을 만나는 방법을 터득하기 시작합니다."

시인으로서 습작을 할 때, 우선 남의 시를 보지 않았다고 한다. 문예반에 들어가 소월 시나 백석 시를 외우고 비슷하게 써보고, 이런저런 이론을 읽어야 하는 그런 과정을 건너뛰어 버렸다. 대신 음악, 그림, 영화, 시장통과 거리를 들개처럼 쏘다니면서 '나만의 시'를 쓰고 싶었다고 한다. 더불어 신문사에서 일을 하면서 살았다. 그의 첫 시집 제목은 《시민》이다. 당시 문단에 큰 화제를 불러 모았던 독특한 시 세계로, 게릴라로서의 면모가 부각된다.

"원 형도 아시다시피, 당시 나는 민중시도, 시 운동으로 대표되는 순수시도 아니었지요. 나는 별 볼일 없이 살아가는 사람들의 문학, 그런 사람들의 문학을 했어요. 예를 들어볼까요? 민중시를 보면 여공이나 창녀들을 가엾게 봅니다. 그런데 실제 그들을 보면 그리 슬퍼하지 않아요. 오히려 내가 위안을 받습니다. 다른 또래의 여성들처럼 도시락 들고 버스를 타는, 까르르 웃으면서 화장에 신경 쓰는 그런 시민이에요. 나는 이 편도 아니고 저 편도 아닌, 내 편이지요. 나는 그런 사람이었어요. 그래서 회색분자라고들 하는데, 그래요 '난 당당한 회색분자다'라면서 다녔어요. 머리카락도 지금은 백발도 흑발도 아닌 흑백이 적당히 섞인 회색이잖아. 하하."

그러다가 80년대가 간다. 억압이 풀리고 민주화시대가 되면서 더 불우했다고 한다. 적이 사라진 시대이기 때문에. 이윤택은 1986년 시인의 몸으로 연극에 투신한다. 깨진 항아리를 연못에 던지는 영화의 한 장면처럼, 연극계에서 그는 게릴라의 면모를 더 확실하게 부각시킨다.

"내가 부산에서 가막골소극장으로 연극을 시작했던 86년부터 98년까지 수많은 작품을 올렸지만, 티브이 드라마도 하고 하여간 좌충우돌 많은 일을 했어요. 그 와중에 연극과 관련된 협회에 가입하지 않았어요. 무소속으로 버틴 거지. 그러다가 참여정부 시절에 국립극단 예술감독 하면서 가입하기는 하지요. 당시 국립극장장인 김명곤 씨의 권유로 공직에 근무하게 된 거지요. 그때 뭔가 바꿔보려고 했는데 잘 안 됩디다. 그래서 2년 하고 관두었지요. 안 되면 안 되는 거지. 나는 당당한 회색분자로 버티고 살아온 겁니다. 그런 나를 어느 누구도 비난하지 않았어요. 대신 '이윤택은 우군도 적군도 없다'고들 했지요. 이런 나의 태도는 시인 이형기 선생의 영향 때문입니다."

이형기 시인의 '시인은 1인 1당의 당수다. 당원이 되면 안 된다'는 유명한 잠언이다. 이것이 바로 별 볼일 없는 사람이 '별 보는 사람'으로 자각하는 순간이다. '별'이 볼일에 가서 붙으면 관형사가 되지만 '별'이 되는 순간 명사로 독립한다. 단독자로 재탄생한다. 이 언어의 의미가 인간을 생각하게 한다. 이윤택은 강조한다.

"인간은 별 볼일 없이 태어났어도, 별 보는 사람이 되는 거다."

개인이, 시민이 자신의 별을 보는 순간, 개인의 주체성이 도드라진다. 그의 우렁찬 함성 소리와 같은 말을 들으면서 나는 '별을 보는 인간의 눈동자는 이미 별이다'라고 속으로 되뇌었다. 어린 왕자가 지나가고, 카프카가 배회하고 있었다. 의식이 부풀어 오르면서 참으로 오랜만에 나도 한때 시인이었지,라는 생각을 했다. 좋은 구라는 그런 거. 그렇게 인간을 인간으로 보게 하는 촌철살인의 한 순간이자 스승의 죽비다. 딱, 내 어깨를 내리치는 구라. 이 말이 그날 최고의 구라였다.

"나는…, 명성이나 물질 권력에 연연하지만은 않았어요. 나는 원래 세상 속에서는 별 볼일 없는 사람이에요. 학교 다닐 때도 반장은 한 번도 해본 적이 없어요. 공부도 잘하는 아이가 아니었지요. 그런데 나의 장점은 여기에서 와요. 이것이 무서운 겁니다. '너 별 볼일 없잖아'라는 말을 듣는 순간 나에게 무서운 저항의식이 생겨요. 이게 나의 힘입니다. 권력이고, 명예이지요. 정치 경제적인 명성이나 권력으로 남에게 군림하는 게 아니라, 저항하면서 게릴라처럼 치고 들어가는 겁니다. 주변부에서 출발해서 중심으로 갑니다. 칭기즈칸이 세상의 성을 허물어버리듯, 노마드 정신으로 대지를 질주하는 거지요. 성을 쌓은 자들이 안주하고 있을 때 나는 길 없는 길이랄까, 나만의 방식으로 걸어갑니다. 지나고 보니 그게 나의 길이었어요. 정형화되지 않는 나의 길 말입니다."

이런 태도는 기존의 고정관념을 향해 있는 창, 방패를 들고 안주하는 자들의 성을 공격하는 게릴라 전법이다. 고 기형도 기자가 그의 시를 평하면서 '문학 무정부주의자'라고 언급했다. 연극판에서는 그의 이 무정부주의가 더욱 강렬해진다. 그는 유인촌이 열연한 〈연산군〉에서 폭군이 아닌 시를 잘 쓰는 인간으로서의 연산을 그렸다. 〈궁리〉속의 세종도 마찬가지다. 여기서 세종은 마키아벨리 《군주론》의 정치인상, 즉 국가를 위해서는 잔인하고 사악한 임금으로 그려진다. 세종은 당시 명나라와의 관계 등을 고려해 끝내 장영실을 내친다. 연극에서 그의 아내가 하는 말, "이 더러븐 세상 퍼뜩 매맞아주고 가입시더"는 모든 별 볼일 없는 사람들의 한탄이다.

이
윤
택

이러한 그의 관점은 이순신 장군에게도 적용된다. 이순신 역시 겁이 많고 질투하는 인간이다. 인간의 관점으로 볼 때 모든 성은 허물어지고 새로운 대지가 열린다. 문학과 연극은 이런 일을 하는 작업이다. 세종에 대해서는 독한 말을 덧붙인다.

"세종이 한글을 창제했지만, 한글이 없다고 시가 없어집니까?"

그의 이러한 기질은 어린 시절에서 연유한다. 앞에서 언급했듯, 외할머니는 약사무당이다. 어머니 역시 그런 기질을 타고났다. 아버지는 머무르지 않는 난봉꾼, 바람이다. 노마드다. 그의 몸에는 샤먼의 피가 흐른다. 그래서인지 말소리가 하늘을 울리는 북소리 같다.

"굿만 안 했지, 난 무당이에요. 시인과 연극인의 길은 세상에 낯선 인간의 길이었지요. 무당이라는 존재는 일상으로부터 거리를 두고, 하늘과 땅을 연결시켜주는 인간이지요. 우주순행, 하늘의 원리를 땅으로 끌고 내려와 삶의 수레바퀴를 돌리는 존재입니다. 기형도 기자가 이야기한 무정부주의와 샤먼의 길은, 왜 내가 세상을 낯설게 볼까에 대한 대답이기도 하지요."

만약에 반백의 머리카락을 길게 기른다면 그는 몽골이나 아메리카 인디언의 추장의 모습이다. 검게 그을린 피부, 강퍅해 보이는 뺨, 작고 찢어진 날카로운 매의 눈을 가진 그는 잠시 전통의상을 입고 지팡이를 들고 있는 추장의 모습처럼 보이기도 했다.

이윤택은 국회의원 문재인과 경남고등학교 시절 같은 반이었다. 문화인물로 유인촌, 손숙, 김명곤, 이창동 등 정치인들과의 관계도 유연하다. 정치인 문재인의 학생 시절이 궁금했다.

"건축가 승효상 씨가 같은 반이었는데, 어떤 글에서 문재인과 내 이야

기를 했어요. 문재인 씨는 나와는 완전히 다른 학생이었지. 동선이 달랐어
요. 그는 모범생이자 우등생이었고, 나는 매일 지각이나 하는 그런 학생이
었지. 솔직히 그때는 문재인이 나중에 뭐가 될지 걱정이었어. 내 입장에서
는 너무 공부만 하는 학생이었으니까. 순도 100%의 청렴한 인간이고, 나
야 얄개처럼 돌아다니면서 서로 대화가 될 수 없는 그런 사이지요. 건축가
승효상 씨는 아이디어가 참 많은 사람이었어요.

나중에 문재인 씨가 고 노무현 씨와 변호사 사무실을 했는데, 그때 찾
아가서 가난한 극단에 광고비 좀 달라고 했어요. 그게 뭔 문제가 되는지
그런 방식은 안 된다고 해서 연극표를 팔았지. 그러다가 법적인 문제가 생
기면 상담하고, 그렇게 지냈어요. 그들이 정치인이 되고 나서는 연락 두
절. 노무현 전 대통령은 내가 밀양에 있을 때 퇴임하고 가끔 연극 보러 오
셨어요. 그때 노무현 씨를 만난 거지요. 정치인 중에는 유인촌 씨가 다시
연극을 했으면 해요. 〈궁리〉도 보러 오셨더라고. 그때 형, 다시 연극합시
다 했더니, 글쎄 할 수 있을까 합디다. 할 수 있지요, 안 그래요?"

그는 유인촌을 비롯한 연극인들이 정치를 할 때는 만나지 않았다고 한
다. 정치는 샤먼의 대척점에 있다고 강조했다. 단, 그 일이 끝나면 다시 일
을 할 수 있다고 한다.

5

이야기는 다시 시로 돌아갔다. 시는 고졸 출신인 이윤택에게 인문학적 교
양이면서 존재이고, 인간의 중심에 위치한다. 변방에 있고 가난해도 중심

이 흔들리지 않아야 한다.

고 박태문 시인의 이야기를 꺼낸다. 그는 공장에서 일하면서 한 번도 공장과 여공과 기계 돌아가는 시를 쓰지 않았다. 신춘문예에 당선되어 사무직으로 옮겨준다고 회사가 권해도 공장에서 기계를 만지면서 생계를 유지하고, 굉장한 서정시를 쓴 시인이라고 설명해주었다. 그가 시인이라는 거다. 시인에 대한 괜찮은 정의다. 시인은 이런 모습이다.

잠시 쉬어갈 겸, 그의 시 한 편을 읽어보자. 이 글을 읽는다면, 여기에서 소리 내어 이 시를 읽어보자. 바람이 불 것이다.


나는 바람이니까
하릴없이 떠도는 휴지조각
비닐봉지
나는 그것들 몰아가야 하니까
그대 삶 깊은 곳에
나는 머물 수 없으니까
그대 절망 그 깊은 곳에
나는 있을 수 없으니까
나는 바람이니까
나는 바람으로 가야 하니까
나는 돌아올 수 없으니까
돌아온다 하더라도
나는 이미 바람이 아니니까,

무명산천에 집을 짓자
하늘이 눈 아래 보이고
명주실 같은 바람이 이는 곳


— 박태문 '나는 바람이니까'


박태문 시인이 고인이 되고 나서야 나는 그의 시를 읽었다. 이 글의 중
심에서 벗어나 더 이상 언급은 안 하지만, 이 시 한 편으로 시인의 본령을
생각하게 했다. 이윤택은 그를 이야기했다. 그것도 고마웠다. 바람을 사랑
한 바람의 시인, 이윤택은 어떻게 시인이 되었을까?

"문학 공부를 하면서 선생에게 어떤 문학적인 이야기도 들은 적이 없어
요. 이런 식이지요. 당시 〈현대시학〉 전봉건 선생에게 시를 들고 갔어요.
선생이 내 시를 한번 보시더니 말이 없어요. 머쓱하니 앉아서 눈치만 보고
있었지요. 두 시간 동안 그렇게 있었어요. 한마디 대화도 없이 말이지요.
기차 시간이 되어서 이제 내려가야 된다고 말씀드렸더니, 선생이 내려가
서 시 추천 완료 소감을 써서 보내라는 거예요. 시인이 됐다는 거지요.
 부산에 국제다방이라고 있어요. 이형기 선생이 자주 다니시는 곳이라
한번은 큰마음 먹고 시를 들고 가서 제 시를 좀 봐달라고 했지요. 선생이
그러마 하셔서 언제 할까요? 했더니, '지금'이라고 하시더군요. 그때 수십
편의 시를 보시더니 40행의 시를 지우고 지우고 지우고 지우라는 거예요.
결국 10행이 남았어요. 그런 나를 보고 선생이 기가 막힌 말씀을 하셨어
요."

인간은 별 볼일 없이 태어났어도, 별 보는 사람이 되는 거다.

이윤택은 선생이 한 그 말을 염두에 두고 집에 돌아와서도 계속 생각했다고 한다. 그리고 결국 선생의 말을 들었다. 그 말은 아직도 그의 가슴에 각인되어 있다.

"이왕 지우려면 한 줄 더 지우지…."

이성복 시인과의 인연도 후배인 내가 듣기에는 기가 막혔다. 시인 이성복은 젊은 우리들에게 우상이었다. 넘어가야 할 산이었고, 건너가야 할 강이었다. 그런 시절이 있었다.

"대학 선생 하기 전에 이성복 씨가 방송통신대학신문 기자를 한 적이 있어요. 나는 초등학교 선생님을 해서 먹고 살아야 되겠다 싶어 방통대에 다녔지요. 그땐 거기 나오면 선생이 됐어요. 그런데 방송통신대학 1회 문학상에 내 시가 당선이 됐는데, 심사위원 황동규 선생이 이 시, 어디서 베낀 거 아니냐고 조사하라고 하셨답디다. 하하. 상찬이지요. 어느 날 방통대 기자에게서 전화가 왔는데 기념시를 하나 써달라는 거예요. 난 기념시 안 씁니다 했는데, 기자가 하는 말이 나 〈문지〉로 등단한 시인 이성복입니다 하는 거예요. 그때 '뒹구는 돌'로 이미 유명했잖아요. 그래서 아, 그래요. 그럼 써야지요 했어요. 그렇게 우리는 인사를 나누는 사이가 됐는데, 나중에 계명대 교수가 돼서 부산에 놀러왔어요.

그때 처음 만났어요. 난 국제신문에서 근무하고 있었지요. 이성복 씨가 부산에서 가고 싶은 곳이 있다는 거예요. 어디냐고 하니까, 부산에 있는 유명한 유곽인 완월동에 가보고 싶다는 거예요. 그래서 잠시 기다리라고 했지요. 돈이 필요해서 신문사에 올라가 돈을 구해서 내려왔더니 이성복 씨는 없고 그의 자리에 메모 한 장만 있는 겁니다. '자신이 없어서 그냥 갑니다'라구요."

이성복 시인의 시 중에 '정든 유곽에서'는 이런 배경이 있구나 싶었다. 이성복 시인의 방에 간 적이 있는데 새벽 두 시경이었다고 한다. 그때 눈이 퀭한 카프카 사진 한 장과 작은 책상 하나만 놓여 있던 공간, 마치 연극 무대와 같았던 그 공간을 보고 '이게 바로 시인의 방'이라는 생각을 했다고 한다.

"아주 오래전이지요. 시인 장정일과 술을 먹다가 다퉜어요. 정일이가 취해서 나는 시인이니까 세상이 나를 먹여 살려줘야 된다는 거지요. 그때 제가 말다툼하다가 결국은 패버렸어요. 이놈아, 시인이라는 이유로 세상이 널 왜 먹여 살리냐?"

우리는 장정일을 비롯한 기형도, 하재봉, 최승자, 마야코프스키를 비롯한 시인과 시에 대한 이야기를 나누고 또 나누었다. 메모하고, 웃고, 담배 피우고… 술만 없었지 잠시 80년대로 돌아간 느낌이었다. 커피 한 잔을 놓고 두 사내가 참으로 수다스럽게도 떠들었다.

수다의 끝이 다가온다. 이윤택을 보내야 할 시간이다. 이제 헤어지면 언제 또 볼까 싶었다. 한마디를 더 들었다. 중요한 말이었고, 오늘 만남의 별이었다.

"사람들은 중심에 있으려고 합니다. 중심에 있으면 권력과 명예 그리고 돈이 따라오지요. 동시에 경쟁, 긴장, 자리다툼이 있어요. 방어적으로 살아야 합니다. 하지만 변두리를 돌아다니면 가난합니다. 시인들이 그래요. 그래서 공격적이 됩니다. 물론 지금의 저를 변두리에 있다고 말할 수는 없겠지요. 하지만 나는 항상 외곽에 있다는 의식을 하고 있어요. 팽팽하게 긴장합니다. 나는 언제든지 치고 빠지는 게릴라에요.

60년 만에 돌아오는 흑룡의 해입니다. 흑룡은 청룡처럼 선한 용이 아닙니다. 무섭고 사나운 용이지요. 흑룡은 세상이 난세일 때 출현합니다. 역사적으로도 혼란스러운 시기가 흑룡 해였어요. 임진왜란의 임진년도 그러하고 말이지요.

흑룡은 하늘을 가로질러 갑니다. 승천하는 이미지가 아니에요. 난세의 하늘을 가로질러 샤프하게 날아갑니다. 시대에 대한 경각심을 주고, 삶에 긴장감을 주는 용이지요. 나는 이 난세에 흑룡의 역할을 합니다. 세상을 향해 한 방 먹이고, 정신 차리게 하는 거지요. 성군 세종에게도 장영실을 통해 한 방 먹이는 겁니다.

난 장영실의 분신입니다. 천민이고, 지방 출신이고, 내 주군은 세종이 아니라 하늘의 별입니다."

연극 〈궁리〉를 통해서 그는 시인으로서의 정체성을 다시 찾았다고 한다. 나는 현재진행형 ~ing이다. 이 순간에 자기가 자신을 어떻게 느끼는가, 그게 중요하다. 지금 100킬로그램을 느끼면 지난 삶이 바로 100킬로그램이다. 지나간 삶의 궤적의 끝, 지금 여기에 내가 있다. 그리고 시작이다.

그는 시대의 중심에 있는 시를 쓰라고 권한다. 시인이 희곡, 소설을 쓰라고 권한다. 정파주의에서 벗어나 기존의 장르가 아닌 창조적인 작품을 쓰라고 권한다. 내가 느끼는 것이 중요하지 세간의 평가는 고양이 꼬리 같은 거라고 한다. 그래, 대가리가 되는 거다. 대가리를 들고 마음 편하게 당신의 별을 찾아가라고 한다. 이런 긴장감이 없다면 바로 그 순간부터 '식충이' 된다고 무당 이윤택은 경계한다.

후기

# '구라'의 육성이 듣고 싶었다

그들은 도시에 사는 맹수들이었다. 콘크리트 구조물 속에서 어떤 분은 외
롭고 쓸쓸해 보였고, 심지어 보이지 않는 철창에 갇힌 모습으로 보이기도
했다.

온갖 잡새들이 온갖 매체에 나와 떠들어대고 있다. 시끄럽고 번잡스럽
다. 이 어려운 시대의 변방에서 답답한 가슴을 시원하게 풀어줄 그들의 이
야기가 듣고 싶었다. 이 책은 그렇게 시작되었다.

수년 전에 신문에 기고한 작은 글 '조선의 3대구라'에서부터 시작한 원
고가 한 권의 책이 되었다. 그 후로 월간지에 매달 연재를 했고, 연재를 마
치고도 1년 이상 원고를 묵혀두었다가 천천히 퇴고를 하면서 이런 생각
을 했다. 구라가 뭐지? 도대체 구라가 뭐야? '조선의 3대구라'는 또 뭔 소
리야?

구라에 대해 알지도 못하면서 사람을 만나고 이야기를 듣고 글을 썼다. 거기에 어떤 기준이 있는 것인지, 나이와 성별, 직업과 지성의 여부도 잘 모르고 썼다. 동아시아 역사서의 전범이 되었다는 사마천의 《사기》〈열전〉 편에도 이런 기준은 없다. 그렇다면 이건 뭔가 좀 잘못된 기획이 아닐까 싶기도 했다. 예를 들어 작가열전, 배우열전, 가수열전, 이런 기준은 얼마나 선명하고 간단한가. 그런데 구라라니, 이건 도대체 뭐지?

이희승 편저 《국어대사전》을 찾아보았다. '구라救癩 : 명, 나병환자에 대한 구제'라고 나와 있다. 천주교에서는 '구라주일救癩主日'이라고 해서 나병 퇴치와 나환자를 위해 특별히 정한 주일이 있다. 구라는 종교적인 엄숙한 행위이고, 거룩한 인간에 대한 사랑의 표현이다.

《표준국어대사전》에서는 구라를 '거짓말, 이야기, 가짜를 속되게 이르는 말'로 풀이하고 있다. 구라를 친다, 구라를 푼다는 표현이 여기서 나왔다. 구라와 비슷한 단어로는 '뻥'이 있다. 뻥친다와 구라 친다는 자매지간이다. 하지만 뻥과 구라는 왠지 다른 느낌이다. 구라는 과장되게 거짓말을 치는 행위뿐만 아니라, 지나치게 말을 잘하는 모습을 연상시킨다. 그래서 입담이 좋은 사람을 '구라꾼'이라고 한다.

방송인 김구라가 대중적으로 인기다. 그를 비롯해서 유재석, 강호동 같은 구라꾼들이 연예 프로그램을 비롯한 방송 진행자로 큰 활약을 펼치고 있다. 여기에다 각종 평론을 한다는 분들도 나와 숟가락을 얹어놓았다. 공중파, 종편, 케이블을 가리지 않고 자신의 입담을 늘어놓는다. 가히 구라꾼들의 춘추전국시대가 된 듯하다. 하지만 뭔가 이상하다.

구라는 쓰기에 따라서 다양한 의미를 발산하는 단어다. 어떤 상황에서,

누구에게 적용하느냐에 따라 그 뜻이 달라진다. 또 품사로 보면 명사인데 부사나 형용사 기능도 있다. 이른바 '카멜레온 언어'라고 할 수 있다. 여기에서부터 구라에 대한 이야기를 시작한다.

우선 2008년 〈중앙일보〉에 기고한 '조선의 3대구라'를 소개한다.

  문단의 대선배인 황석영 선생을 우리는 그가 없는 자리에서 감히 이렇게 부른다. '황구라!' 우리나라에는 황구라와 더불어 방구라, 백구라가 있다. 이 세 명은 그 이름만으로도 강력한 울림이 있는 우리 시대의 정신이기도 하다. 방구라는 방배추로 더 널리 알려진 방동규 선생, 백구라는 백기완 선생이다. 조선의 3대 구라다. 조선의 선비 정신인 퇴계나 율곡 같은 울림이 있는 구라, 이 시대를 대변하는 또 다른 호인 구라.

  어떤 이는 이분들을 '조선의 3대 라지오<sup>라디오</sup>'라고도 부른다. 라지오가 어느 지방의 방언인지는 잘 모르겠지만, 하여간 라디오라고 하면 오기다. 라지오라고 해야 의미 전달이 잘 된다. 그럼 구라와 라지오는 무엇인가? 황석영 선생과 방배추 선생이 술자리에서 이런 대화를 나누었다.

  황 : 형, 요즘에 우리들을 위협하는 신진 '라지오'들이 밀려오고 있어요.
  방 : 그래? 야, 그런 일이 있어? 그게 누군데? 이름 한번 불어보라.
  황 : 유홍준, 도올, 그리고 이어령 교수지요.

방 : 야야, 걔들이 무슨 라지오야? 인생이 없는데. 걔들은 그냥 교육방송
    이야. 뭐 '3대 교육방송'으로 하면 되갔구먼.

황 선생이 언급한, 존경받는 우리 시대의 3대 지성을 단박에 3대 교육
방송으로 지정해버리는 방구라의 순발력. 과연 구라는 구라다 싶다. 이분
들은 교육적인 분들이므로 뭐 그리 틀린 것 같지는 않다. 이 구라를 곱씹
어보면 라지오의 의미가 파악된다.

라지오에게는 3대 조건이 있어야 한다. 뭐 좀 안다고, 입술을 나불거린
다고 라지오가 되는 게 아니다. 일단은 남다른 인생이 있어야 한다. 인생
이란 무엇인가? 백, 방, 황 3대 구라의 인생 정도는 되어야 한다는 이야기
다. 두 번째가 지성이다. 뭘 알아야 된다. 세 번째가 남다른 경륜이다.

이들이 이 '구라의 조건'을 갖추는 데는 각별한 시대도 한몫했다. 전쟁
과 분단이 있었고, 잔인한 슬픔이 있었고, 가슴 찢어지는 이별과 회환이
사무쳐 있다. 방 선생이 설파한 인생이란 그런 인생이다.

우선 황구라를 보자. 황 선생은 방북, 망명, 투옥 등으로 15년의 인생을
살았다. 작가로서 가장 왕성하게 활동하고 돈 벌고 상 받고 할 그런 세월
을, 그는 단 한 편의 소설도 쓰지 못했다. 그냥 살아냈다. 방북하기 전, 그
는 이미 《장길산》과 《삼포 가는 길》과 같은 작품으로 소설가로서 탄탄대
로를 걷고 있었다. 선생이 수감 생활을 하는 동안 "황석영은 이제 갔다"라
는 말도 유령처럼 떠돌았다. 15년간을 그렇게 보냈으니 그런 추문이 돌
만도 하다. 하지만 지금 황석영은 포스가 강한 문단의 어른이면서 동시에
베스트셀러 작가다. 황구라의 저력을 잘 대변하는 구라가 있다.

"사람은 씨팔, 누구든 오늘을 사는 거야!"

어떤 이는 황구라 최고의 구라가 바로 이 문장이라고 했다. 그는 어제의 고통으로 시간을 낭비하지 않는다. 어제의 슬픔으로 오늘을 눈물 흘리지 않는다. 오로지 오늘을 산다. 그에게 어제를 이야기할 오늘은 없다. 오늘을 진정으로 살아낸 사람은 진정으로 아름다워라.

그럼 백구라는 어떤 구라인가? 백 선생의 구라는 장엄한 백두산과 같은 포부와 도도히 흐르는 한강 물줄기와 같은 깊이가 있다. 백 선생이 스물한 살 시절, 스무 살의 방 선생을 만났다. 이 상황은 《배추가 돌아왔다》 39쪽에 잘 정리되어 있는데, 그 문장을 인용하는 대신 내가 술자리에서 어떤 이에게 전해들은 구라를 그대로 적어보자. 당시 방구라는 짱이었고, 주먹으로 자신의 '나와바리'를 다스리고 있던 시절이었다.

백 : 자네 주먹 좀 쓴다고 하던데, 몇 명이나 상대할 수 있나?
방 : 뭐, 그저 한 열 명 정도는….

그때 백이 벌떡 일어나 방의 싸대기를 올려붙였다. 주먹 제일 방구라는 어이가 없었다. 피죽도 못 끓여 먹은 것 같은 파리한 지식인 청년 백기완은 싸움 상대가 안 되었기 때문이다. 이게 도대체 어떤 시추에이션인가 싶어 방구라가 잠시 어리둥절하고 있자 백구라가 천천히 앉으면서 말했다.

"남자가 주먹을 쥐었으면 삼천만 동포를 울고 웃게 해야지, 겨우 열 명이야? 에이, 너 다시는 내 앞에 나타나지 마. 어서 썩 꺼져!"

백 선생 역시 방 선생의 의협 기질을 바로 보고 그런 언행을 하신 것은 아닐까 싶다. 동네 양아치에게 그렇게 했다가는 시쳇말로 뼈도 못 추릴 수 있기 때문이다. 부처와 가섭의 염화미소, 선불교에서 임제선사가 스승인 황벽선사에게 3번이나 싸대기를 맞고서야 깨달은 '거시기'와 같은 구라였다. 백 선생이 황벽선사의 흉내를 낸 것인지는 내 알 수 없는 일이지만, 대장부끼리의 이러한 구라는 이제는 전설 따라 삼천리가 되어버린 일들이다. 한 시절 당대의 민족 방송, 민중의 라지오인 백기완 선생은 그 장대한 구라로 일세를 풍미했다.

"석영아 들어라. 저 드넓은 만주 벌판의 우리 여인네들이 한번 월경을 하면, 그 설원이 모두 장엄하게 핏빛으로 물들었도다."

한마디로 백 선생의 구라는 민족적이고, 지금은 사라진 수컷들, 대장부의 기개가 넘치는 민중의 방송이었다. 우리 어린것들은 백 선생의 그러한 구라 밑에서 다 꺼져가는 의협심의 불씨를 다시 지피곤 했다.

백 선생의 전설적인 구라는 히딩크라는 네덜란드의 라지오, 즉 구라를 감복시켰다. 2002년 월드컵 국가대표팀의 정신교육 강연이 있었다. 그 자리에서 그는 조선 범의 기상을 선수들에게 불어넣어주었다. 세계적으로 보기 드물게 강인한 조선 범처럼 뛰어라. 그 강연 덕분이었는지 모를 일이지만, 그때 우리 선수들은 조선 범의 기상으로 뛰고, 차고, 날았다. 그리고 그 여세를 몰아 히딩크는 월드컵 4강 신화를 이룩했다.

히딩크 역시 만만치 않은 구라다. "나는 아직도 배가 고프다"와 같은 절묘한 구라로 우리 국민들의 축구 한을 풀어주었으니 히딩크를 조선 구라의 반열에 넣어도 되지 않을까 싶다. 히딩크는 백기완 선생을 자신이 제일 존경하는 한국인으로 손꼽았다. 선수는 선수를 알아보는 법이다.

어느 해이던가, 연말 모임에서 황석영 선생이 이제 환갑을 맞아 우리들에게 마지막 구라를 터뜨린 적이 있다. 일본 여인의 신음 소리와 요코하마 항구의 뱃고동 소리가 울려 퍼지는 남녀 운우지정의 카세트테이프였다. 이제 그 음란 방송은 사모님의 간곡한 부탁, "이제 당신도 환갑인데, 그런 건 좀…"으로 그날이 마지막이었다. 이렇게 하나, 둘 우리 곁에서 사라지는 구라가 있다.

말은 글이 아니다. 글은 말이 아니다. 글은 눈으로 읽어서 느낀다. 하지만 말은 귀와 온몸으로 스며들어 심장을 터뜨린다. 그래서 '근사한 구라'는 예술이다.

한편 구라는 독일의 히틀러를 만들어냈고, 미국의 링컨을 만들어냈다. 그리고 요즘 뜨고 있는 오바마도 만들어낸다. 근사한 구라는 감동과 몸 울림이 있다. 그 감동을 생방송으로 아주 조금이라도 들은 나는 행복한 사람이다.

오늘 문득 고개를 들어보니 작업실에 난이 꽃을 피웠다. '난은 고통스러울 때 꽃을 피운다'는 구라가 있다. 지금 저 난이 나에게 어떤 구라를 꽃 터뜨리는 것인가. "너도 언젠가는 절창을 터뜨릴 날이 있을 거다"라는 황 구라가 꽃 떨림으로 문득 다가왔다.


진정한 구라에는 인생, 지성, 경륜이 묻어난다. 그래서 대중적인 폭발력이 있을 뿐만 아니라 오래고 깊은 울림을 준다. 구라의 조건을 찬찬히 살펴보기로 한다.

방배추 선생의 말대로 구라는 '인생'이 있어야 한다. 인생이 없는 구라는 뻥이거나 불조심과 같은 표어일 뿐이다. 구라는 라디오처럼 개인 대 개인, 즉 일대일로 붙는다. 라디오방송이 그렇다. 나도 수년간 라디오 MC를 한 경험이 있는데, 방송을 할 때 단 한 사람을 떠올리면서 했다. 청중도 없이 스튜디오에서 단 한 사람에게 마음의 소리를 전하는 것이 라디오의 매력이다. 카메라가 없기 때문에 간혹 어떤 이와 대면하고 있다는 느낌도 들었다.

대중적인 흡인력은 아이러니하게 여기에서 나온다. 조선의 3대 구라의 전성기는 암울했던 우리의 현대사와 함께 한다. 일제강점기, 분단, 전쟁, 혁명, 군부독재, 유신체제에 이르는 길고 어두운 터널의 시대였다. '그건 너'라는 대중가요가 남 탓한다고 판금을 시키고, 대학가의 허름한 술집에서 박정희 대통령 험담을 했다고 종로경찰서에 끌려가 얻어맞고 나오던 시절이었다. 그러한 규제와 억압의 시절에 말은 하면 안 되는 무서운 '존재'였다. 그것은 육체를 가진 폭력이었다. 국가원수를 각하라고 부르면서 자라고, 우리나라 최고의 철학자가 국민교육헌장의 초안을 작성하고, 불에 타 죽은 청년을 추모하는 것도 쉬쉬하면서 살아야 했다. 사람들은 갑갑하고 답답했다.

그 캄캄한 시대에 어떤 이는 별을 보고 살았지만, 조선의 구라들은 나 홀로 '라지오'를 틀었다. 아카데미의 정론이나 학설의 변방에서 인생을 담은 '구라'가 탄생했다. 사회 분야의 방배추, 정치 분야의 백기완, 문학

분야의 황석영, 이렇게 삼인방이 나타나 사람들의 답답한 가슴을 시원하게 풀어주었다. 새마을운동 노래가 울려 퍼지는 라디오를 배경으로 술집에서, 공사판에서 '라지오 스타'로 활동한 사람이 바로 이 조선의 3대 구라다.

구라는 마음의 문제다. 당시에는 절박한 '거시기'가 있었다. 울분에 찬 마음이 구라가 되었고, 스피커 대신 입소문으로 '카더라' 방송이 시작되고 전해졌다. 국민의 입보다 더 우렁찬 스피커는 없다. 동네 사람들이 '임금님 귀는 당나귀'를 산으로 올라가 땅을 파서 깊게 묻고 돌아와 큰 숨을 쉬던 시절에, 시대의 구라들이 맹수와 같이 나타나 소리를 지르고 다녔다. 임금님이 벌거벗었다고 아이처럼 해맑게 이야기하고 다녔다. 징소리, 북소리처럼 울림이 있었다. 그들의 구라에 우리네 '인생'이 있었기 때문이다. 너도 알고 나도 아는 그런 인생을 품고 있어 툭 듣는 순간 빵 터지는 속 시원한 한풀이의 정서가 담겨 있었기 때문이다.

당시에는 '색다른' 구라도 있었다. 술자리에서 선배에게 들은, 출처 불명의 이야기라 정말로 그런 일이 있었는지는 잘 모르겠지만, 아무튼 대단한 구라로 회자되었다. 김지하 시인의 필화 사건으로 세상이 떠들썩하던 시기에 박정희 대통령이 청와대에서 한 말이라고 한다. 요즘 이상한 시인이 나와 각하의 업적을 업신여기며 불경스러운 언사로 혹세무민한다고, 사형을 시켜버려야 한다고 보고를 한 모양이다. 그때 박 대통령이 한 말은, 아니 그런 말을 했다고 전해들은 구라는 아직까지도 내 가슴에 화인처럼 찍혀 있다.

"임자, 시인은 귀뚜라미야. 귀뚜라미가 울어댄다고 뭐가 달라지나? 그

262

거 뭐 신경 써. 풀어줘."

사실이라면 이건 통치자의 인생이 담겨 있는 구라 중 구라라고 할 수 있다.

이러한 구라 춘추전국시대의 삼국지가 바로 조선 3대 구라였다. 이분들은 지금도 건재하지만, 시대가 변해서인지, 인심이 변해서인지 노을 진 자리에서 서성이는 듯한 모습이다. 쓸쓸하다.

나는 이 책을 쓰면서 여전히 고단한 이 시대에 중심이 아닌 변방에서 북소리를 울리며 중심을 긴장시키는 분들을 '조선의 구라'로 모시고 싶었다. 이분들은 마인드가 자유롭다. 틀을 벗어나 경계선이 없는 삶을 살고 있다. 시장 논리에 휘둘리지 않으면서 자신의 길을 가면서 자기만의 목소리로 사람들에게 묵직한 화두를 던진다.

구라는 시장 논리에서 벗어나야 한다. 시장에 들어가는 순간, 구라는 우리에 갇힌 원숭이 꼴이 되어버린다. 그런 의미에서 자본주의 시장경제에서 구라는 어쩌면 죽어버린 존재가 아닌가 하는 생각도 든다.

2013년 도쿄 국제도서전에서 동아시아의 탁월한 사상가인 김우창 선생과 일본의 문학평론가 가라타니 고진이 대담을 했다. 그 자리에 참석했던 출판 편집자가 이런 말을 해주었다. 김우창 선생이 한국에서는 한때 사회적 관심을 가진 문학작품들이 주류를 이루었지만 이제는 거의 끝장이 난 것 같다며, 시장을 의식하는 문학작품이 많이 생산되면서 시장문학의 시대가 온 것 같다고 하자 고진이 이렇게 말했다고 한다.

"일본에도 문학이 있는지는 모르겠고, '시장'은 있는 것 같다."

나중에 다시 언론에 보도된 두 분의 대담을 읽으면서 이 문장이 대단한 '구라'임을 알게 되었다. 다음은 〈경향신문〉 2013. 7. 4의 백승찬 기자가 보도한 대담의 일부다.

가라타니 : 처음엔 문학에 대해 이야기해달라고 부탁받았다. 그때는 거절했다. 그러면 그 외의 이야기를 해달라고 해서 오늘의 테마에 이르렀다. 일본에서는 내게 문학에 대해 물어보는 사람이 없다. 내가 화를 낼 것이라고 생각하는 것 같다. 날 알고 있는 사람들조차 내가 문학평론가였다는 점을 모르기도 한다.

서양의 삶 속에는 세 가지 요소가 있다. 바로 진, 선, 미다. 오랫동안 서양에서 감정미은 가장 밑이었다. 그것을 긍정하기 시작한 것이 낭만주의다. 낭만주의 직전의 사람이 칸트인데, 칸트는 도덕성에 상상력을 가져왔다. 그 이전까지 상상력은 인간의 지적 능력 중에서도 가장 밑이라고 간주됐다. 칸트는 감정 또는 창조력을 근본적으로 받아들였다. 진과 선을 연결해주는 것으로서의 창조를 받아들인 것이다.

서양에서 문학 혹은 창조력이라는 것이 그렇게 큰 지위를 얻게 된 것은 불과 200년 전부터였다. 문학이자 창조력은 진, 선하고는 다른 영역이다. 도덕성이 강할 때 그에 대항하는 형태로 문학이 나타난다. 지금 도덕이란 말을 쓰지만, 그것은 곧 정치이기도 하다. 정치란 도덕적인 것이기 때문이다. 난 그래서 일본에서 문학이 끝났다고 생각했다. 정치적인 것, 도덕적인 것이 끝났기 때문이다.

그와 더불어 문학의 지위도 내려갔다. 문학은 정치로부터 해방돼야 한다고 했고 실제로 해방됐지만, 이후엔 아무것도 없어졌다. 21세기 이후 일본 문학이 그렇다. 사소설은 '나'다. 나 이외엔 아무것도 존재하지 않는다. 한국에선 문학이 없어지지 않을 것이라고 생각했다. 그런데 오늘 들어보니 한국에서도 그런(없어질) 상황에 놓인 것 같다.

김우창 : 가라타니 선생이 말씀하신 대로 한국에서도 문학은 끝났다. 한국에선 도덕이 지나칠 정도로 중요했다. 특히 소설은 '작을 소'를 쓰는 데서 보듯 낮은 지위에 있었다. 유학자들도 소설을 보긴 했지만, 책상 밑에 감춰놓고 봤다. 이제 도덕은 끝났고 문학도 끝났다. 하지만 전통적으로 봐서 정치, 도덕에 대한 관심은 다시 살아날 것이라고 생각한다.


한국과 일본의 두 지성이 바라본 문학은 시장으로 정리된다. 문학은 사실 그리 대단한 위치에 있지 않았다. 단테의 《신곡》에서도 문학적인 부분은 지옥, 철학은 연옥, 신학은 천국으로 정리되었다. 고진의 진선미 이론과 같다. 문학은 문화의 밑바닥에서 겨우 연명을 해왔던 거다. 문학을 한다면서 대단한 명사처럼, 무슨 연예인처럼 구는 작가들을 보면 속이 불편하다. 구라도 없고, 시장의 논리에 충실하게 거들먹대는 꼴을 보면 한숨이 나온다.

그래도 시장을 멀리서 바라보는 작가들이 있어 숨통을 틔워준다. 오래 전에 황지우 시인이 자신의 시집이 잘 나간다는 소식을 듣고 내 시도 이제 끝장이 났나 싶어 통탄을 하면서 흐린 날 주점에서 술을 먹었다는 이야기를 들었다. 처음에는 그 무슨 배부른 소린가 싶었다. '구라' 치고 앉았네 했다. 하지만 이제는 대선배의 마음이 조금은 짐작이 된다. 나이가 들어야 이해가 되는 사람이나 작품이 있다.

가라타니 고진의 '구라'는 작가들이 가슴 깊이 새겨들어야 할 소리다. 하지만 나는 문학이 끝났다고는 생각하지 않는다. 문학은 세상의 밑바닥에 있기 때문에 지구가 멸망하는 그날까지 지렁이처럼, 바퀴벌레처럼 살아남을 것이다. 진선미와는 별개로, 다른 의미로 문학은 존재한다.

문학을 한다는 것은 사람을 생각하는 일이다. 시장 논리에서 벗어나 있다. 혹은 벗어나고자 하는 태도를 보인다. 구라도 마찬가지다. 시장의 눈치를 보지 않는다. 그것을 넘어선다.

구라의 뿌리를 생각해보았다. 모든 것은 근본이 있다. 결국 공자, 예수, 부처의 구라 한마디를 논하지 않을 수 없다. 이분들의 말씀은 《성경》, 《불경》, 《논어》로 정리되는데, 감히 구라라니 말도 안 되는 소리이긴 하다. 하지만 항상 낮고 어두운 곳을 향하는 빛과 같은 말씀들은 구라의 근본으로 보아도 무방하다. 천국은 빛이고, 지옥은 어둠이다. 세상은 빛과 어둠이 혼재하는 카오스다. 하늘의 별이 우리에게 세상을 살아갈 희망의 빛을 주듯이 이분들의 말씀은 어리석은 삶을 깨우치고 보듬는다.

기원전 492년, 환갑을 맞은 공자가 남루한 마차를 타고 정나라로 가던 도중에 제자들과 떨어져 혼자 남게 되었다. 그는 홀로 외성의 동문 밖에서 제자들을 기다리고 있었는데, 정나라 사람 하나가 공자의 제자인 자공에게 이런 말을 전해주었다. 동문 밖에서 한 사람을 보았는데, 상반신은 성인의 기상이 느껴지지만, 하반신은 집 잃은 개처럼 풀죽은 듯 기가 꺾여 있는 모습이라고 했다. 자공이 공자를 찾아 그 말을 전하니, 공자는 부정하지 않으며 겉모습이 중요하지는 않지만, 내가 집 잃은 개 같다는 말은 매우 정확하다고 했다. 아마 이런 식이 아니었을까?

"그려, 그이가 잘 봤구먼. 나 집 잃은 개여."

중국 베이징대 교수인 리링은 '집 잃은 개'에 대해 이렇게 설명했다.

"공자는 자신의 조국에 대하여 절망한 나머지 그저 바다를 건너 이족의 나라에 가서 살까 하고 한숨을 쉬었다. 그는 여러 제후에게 써주기를 요구해보았지만 아무것도 얻은 것이 없었으며, 마지막으로 자신이 출생한 곳으로 돌아갔다. 만년에는 해마다 상심했다. 자식을 잃었고, 사냥에서 잡힌 기린을 보고 슬퍼했고, 안회가 죽고 자로가 죽자 통곡하며 눈물을 흘렸다. 그는 자기 집 안에서 죽었지만, 그러나 오히려 집이 없었다. 그의 생각이 옳았든 틀렸든 상관없이 그에게서 나는 지식인의 숙명을 보았다. 가슴속에 어떤 이상을 품고 있든, 현실 세계에서 정신적 가정을 찾지 못한 사람은 모두 집 잃은 개다."

집 잃은 개는 쉽게 말하면 서울역 노숙자다. 공자에게 이런 평가를 내린 중국 학자의 혜안은 놀라운 구라임에 틀림없다. 또 그런 모습을 통해 성인의 반열에 오른 리링은 공자를 그리 보지 않지만 공자 역시 시대의 구라, 왕 구라, 성인 구라다. 물론 이것은 매우 주관적인 이야기다. 하지만 그의 말에 울림이 있고, 한마디 한마디에 인생이 있고, 시장의 논리에서 벗어나 있으니 구라의 원조로 모셔도 부족함이 없다.

예수는 가장 낮은 곳에서 가장 높은 곳으로 올라간 불멸의 존재다. 기독교 신자이건 아니건 간에 우리는 예수의 말씀에서 자유로울 수 없다. 기독교의 논리대로 우리가 원죄를 타고났건 아니건 간에 그의 말씀은 인간으로서 들을 수 있는 가장 아름다운 말, 즉 복음이 된다. 예를 들면 이렇다.

"오른쪽 뺨을 맞으면 왼쪽 뺨을 대라."

"여기 죄 없는 자, 저 여인에게 돌을 던져라."

"다 이루었다."

그가 머문 곳은 거룩한 성전이 아니라 시정잡배들이 우글거리는 시장통이거나, 병들고 가난한 자들이 고통받고 신음하는 아비귀환의 길거리였다. 그는 신이었지만 인간의 몸에 영혼을 담았다. 인생을 담았다. 그의 말씀은 영혼을 담은 말이었고, 지성으로 해결할 수 없는 가장 어려운 문제를 가장 쉬운 비유로 풀어내었다. 그의 구라는 온 인생이 담겨 터지는 한순간의 절창이다. 그의 한마디가 우리를 움직이는 이유다.

부처 역시 이런저런 사변에 시달리는 수도승에게 일침을 가한다. 사후세계에 대한 질문을 하는 제자에게 부처는 말한다. 너의 몸에 지금 불화살이 박혀 있는데 어찌 딴 생각을 하느냐고 말이다.

나는 구라에 대한 뜻도 잘 모르고 글을 썼지만, 구라라고 짐작되는 분들을 만나고, 듣고, 다시 읽으면서 이 단어의 정의를 '겨우' 내릴 수 있었다.

'이 세상의 가장 높은 곳에서부터 가장 낮은 곳에 이르기까지 신분의 귀천을 따지지 않고, 지성의 함량을 재지 않는 인간이 인생을 담아 하는 굉장한 거짓말, 그 거짓말에 푹 빠져 이 힘든 삶을 살아가게 하는 힘을 주

는 참말.'

이런 기준으로 이시대의 구라들을 모셨다.


마지막으로 나의 히든카드 한 장을 소개한다. 장자다. 혹은 장자라고 생각되는 어떤 사람들이다. 장자는 말했다.

"북녘 검푸른 바다에 물고기가 있으니 그 이름은 곤이라고 한다. 곤의 크기는 몇 천 리가 되는지 알 수 없다. 어느 날 이 물고기가 변신을 해서 새가 되니 그 이름을 붕이라고 한다. 이 붕새의 등 넓이는 이 또한 몇 천 리가 되는지 알 수 없다. 온몸의 힘을 다해 날면 그 활짝 편 날개는 하늘 한쪽에 가득히 드리운 구름과 같다. 이 새는 바다가 움직이면 남쪽 끝의 검푸른 바다로 날아가려고 한다. 남쪽 바다란 하늘의 못, 천지다.

제해라고 하는 사람은 괴이한 일을 잘 알고 있는 사람이다. 제해는 이렇게 말하고 있다.

'붕이 남쪽 바다로 날아 옮겨갈 때에는 그 큰 날개로 바다의 수면을 삼천리나 치고서 회오리바람을 타고 구만리 꼭대기까지 올라간다. 그리하여 여기 북쪽 바다 상공을 떠나서 육 개월을 계속 난 뒤에 비로소 한 번 크게 숨을 내쉬는 것이다.'"

《장자》를 펼치면 바로 읽게 되는 소요유의 이 구라는 우리나라보다도 큰 물고기, 중국보다도 더 큰 새를 이야기하고 있다. 진짜 이런 물고기가 있는지 없는지 따지는 사람은 없다. 그저 와, 대단하네 하는 감탄사와 더불어 송사리보다 작은 삶, 참새보다 하찮은 하루하루에 엄청난 에너지를 부여한다. 이게 '구라'다.

고대 희랍 비극의 걸작인 소포클레스의 《오이디푸스 왕》과 《안티고네》에는 매우 중요한 인물이 등장한다. 읽기에 따라서는 그가 비극의 중심에 있는 '인간'이라고 할 수 있다. 그는 노인이고, 눈이 멀었으며, 힘이 없지만, 지혜의 상징이자 인간 운명의 예언자인 테이레시아스다. 그는 테바이의 왕에게 이런 말을 한다.

"아아, 인간들 중에서 누가 알고 있으며, 누가 생각하고 있는가…."

시대마다 서로 다른 모습으로 예언자는 존재했다. 그는 젊은 천재가 아니라 눈 먼 노인의 모습으로 나타난다. 21세기, 이 막연한 시대에 누가 알고 있으며, 누가 생각하고 있는가?

그들의 목소리는 큰 울림과 더불어 대단한 예언자들의 한마디로 들렸다. 인간이기 때문에 알아야 한다. 인간이기에 생각해야 한다. 우리는 어른들의 지혜를 통해 갈 길을 볼 수 있다. 신의 계시를 받은 예언은 아닐지라도 우리 삶에 굴곡진 길을 일러줌으로써 피해야 할 일, 적어도 사람으로 살아가야 할 길의 이정표가 된다.


인터뷰에 응해주신 이어령, 김주영, 한대수, 황금찬, 유홍준, 방배추, 강신주, 최경한, 신달자, 이윤택 선생인터뷰 순서에 따름께 고맙다는 말씀 올린다. 한 조각 신문기사를 보고 기획과 편집에 오랜 공을 들인 편집자 박상두 씨와 이성수 대표에게도. 〈월간조선〉의 김성동 차장, 서경리 사진기자, 친구 문학수의 조언이 없었다면 이 책은 나올 수 없었다. 내가 쓰긴 했지만, 새털이 새의 날개를 만들듯 그들의 도움이 이 책을 완성으로 이끌었다. 감사드린다.

독일의 미술사가 아비 바르부르크의 "신은 섬세함에 깃든다God is in the detail"는 말이 새삼스럽다. 구라는 거대 담론을 이야기하지 않는다. 디테일을 이야기한다. 인생도 디테일에 있다. 구라는 섬세함에 깃드는 것이다.

구라가 없는 세상은 심심하다. 경찰이나 감옥이 없는 세상처럼 말이다. 가을이 되니 아름다운 시인들이 보고 싶어진다. 소월, 백석, 동주, 육사, 미당 등등. 그들의 영혼이 별이 되었으니 어두워지면 보일 것인데, 그간 왜 나는 하늘을, 밤하늘을 보고 살지 않았던가.

읽을 책은 많은데 눈은 점점 늙어간다. 글자가 잘 안 보이면 먼 하늘의 별만 보고 살겠지…. 그때는 하늘의 책을 읽을 수 있을까? 먼 곳을 자주 보면 가까운 사람이 생각난다. 다감한 마음을 담아 가까운 사람들에게 이 책을 보낸다.

# 단독자

초판 1쇄 발행 | 2014년 7월 17일
초판 2쇄 발행 | 2014년 8월 11일

지은이 | 원재훈
펴낸이 | 이성수
주간 | 박상두
편집 | 임이지, 황영선, 이홍우, 박현지
마케팅 | 이현숙, 이경은
제작 | 박흥준
인쇄 | 서정문화인쇄

펴낸곳 | 올림
주소 | 110-999 서울시 종로구 신문로1가 163 광화문오피시아 1810호
등록 | 2000년 3월 30일 제300-2000-192호(구:제20-183호)
전화 | 02-720-3131
팩스 | 02-720-3191
이메일 | pom4u@naver.com
홈페이지 | http://cafe.naver.com/ollimbooks
          http://www.ollim.com

값 | 13,000원
ISBN | 978-89-93027-62-4  03810

이 도서의 국립중앙도서관 출판시도서목록(CIP)은 서지정보유통지원시스템 홈페이지(http://seoji.nl.go.kr)와 국가자료공동목록시스템(http://www.nl.go.kr/kolisnet)에서 이용하실 수 있습니다.(CIP제어번호: CIP2014020391)